L'ALAMBIC

DU MÊME AUTEUR

AUX PRESSES DE LA CITÉ

Les Labours d'hiver, roman, 1995
Prix Émile Guillaumin 1995
Les Terres abandonnées, roman, 1996
La Croix de Fourche, roman, 1997
Etrangers à la terre, roman, 1998
L'Héritage de Ludovic Grollier, roman, 1999

AUX ÉDITIONS DE L'ARMANÇON

Le Vol de la buse, roman, 1991
Prix Sully Olivier-de-Serres 1992
La Croix du Carage, roman, 1994

AUX ÉDITIONS SOLAR

Les Vosges, 1991
Le Pays niçois et le Mercantour, 1991
La Haute-Provence, 1992
Les Cévennes, 1992
Les Volcans d'Auvergne, 1992
La Margeride et l'Aubrac, 1992
Le Limousin, 1993
Le Périgord noir, 1993
Le Quercy, 1993
Le Rouergue, 1993
Le Jura, 1994
Le Vercors, 1994
Les Monts du Lyonnais et du Beaujolais, 1994
Les Ardennes, 1994
La Bourgogne, 1995
L'Alsace, 1995
Le Livradois et le Forez, 1995
La Haute-Ardèche, 1995
Le Cotentin, 1996
La Bretagne, pays de Brocéliande, 1996
Le Morvan, 1996
Le Pays d'Auge, 1997
Les Plateaux de Bourgogne, 1997
Vallées de la Loue et du Lison, 1997
Bourgogne-La Puisaye, 1998

AUX ÉDITIONS DU CHÊNE

Les Outils de la randonnée, 1995

Didier Cornaille

L'ALAMBIC

Roman

Production Jeannine Balland
Romans Terres de France

PRESSES DE LA CITÉ

ISBN 2-258-05183-5

1

Qui ne s'est jamais trouvé devant le spectacle d'une habitation perquisitionnée ou cambriolée ne sait pas ce qu'est le désarroi.

Qui n'a pas poussé la porte grinçante d'une maison restée fermée depuis que sa dernière habitante, à plusieurs années de là, s'en est allée vers le cimetière ne sait pas ce qu'est la tristesse.

Qui retrouve ainsi, dans la conjugaison de ces deux états, le lieu de sa jeunesse trébuche et, en se rattrapant d'une main moite au dossier d'une chaise miraculeusement restée sur ses pieds, se prend à ployer tout à coup sous le poids insupportable des années d'absence.

Pierre Guédeloffe, chancelant, se laissa tomber sur la chaise providentielle. Dans la pénombre de la grande pièce aux volets clos, le spectacle était d'une insoutenable mélancolie. Portes béantes, on avait fait vomir à la grande armoire, au fond, à gauche, tout le linge, les piles de draps, les longues robes de droguet grises, les corsages empesés, les larges pantalons noirs, les vestes et les gilets, les couvertures gisant sur le carreau.

Retournés, les tiroirs de la commode avaient dû laisser choir leur contenu de maillots, de chemisiers, de caleçons, de chemises et de bonnets de nuit qu'on avait rageusement éparpillés, jetés aux quatre coins de la pièce, comme si leur seul et sage appareillage avait eu en soi de quoi attiser une telle hargne.

Même le grand corps silencieux de l'horloge avait été ouvert et, depuis tant d'années, laissait voir comme une souffrance ses poids à demi-course et son balancier qu'une main pieuse avait dû immobiliser à l'heure de la mort d'Antoinette Billaud.

Pierre Guédeloffe en frémit. Tout cela remontait à si loin. Même ce cambriolage. La poussière recouvrant tous ces objets jetés à travers la salle et leur lent affaissement, qui les faisait progressivement s'assimiler les uns aux autres, trahissaient l'ancienneté du geste criminel. Avait-on seulement attendu que la tombe soit refermée de longtemps pour venir ainsi profaner la maison de l'Antoinette ?

L'Antoinette ! A la façon des gens du pays, il ne pouvait pas évoquer son souvenir sans que l'article vienne se poser, comme un accent d'affection, devant ce prénom vibrant, au fond de son cœur, de toute l'affection, la tendresse qu'elle avait su donner à l'oiseau tombé du nid qu'il était alors.

C'était d'ailleurs comme le Joseph. Aurait-il eu l'idée de dire « Joseph » tout court, tout sec ? Il aurait cru mal dire, insulter. On n'insultait pas le Joseph. Dans son souvenir, à plus d'un demi-siècle de là, c'était un homme prodigieusement grand et fort. Portant moustaches effilées, comme il se devait, à la campagne, en ce temps-là, sous la casquette des jours de travail ou le chapeau du dimanche, il posait invariablement sur le « petit Paris » qu'était Pierre un regard sombre et soupçonneux qui, longtemps, l'avait glacé d'effroi. Jusqu'au jour où, l'habitude venant, au-delà des rugueuses apparences, il avait appris à discerner, dans cet œil-là, toute la vigilante bienveillance avec laquelle il considérait sa portée, vilain petit canard compris.

Là, à cette longue table qui occupait tout le centre de la vaste salle et qu'encombrait l'indescriptible désordre laissé par les mystérieux visiteurs de la maison, il se revoyait, tout petit et encore recroquevillé de peur. Comment un tel souvenir aurait-il pu s'effacer de sa mémoire ? Il avait cinq ans. Cinq froides années d'orphelinat passées dans une grande bâtisse de la région parisienne dont on lui avait dit que c'était un château.

Et puis, un beau matin, l'arrachement. Même à cinq ans, surtout à cinq ans, les forces de l'habitude sont telles que l'ordre tout à coup venu d'avoir à quitter le cadre de vie le plus glacé, le moins propre à générer le rêve dans lequel un enfant aime à se pelotonner, l'avait terrorisé.

La menotte solidement arrimée à la main autoritaire de mademoiselle Lucie, une surveillante en grande cape grise, il lui avait fallu se résoudre à affronter le vaste monde. C'était en 1943. Les trains n'avaient rien de confortable. Il ne savait pas qu'un train, ça peut être confortable, ça peut emmener vers des destinations désirées, attendues.

On avait dit devant lui « placement », « famille », « paysans ». Il ne faisait que perdre les rares repères que sa courte vie avait pu établir dans ce décor dont il ne savait pas, pour n'avoir jamais pu le comparer à quoi que ce soit d'autre, qu'il était triste à mourir.

Au terme d'un voyage qui lui avait paru interminable, en sortant de la gare, il lui avait soudain semblé que la main de mademoiselle Lucie n'emprisonnait plus sa menotte. Elle la lui tenait toujours, pourtant. Mais la pression s'était relâchée, comme si, d'un côté à l'autre de la porte, elle n'avait plus craint qu'il lui échappe.

Il y avait là, devant la gare, le long du trottoir, une sorte de char à bancs attelé d'une mule. En plus petit, en plus vieillot, en plus rafistolé, on aurait dit un de ces attelages que Pierrot Guédeloffe voyait quotidiennement ou presque traverser la cour de l'orphelinat en direction de l'office dont ils assuraient le ravitaillement.

Avec son maigre baluchon, sans ménagement et au plus grand soulagement de mademoiselle Lucie, qui considérait, et le disait, que sa mission s'arrêtait là, on le hissa dans la caisse de la voiture. Et ce fut pour lui comme un enchantement. Au moment où il s'y attendait le moins, la chose la plus merveilleuse qu'il se soit jamais permis de rêver devenait la réalité. Monter là, derrière le cocher, à l'endroit même où, propulsé par la main puissante de Joseph, il venait de choir, s'entendre emporté par le roulement des quatre roues cerclées de fer et le chant bien cadencé des pieds du cheval sur le pavé du faubourg qu'on traversait, c'était, pour l'enfant, la plus envoûtante perception de la liberté qu'il puisse concevoir. Si étonnante qu'il n'avait jamais fait que la rêver, sans même oser imaginer qu'il puisse, un jour, passer au-delà du grillage de l'orphelinat au travers des mailles duquel il regardait passer le boucher, l'épicier, le boulanger, le blanchisseur, assis sur leurs sièges de cocher, les guides en main.

La mule n'avait pas la souple prestance des cobs qui attelaient les voitures des fournisseurs de l'orphelinat. Mais qu'à cela ne tienne : elle trottait joliment. Et le son que rendaient ses pieds chaussés de fer, en martelant en cadence le revêtement de la route, avait même une belle vivacité.

Il s'en fallut de peu que le voyage dans la caisse du vieux char à bancs leur prenne autant de temps que ce qu'ils avaient passé sur la banquette inconfortable du train. Pierre était encore plus mal installé. Mais il ne vit pas passer le temps. Il serait allé ainsi jusqu'au bout du monde.

D'autant plus que, depuis le trou dans lequel il s'était calé, entre son baluchon et un sac de grains, après qu'eurent été dépassées les dernières maisons de la ville, il s'était vite laissé émerveiller par les paysages.

Pierre voyageait à reculons et, ainsi qu'il était placé, le haut banc du char l'empêchait de découvrir, devant eux, la vallée, les collines et les forêts vers lesquelles ils couraient. Tout juste pouvait-il les voir naître, de part et d'autre du siège sur lequel devisaient paisiblement l'homme aux moustaches effilées et mademoiselle Lucie. Ils semblaient l'avoir totalement oublié. Et lui, à l'abri du vent, confortablement confondu avec le chargement du rustique attelage, pénétrait à l'envers dans la grande aventure de la vie. Il y entrait par la porte du rêve tout à coup exaucé et qu'enluminaient deux paysages, un de chaque côté du char, plus beaux encore, plus verdoyants, plus vivants que tout ce que sa jeune vie de reclus n'avait pas encore eu le temps d'imaginer.

Pierre Guédeloffe n'avait jamais oublié l'enchantement de ce premier voyage dans la caisse du char à bancs. Il était resté pour lui comme une sorte de seconde naissance. De ce moment-là avait réellement commencé sa vie, jusque-là confinée à un état plus ou moins végétatif dont la grisaille uniforme s'était peu à peu enlisée dans les brumes de sa mémoire.

Alors que tout débutait là, avec ce lent balancement de la voiture, le grondement monocorde des bandages métalliques sur l'empierrage du chemin et le rythme bien régulier du trot de la mule.

A vrai dire, il ne se souvenait pas de tout le trajet. Car, épuisé par tant d'aventures inattendues, il s'était endormi bien avant que Joseph, de la pointe de son fouet, dans le soir tombant, indique à mademoiselle Lucie, assise très droite à côté de lui, les toits gris-bleu d'un village qui venaient d'apparaître, à un détour de la route.

— Messangy, dit-il. Nous voilà arrivés.

2

Simplement en tendant le bras, sans bouger autrement de sa chaise, Pierre put attraper, sur la table, un gilet de flanelle qui y finissait de se faner, depuis qu'il avait abouti là, jeté à la volée, comme tout le reste, par les mystérieux visiteurs de la maison.

« Mais que pouvaient-ils bien chercher ? » s'étonna-t-il en faisant lentement tourner devant lui le chiffon dérisoire. Puis, d'un geste las, il le rejeta sur la pile des vêtements qui encombraient la table.

« J'aurais mieux fait de me pendre », estima-t-il en se souvenant de ce matin de septembre où tout avait commencé. C'était un de ces jours où rien ne marche comme on le voudrait.

D'ailleurs, que se mêlait-il encore de cette rédaction dont, huit jours auparavant, il avait officiellement remis la direction à son successeur ? La retraite approchait. Il avait trouvé plus élégant de s'effacer progressivement. Il avait toute confiance en Antoine Poinaud dont il était admis depuis longtemps par tout le monde qu'il devait lui succéder à la rédaction en chef du magazine où il terminait une brillante carrière.

A vrai dire, Pierre Guédeloffe ne pouvait pas concevoir d'abandonner comme ça, d'un seul coup et pour toujours, un métier qu'il avait tant aimé. Alors, il avait imaginé de passer la main progressivement et de garder le contact, se réservant une sorte de strapontin de pigiste, de correspondant un peu privilégié, d'où il pourrait continuer à écrire.

Antoine avait accepté de jouer le jeu avec enthousiasme. Il n'était pas du genre à se montrer jaloux de ses nouvelles prérogatives. Et ils se connaissaient depuis suffisamment longtemps pour ne pas avoir à craindre de se gêner mutuellement.

D'ailleurs, ce matin-là, Antoine, sans scrupules, avait appelé Pierre à la rescousse tant les événements semblaient se liguer avec un malin plaisir pour lui rendre la vie impossible. Comme si des papiers qui n'arrivaient pas ou qui étaient mal cadrés ne suffisaient pas, une panne du système informatique avait aggravé le retard des maquettistes dont les virulentes protestations ne faisaient que relayer celles, plus énergiques encore, de la fabrication.

— A ce rythme-là, on ne bouclera jamais, grommelait Antoine.

— Donne-moi ça. Je vais m'y mettre, lui dit Pierre en se saisissant de la pile d'articles à recadrer. Et puis, s'ils râlent, tu pourras toujours leur dire de s'adresser à moi !

Ils parvinrent encore à en rire. Jamais un journaliste n'a accepté sans rechigner que l'on « taille » dans son article sans l'avertir, quand bien même lui incombe la faute d'avoir « fait trop long » et que l'urgence fait loi.

Pierre travailla ainsi plusieurs heures sur un coin de bureau pendant qu'Antoine s'activait avec les maquettistes autour de la mise en page et que des techniciens s'acharnaient à débusquer le « bug » de l'informatique qui empêchait la transmission de leur travail à la fabrication.

— Maintenant, ce n'est plus de notre ressort, décida Antoine lorsqu'ils en eurent fini de leurs montages. On a juste le temps d'aller manger un morceau pendant qu'ils dépannent. Comme ça, on sera d'attaque quand les épreuves reviendront.

Ils préférèrent tout de même ne pas trop s'éloigner. Le menu du bistrot du coin de la rue n'avait rien de gastronomique. Mais il avait l'avantage d'être vite servi. Ils s'attablèrent.

— Tu nous mets le plat du jour, fissa.

— Ça ne marche pas comme vous voulez.

Ce n'était pas une question. Ahmed, qui servait là depuis toujours, leur avait à peine laissé le temps de s'installer. A la mine des deux hommes, il avait tout de suite compris. Et il s'activait déjà, astiquant la table d'un torchon véloce, mettant le couvert.

— C'est quoi, au fait, ton plat du jour ?

— Aujourd'hui, m'sieu Pierre, c'est le petit salé-lentilles, vous savez bien.

— C'est bon. Tu nous mets une carafe avec.

— Comme d'habitude, m'sieu Pierre.

Déjà les deux hommes avaient oublié le serveur, qui continuait de papillonner autour d'eux. Et ils recommençaient à tirer des plans sur la comète pour que le bouclage puisse tout de même se faire dans les délais.

— Oh ! Il veut ma photo, celui-là ?

Surpris, suivant le regard de Pierre, Antoine jeta un rapide regard au-dessus de son épaule. Au bar, un homme fixait sur eux un regard mi-curieux, mi-engageant.

— Tu le connais ?

— Penses-tu !

— Ah ben, apparemment, lui, si, il te connaît. C'est ça, la célébrité, mon petit vieux !

Pierre haussa énergiquement les épaules. Il n'aimait rien moins que d'être reconnu dans la rue. Antoine le savait et le taquinait souvent à ce sujet. Mais Pierre n'était décidément pas d'humeur à plaisanter.

— Il m'énerve, à la fin, ce particulier-là. Tiens, ça ne te fait rien ? on change de place.

— Laisse donc. Il finit son apéro et il s'en va.

— Non, je te dis. Il me tape sur le système. Allez, laisse-moi ta place. Comme ça, je lui tournerai le dos.

La manœuvre, visiblement, ennuyait Antoine. A contrecœur, il allait s'y résoudre et commençait déjà le geste de se lever.

— Mince. Le voilà qui vient. Mais qu'est-ce qu'il me veut ?

Pierre, qui allait lui aussi se lever, se laissa retomber sur sa chaise. Et Antoine sourit en le voyant s'efforcer de se composer un air faussement aimable qui n'aurait pas trompé le moins perspicace des gêneurs.

Celui-là, pourtant, n'en parut pas autrement

effarouché. Antoine vit arriver à sa hauteur, près de leur table, un grand gaillard aux cheveux et à la moustache poivre et sel dont le regard bleu n'avait rien perdu de la souriante interrogation qu'il posait avec insistance sur Pierre depuis qu'ils s'étaient attablés.

— Vous ne seriez pas Pierrot Guédeloffe ?

Pierrot ! Qu'on puisse appeler ainsi celui qu'Antoine continuait de considérer comme son patron, celui à qui il devait sa carrière de journaliste, le fit bruyamment éclater de rire. Très brièvement, il est vrai. Juste le temps de poser à nouveau le regard sur ledit Pierrot. Et il en resta sans voix.

Pierre n'était plus le même. Comme s'il avait suffi de cette question pour que, sur l'instant, il s'échappe. Parce que, bien sûr, il s'était échappé. Il était loin, Pierrot, très loin. Abandonné au dossier de sa chaise, le regard dans le vague, un doux sourire un peu attendri, un peu nostalgique, au coin des lèvres et des yeux, il était évident qu'il contemplait, tout au fond de lui, quelques portes qui venaient de se rouvrir avec fracas sur des images, des portraits, des paysages depuis trop longtemps laissés à la friche du souvenir.

— Parce que moi, dit l'autre qui continuait de danser d'un pied sur l'autre au coin de leur table, mon nom, c'est Georges Drimont. Jojo, tu ne te souviens pas de Jojo ? On était à l'école ensemble, à Messangy. Tu te souviens ?

Déjà, par-delà un demi-siècle, il tutoyait.

— Dis, tu te souviens ? répéta-t-il en se penchant légèrement vers Pierre, toujours perdu dans son rêve.

Il semblait que ce souvenir, dont il demandait la

confirmation avec insistance, avait beaucoup d'importance pour lui.

Antoine retenait son souffle. Il connaissait assez Pierre pour que celui-ci n'ait pas eu besoin de lui confirmer qu'il se souvenait. Et la tempête devait être terrible, derrière le regard toujours captivé par la foule d'images de lui seul visibles qui devaient l'assaillir.

— Dis, j'me suis pas trompé ? C'est bien toi, Pierrot Guédeloffe ? s'obstinait à demander le Jojo qui n'y avait rien compris.

Pierre finit par confirmer d'un lent mouvement de la tête.

— Oui, c'est bien moi, admit-il enfin.

Même la voix n'était plus la même. Il en oubliait toute la décision et le ton facilement tranchant sur lequel, depuis tant d'années, il avait bâti toute sa carrière. Dans ces quatre mots, il y avait eu comme un aveu très humble qui stupéfiait Antoine.

— Assieds-toi donc, dit-il encore en levant un regard presque tendre sur Georges Drimont.

— Pas de refus, dit Jojo qui se glissa prestement sur la banquette sans quitter des yeux le Pierrot qu'il était si fier d'avoir eu la perspicacité de reconnaître.

— Ahmed, tu mettras trois cafés, décida tout à coup Pierre pour se donner une contenance.

Puis il se ravisa.

— Tu prendras bien un café ?

— Va pour un café, admit Jojo. Alors, comme ça, c'est par ici que tu crèches ?

— Oh, non, se récria Pierre comme s'il y eût à redire à une telle éventualité. C'est par ici que je travaille, rien de plus. Et c'est bien assez comme ça. Et toi ?

— Eh ben, moi aussi. Je suis chauffeur-livreur. Chez le même patron depuis... Oh, ça fait bien près de trente ans. Un bail, pas vrai ? Et on attend la retraite, bien tranquille.

— Et... Et Messangy ?

La question, c'était visible, devait lui brûler les lèvres.

— Eh ben, Messangy, j'y vais encore assez souvent. J'ai toute ma famille, là-bas. Et puis, il y a la maison. J'ai racheté en viager la maison d'une vieille tante. Elle est morte il y a deux ans. Alors on retape, pour la retraite. Et toi ?

Ils sirotaient doucement leurs cafés. Le jeu des questions-réponses ne faisait que commencer. Antoine posa une main compréhensive sur le bras de Pierre.

— Je remonte. Prends ton temps.

— C'est ça, c'est ça. Je te rejoins.

— Laisse donc. Maintenant, je devrais m'en sortir.

— Viens me chercher s'il y a un problème.

— D'accord, s'il y a un problème.

Antoine disparut et ce fut comme si le passé venait s'installer à leur table. Il ne semblait pas y avoir trop d'urgences parmi les livraisons. Georges Drimont s'était installé et ne parlait plus de s'en aller. Dans le décor banal du café du quartier du Sentier, au rythme lent de leur dialogue, tout le pays défila. Celui de leurs souvenirs, celui qui se mourait lentement de désertification, celui qui renaissait plus lentement encore d'un semblant de tourisme, des résidences secondaires et des retraités venant finir leur vie là où ils l'avaient commencée.

— Tu n'es jamais revenu ? finit tout de même par s'étonner Georges Drimont.

Pierre, le regard obstinément fixé sur l'emballage du sucre de son café qu'il triturait de ses longs doigts très fins, eut un bref haussement d'épaules. Tout à coup, il se sentait mauvaise conscience.

— Tu sais ce que c'est, voulut-il expliquer. La vie... Après le certificat, j'aurais voulu rester à la ferme. Le Joseph Billaud, il n'y aurait pas vu d'inconvénient, bien au contraire. Lui et l'Antoinette, ils me considéraient bien un peu comme leur fils. Et comme les leurs partaient à la ville, ils me l'auraient bien laissée, la ferme. Mais c'est l'instituteur qui n'a rien voulu savoir. A l'époque, il n'y avait que ceux qui ne réussissaient pas à l'école qu'on jugeait juste bons à rester à la terre. Moi, il paraît que j'avais de trop bons résultats pour faire un paysan. Alors on m'a mis au cours complémentaire. Et puis après, j'ai eu une bourse. Tu comprends, un enfant de l'Assistance qui réussit, on le pousse ! On m'a tellement poussé que je me suis retrouvé interne au lycée à Dijon. J'ai eu mon bac. Et ça a été l'Ecole normale. Va reprendre une petite ferme au fin fond du Morvan après tout ça. Seulement, tu vois, moi, l'enseignement, ce n'était pas mon truc. Je me suis ennuyé devant quelques classes de morveux juste le temps qu'il fallait pour rembourser mes études. Et après, pfuit ! La liberté ! J'avais dans l'idée de faire du journalisme. Je n'en ai pas changé. Ça n'a pas été rose tous les jours. Mais enfin...

— Alors comme ça, tu es journaliste ?

— A moitié à la retraite, mais journaliste tout de même.

— T'as dû en voir, des choses !

Pierre eut une petite quinte de rire nerveux.

— Pour en voir, j'en ai vu. Pas toutes des jolies. Tu sais, quand on est reporter, les guerres, les révolutions, les famines...

L'autre en roulait des yeux en forme de billes de loto.

— Mazette, quand je vais raconter ça aux copains, à Messangy...

Pierre rit encore, mal à l'aise.

— Oh, tu sais...

Mais Georges Drimont, dit Jojo, jubilait déjà à l'idée de la vedette que tout cela allait lui donner, à l'heure de l'apéritif, au café de Messangy, la première fois qu'il y redescendrait.

— Et toi, dit-il, ça ne te tente pas de revenir au pays ? Parce que, après tout, c'est un peu ton pays.

En vérité, Pierre n'y avait jamais vraiment pensé. Certes, les années de sa jeunesse passées chez les Billaud, à Messangy, restaient dans sa mémoire comme une sorte de friandise, un gâteau dont il s'était longtemps délecté et dont il aimait évoquer le souvenir quand il était d'humeur à feuilleter les plus belles pages de son existence.

Il s'était passé tant de choses depuis cette époque. Quel rapport pouvait encore exister entre le gamin de l'Assistance publique placé dans une ferme morvandelle et le sexagénaire plus occupé de sa retraite qui arrivait et de ses cinq petits-enfants que de ce qu'il était advenu d'un village où il n'avait plus mis les pieds depuis près d'un demi-siècle ?

La curiosité, pourtant, s'éveillait en lui.

— La maison, qu'est-elle devenue ? demanda-t-il.

— La maison des Billaud ? T'es pas au courant ? Depuis qu'on a porté l'Antoinette en terre, elle est fermée. On n'a plus jamais vu personne. Remarque, ce n'est pas la seule. Mais enfin... C'est triste. Tes frères, ta sœur ? Parce que, après tout, c'était comme tes frères et sœur, pas vrai ?

Pierre acquiesça, sans enthousiasme.

— Alors ? Qu'est-ce qu'ils sont devenus ?

— Je n'en sais rien.

Pour le coup, Georges Drimont parut sidéré. Il était de ces hommes pour qui la vie est un fil unique, sans détour, essentiellement tendu entre les membres d'une même famille.

— Tu ne sais pas ce qu'ils sont devenus ? Vous vous êtes brouillés ?

Ce n'était pas si simple. Ni blanches, ni noires, l'indifférence, la négligence se perdent dans des arcanes de gris qui se nuancent, avec le temps, des mauvaises raisons qu'on se donne et du trouble de la conscience qu'on ne veut pas admettre.

— Ils ont fait leur chemin. On s'est plus ou moins perdus de vue.

— Tu le savais, au moins, que l'Antoinette était morte ?

Ah, ça oui, tout de même. Encore que...

— J'ai appris son décès au retour d'un long voyage. Attends... C'était quand ? En 91, c'est ça ? Oui. J'ai passé plusieurs mois en Arabie saoudite et dans les Emirats. La guerre du Golfe, tu te souviens ?

— Tu y étais ?

— Oui, bien sûr. Envoyé pour huit jours par mon

journal. J'ai dû y rester six mois ! Remarque, c'est classique. Quand je suis rentré, j'ai trouvé le faire-part dans mon courrier. Ça m'a fait de la peine de ne pas l'avoir revue. Parce que, tu vois, avec le Joseph comme avec l'Antoinette, alors là, on était restés proches. On s'est rarement revus. Je me suis arrêté, en coup de vent, trois ou quatre fois, quand mes déplacements me faisaient passer par là. Eux, ils sont venus à mon mariage. L'Antoinette est remontée pour la naissance de chacun de mes deux enfants. Mais surtout, on s'écrivait. Elle écrivait drôlement bien, l'Antoinette. Et, pour moi, je n'aurais jamais laissé passer un événement un peu important de ma vie sans avoir tout de suite l'envie de le leur raconter. Et puis, un jour, comme ça, tu t'aperçois qu'il n'y a plus rien. Tu ne peux plus écrire, raconter. Tu dois tout garder pour toi. Remarque, il y a ma femme, mes enfants. Je n'ai pas à me plaindre. On a toujours beaucoup parlé entre nous. Mais ce n'était pas la même chose. Ce que je disais à l'Antoinette, ce qu'elle m'en disait, c'était tellement différent. Alors, il a fallu que je m'y fasse. C'était encore une page qui se tournait. C'est à ce moment-là qu'on m'a proposé de passer rédacteur en chef. Je me suis jeté dans mon travail. Et voilà...

— La vie... fit Jojo d'un ton sentencieux.

3

Jeanne était de ces femmes sur qui les marques de l'âge semblent plus tenir de l'épanouissement que de l'altération. D'elle, on ne pouvait pas dire qu'elle avait certainement été très belle. On disait simplement qu'elle était très belle, encore et toujours, malgré la soixantaine qui approchait.

Et Pierre, lorsqu'on lui en faisait le compliment, souriait béatement en couvant son épouse des yeux. Bien sûr, le cheveu, aussi noir que l'œil, de la jeune journaliste, qu'il avait soufflée à une rédaction entière éperdument amoureuse de cette nouvelle recrue, était aujourd'hui grisonnant. Mais cela, pensait-il, lui allait plutôt bien et ajoutait à son charme. Peut-être ces fils d'argent, qui s'étaient progressivement mêlés à son épaisse toison brune, assagissaient-ils quelque peu une silhouette jusque-là peu encline à la contemplation.

Mais le temps n'était plus où la jeune journaliste entendait avec orgueil se montrer plus entreprenante et même souvent plus casse-cou que les hommes. Jeanne avait renoncé à son métier après la naissance de leur fille, Anne. Eric, venu au monde deux ans auparavant, n'avait pas eu cette chance. Et il avait dû attendre patiemment l'arrivée de ce renfort féminin pour pouvoir enfin jouir d'une mère à temps plein.

Ni les uns ni les autres n'avaient vraiment eu à souffrir de ces choix. Et s'il était arrivé parfois à Jeanne de nourrir une certaine nostalgie à l'égard de son métier abandonné, cela n'avait jamais été que des moments passagers de lassitude comme en ont connu toutes les femmes ayant quelque peu sacrifié leurs propres ambitions à celles de leur mari et au bonheur de leurs enfants.

Il n'était d'ailleurs plus temps d'épiloguer sur le bien ou le mal fondé de ce choix. Il leur avait apporté suffisamment de satisfactions pour que les regrets tardifs ne soient plus de mise.

Dans le vaste appartement de Courbevoie où ils vivaient depuis près de trente ans, Jeanne avait fini par tricoter une forme de bonheur paisible fait de celui de Pierre, avec qui elle parlait beaucoup de son métier, et de ceux de ses enfants et petits-enfants qu'elle voyait suffisamment souvent pour pouvoir suivre et commenter abondamment leurs moindres faits et gestes.

Sans qu'il s'agisse le moins du monde d'une quelconque ostentation, elle tenait à ce qu'ils prennent leurs repas dans la salle à manger, sur une nappe blanche brodée, dans le luxe discret et de bon aloi d'un couvert impeccablement dressé.

« Si je ne suis pas là pour ces petits conforts, disait-elle, autant que je retourne à mon travail. C'est pour le coup qu'on mangera en quatrième vitesse à la cuisine. »

Pierre souriait et, au fond de lui, n'était pas mécontent de ces attentions au milieu desquelles il lui semblait parfois qu'il ronronnait comme un vieux matou.

— Cette maison fermée depuis tant d'années, quel dommage, dit-elle simplement lorsqu'il eut fini de lui raconter sa rencontre avec Georges Drimont.

Il épluchait soigneusement une poire. Et elle souriait doucement de l'application qu'il y mettait, de peur qu'elle lui file des mains comme un savon mouillé.

— Eh oui, c'est dommage, répondit-il sans perdre de vue son méticuleux ouvrage. Mais qu'est-ce que tu veux y faire ?

Ce fut le silence de Jeanne qui lui fit lever le nez. Les répliques, ordinairement, fusaient plus vite que ça. Et si rien ne venait, c'était, à n'en pas douter, qu'une idée germait derrière ces beaux yeux noirs. Il posa prudemment sa poire dans son assiette, s'essuya négligemment les mains à sa serviette en comptant mentalement les secondes qui passaient. La somme en atteignit des sommets invariablement annonciateurs de points de vue parfaitement inattendus et vraisemblablement porteurs d'étonnantes déductions.

— « Qu'est-ce que tu veux y faire ? », répéta-t-elle. C'est tout ce que tu trouves à dire ?

Il en fut interloqué.

— Ben, que veux-tu que j'en dise de plus ?

— Que tu as à dire, justement. Autant que tes frères et ta sœur. Et comme, apparemment, eux n'ont rien dit, maintenant, c'est à toi de dire.

Il fronçait les sourcils. Où voulait-elle en venir ?

— Comment ça ?

— Antoinette te l'a pourtant assez dit et répété. Je la revois ici même. Ça devait être une des dernières fois qu'elle est venue. Te souviens-tu ? On avait pris je ne sais plus quel prétexte, peut-être bien le brevet d'Eric ou d'Anne, pour la décider à faire le voyage. Elle a passé deux semaines ici. Qu'est-ce qu'on a papoté !

— Et alors ? s'impatienta-t-il.

Un sourire amusé au coin des lèvres, elle se plut à le faire attendre. Elle soutint quelques instants son regard interrogateur, puis se leva.

— Je vais chercher le café. J'en ai pour trente secondes.

Déjà, elle filait.

— Qu'est-ce qu'elle me répétait, l'Antoinette ? Tu me le diras, à la fin des fins ?

Penché sur le dossier de sa chaise, il criait en direction de la cuisine.

— Attends. J'arrive.

Et elle réapparaissait, triomphante, portant la cafetière fumante. Il fallait encore qu'elle serve, méticuleusement, qu'elle pose la cafetière sur un dessous-de-plat, qu'elle ouvre le sucrier.

Vaincu, il rongeait son frein en ronchonnant.

— Oh ! Qu'est-ce que tu peux être impatient, quand tu veux, gourmandait-elle en se rasseyant.

— Bon, on peut savoir, maintenant ?

— Remarque, ce n'est pas à moi qu'elle disait ça,

Antoinette. C'était à toi. Tu devrais t'en souvenir mieux que moi. Tu vois, quand je te dis que tu n'écoutes jamais ce qu'on te raconte.

— Admettons, admettons. Et alors ?

— Eh bien, Antoinette, elle te l'a répété des dizaines de fois que tu aurais ta part de leur bien, au même titre que ses deux garçons et sa fille, tes frères et sœur d'adoption. C'est vrai, oui ou non ?

Il en resta un long moment sans voix. Les deux poignets lourdement appuyés sur la table, de part et d'autre de son assiette, il fixait sa femme sans trop savoir quel parti prendre. Ironisait-elle ou voulait-elle vraiment qu'il fasse valoir de bien hypothétiques droits à une succession de misère ?

— Tu parles sérieusement ?

— J'ai l'air de blaguer ? A moi aussi, Antoinette en a parlé, quand tu n'étais pas là. Et je suis sûre qu'elle t'a couché sur son testament exactement dans les mêmes termes que ses autres enfants. Pourquoi veux-tu qu'elle l'ait dit et répété sans l'avoir fait ? Ce n'était pas dans ses façons de faire.

C'était pourtant vrai. Mais, au fond, qu'est-ce que cela changeait ? Le quart de la succession de Joseph et Antoinette Billaud ! La belle affaire. Est-ce que la plus belle des successions n'était pas le doux souvenir qu'il gardait des années passées chez eux ?

Il le dit à Jeanne. Sans s'en étonner, elle apprécia qu'il donnât plus de valeur aux sentiments qu'aux quelques biens qu'ils avaient pu laisser.

— Tu devrais tout de même te renseigner auprès du notaire, insista-t-elle pourtant. Tu ne trouves pas ça malheureux, toi, cette maison fermée ?

Bien sûr qu'il trouvait ça malheureux, mais il lui

répugnait de devoir en passer par un notaire pour aller remuer tous ces souvenirs. A tout prendre, ça lui faisait l'impression d'aller confier la partition d'une aria de Bach ou du *Messie* de Haendel à la clique d'une fanfare de quartier. Il y avait quelque chose de sacrilège là-dedans. Il le lui dit. Elle admit qu'il n'avait pas tout à fait tort, mais elle n'était décidément pas disposée à renoncer.

— Justement, dit-elle. Le plus grand sacrilège, à mon avis, c'est de laisser cette maison à l'abandon. Pour Antoinette, on n'a pas le droit.

— Mais qu'est-ce que tu veux que j'y fasse ? tenta-t-il encore d'argumenter. En admettant que j'aie les mêmes droits que les trois autres, ça ne fait jamais qu'une petite minorité d'un quart. Si eux n'ont pas rouvert, je ne vois pas en quoi mon intervention les fera changer d'avis.

— Qu'est-ce que tu en sais ? Il suffit qu'Amélie, par exemple, en ait envie, de cette maison. Pour l'instant, elle est seule contre ses deux frères. Si tu te déclares, vous serez à cinquante-cinquante. C'est déjà mieux.

— Le problème n'est pas là.

Il se défendait pied à pied, mais il savait qu'elle finirait par avoir raison. Elle avait toujours raison.

Pour l'instant, un léger gratouillis du côté du vestibule avait capté l'attention de Jeanne. Pierre fut reconnaissant à Modem du répit qu'il lui procurait. Pendant que Jeanne traversait prestement la pièce en bêtifiant quelques phrases du style « Mais oui, mon minet, maman va t'ouvrir », il s'empressait de rassembler ses arguments, comme un général les restes de son armée en déroute, et de tenter d'imaginer un vrai plan de défense.

Il n'eut pas à le mettre en œuvre. Jeanne avait décidé de ne plus argumenter. Traîtreusement, elle vint lui poser délicatement le chat, un gros matou noir et blanc, sur les genoux, fit prestement le tour de son fauteuil et, nouant ses bras autour du cou de son mari, au-dessus de son épaule, elle vint appuyer sa joue contre la sienne.

— Demain, tu téléphones au notaire. Comme ça, il n'y aura plus à épiloguer. On saura ce qu'il en est.

Et, le plus déloyalement du monde, elle lui déposa un long baiser dans le cou.

— Tu ne penses pas ? eut-elle encore l'aplomb de minauder.

A dix heures précises, le lendemain matin, elle le relançait. Il en était encore à parcourir tranquillement la presse du jour lorsque le téléphone sonna. Il dut balayer plusieurs journaux empilés, grands ouverts sur son bureau, pour atteindre le combiné.

— Votre épouse, susurra la voix acidulée de la standardiste.

— Non, je n'ai pas encore appelé, dit-il avant que Jeanne ait pu placer un mot.

Il y eut un très bref temps mort.

— Ce n'est rien, dit-elle. Je dois sortir. Je te rappellerai depuis une cabine avant ta conférence de rédaction. Je brûle de savoir.

Depuis le temps, elle savait très bien que c'était le jour où la rédaction au grand complet lavait son linge sale de la semaine écoulée et sortait celui de la semaine à venir. Elle ne le lâcherait pas. Mieux valait se décider. En composant le numéro, Pierre eut encore l'espoir du sursis que l'absence du notaire pourrait lui laisser. Il n'eut pas cette chance. On le lui passa tout de suite.

Il eut toutes les peines du monde à lui raconter sa petite histoire de façon à peu près cohérente. Il était persuadé que l'autre, au bout du fil, devait froncer les sourcils et chercher déjà le moyen de se débarrasser de ce gêneur. Et puis, surtout, il ressentait comme une sorte de prévention à l'idée d'exprimer son passé en termes d'affaires.

A sa plus grande surprise, le notaire eut tôt fait de l'interrompre.

— Parfaitement, monsieur Guédeloffe, lui dit-il. Je me souviens très bien de cette affaire. Si vous permettez un petit instant.

Derrière la main qui avait dû s'abattre sur le micro du combiné, Pierre comprit que le notaire donnait quelques brèves instructions.

— Voilà, reprit-il. Par acquit de conscience, j'ai demandé qu'on aille me sortir le dossier. Mais je me souviens très bien, répéta-t-il. Les dispositions laissées par Antoinette Billaud, votre mère adoptive, étaient très claires. Je les avais moi-même enregistrées longtemps avant sa disparition. Et, effectivement, elle vous léguait la même part de son héritage qu'à chacun de ses trois enfants utérins. La propriété Billaud est donc dans l'indivision entre vous quatre.

— Je n'en ai pas été averti.

— Vos frères et sœur s'étaient pourtant chargés de le faire, du moins à ce qu'ils m'ont dit, à l'époque.

Remarquez, vous auriez pris contact avec l'étude, on ne vous aurait rien dit d'autre.

Ça sentait le reproche à plein nez. Pierre préféra ne pas relever.

— Et l'affaire en est restée là ?

Dans le silence qui s'établit, Pierre entendit distinctement le chuintement discret du dossier que le notaire feuilletait.

— A vrai dire, reprit-il enfin, c'était un peu ce qui m'étonnait. Mais on vient de me remettre le dossier. Je l'ai sous les yeux. Et je crois avoir la réponse.

— Ah bon ?

— C'est tout simple. Vos deux frères et votre sœur ne se sont pas montrés très intéressés par cet héritage. Aucun, apparemment, ne désirait ou ne pouvait racheter la part des autres. Et le temps a passé, mon pauvre monsieur.

Il y avait un voile de nostalgie dans le regard de Pierre lorsqu'il raccrocha.

— Il n'y avait déjà pas grand-chose... Il ne doit pas en rester lourd, dit-il à l'adresse d'Antoine qui, du bureau en face du sien, par-dessus un invraisemblable amas de journaux, de revues, d'annuaires et autres papiers, le considérait avec intérêt.

Ils se laissèrent à nouveau accaparer par leur travail.

La parenthèse était fermée.

Du moins le croyaient-ils.

4

— Si on y allait voir ?

Pierre s'attendait à tout sauf à cette réaction de Jeanne. Incurable naïf, il espérait encore pouvoir se tenir pour acquitté de toute cette affaire par le simple rapport qu'il venait de faire à son épouse de la conversation téléphonique qu'il avait eue avec le notaire.

Et voilà qu'elle entendait y aller.

— Mais que veux-tu que nous allions voir ? Une maison fermée depuis près de dix ans dont je ne possède que le quart. Et encore : virtuellement.

— La maison où tu as été recueilli et élevé.

Il se le tint pour dit. Jeanne avait décidé d'aller au bout d'une démarche dont il ne comprenait que très partiellement les vraies motivations. Rien ne servait de tenter de l'en dissuader.

Il fut convenu que le premier week-end où coïncideraient un temps supportable et l'absence de tout autre engagement, ils prendraient la route de Messangy.

Conjonction qui intervint bien trop vite au gré de Pierre. La Toussaint était juste passée. Le 11 Novembre avait la mauvaise idée, cette année-là, de tomber en milieu de semaine. Il faisait radieusement beau. Malgré tous ses efforts, il n'avait rien trouvé qui puisse passer pour une excuse valable d'indisponibilité. Aucun sursis n'étant à attendre, il fallait se résoudre à y aller.

Après quelques vaporeuses brumes matinales, que bleutaient les rayons du soleil, alors qu'ils traversaient la banlieue parisienne, les plaines du Gâtinais puis de Puisaye, immensément nues, veuves de leur végétation estivale, scintillaient doucement, gaies malgré cette mort, sous la lumière blanche, un peu froide, d'un soleil déjà hivernal.

Comme d'habitude, Pierre roulait vite. Jeanne n'aimait pas. Il lui semblait subir ce paysage qui s'enfuyait trop vite, sous le capot de la voiture. Elle avait glissé un disque compact dans le lecteur, avait légèrement incliné le dossier de son fauteuil, et elle se laisser bercer par les accents puissants du *Crépuscule des dieux*. En voiture, il lui fallait ce genre de musique, un peu sauvage, presque brutale, pour dominer son malaise.

— Tiens, voilà le Morvan, dit simplement Pierre lorsque, peu après l'échangeur de Nitry, l'horizon se barra du moutonnement de collines ourlées d'épaisses forêts.

— Les couleurs seront encore belles, dit-elle.

Depuis le sommet d'une côte, ils n'eurent pourtant qu'une vue fugitive de l'étonnante palette d'ors et de fauves mêlés qui s'étendait loin devant eux, dans la limpidité crue de l'air, comme un épais et lointain froncement de sourcils de la plaine qu'ils allaient quitter.

Ils ne retrouvèrent la forêt qu'à la sortie de Quarré-les-Tombes. Et ils eurent ensemble le même cri horrifié.

— Tous ces sapins, quelle horreur, dit-elle.

— Et il y en a de plus en plus.

— Mais c'est stupide.

— Rentabilité, ma chère. Ça pousse plus vite, à ce qu'il paraît.

— Mais alors, toutes ces couleurs qu'on a aperçues, tout à l'heure, depuis l'autoroute, c'étaient bien des feuillus ?

— Ce qui prouve qu'il en reste encore, heureusement.

Bien sûr, ils en virent. En dehors de quelques futaies bien entretenues, ce n'était guère que des taillis pleins de charme mais probablement de bien piètre rapport.

Ils gardèrent leurs commentaires pour eux. En s'appliquant méticuleusement à suivre les moindres détours d'un relief pour le moins désordonné, la route contraignait Pierre à réduire considérablement son allure. Village après village, le pays se faisait plus familier.

Jeanne n'y était venue qu'une ou deux fois, mais elle savait qu'on approchait. Sans même avoir à tourner la tête, toujours apparemment accaparée par la musique, elle sentait l'émotion qui se saisissait peu à peu de son mari. Elle-même n'était pas loin d'y céder.

Ils eurent encore à traverser de vastes forêts de hêtres, de chênes et de charmes qu'embrasaient les couleurs de l'automne. Beaucoup de feuilles étaient déjà tombées. Et la lumière du soleil, pénétrant en gros bouquets d'or fin jusqu'au cœur des sous-bois, révélait de somptueux tapis de fougères rousses brûlées de gel. Ils étaient constellés des délicates étoiles posées là par les ultimes feuillages des vernes, des sureaux et des ronciers.

Ils quittèrent la forêt par surprise, à la sortie d'une large courbe qui ne leur laissa pas le temps de s'habituer à l'idée de la transition. Instinctivement, Pierre ralentit encore. Un large vallon s'ouvrait devant eux, sur la pente duquel, entre les prés bordés d'un inextricable lacis de haies, se prélassaient les toits d'ardoises bleues et les murs de granit gris, bleu et rose, en simple appareil de mortier, d'un village. Au flanc des collines abruptes qui l'entouraient, la forêt, descendant à mi-côté, lui constituait une sorte de couronne d'or et de pourpre sur laquelle jouait comme à plaisir cet ultime soleil automnal.

— Messangy, dit Pierre.

Jeanne se résolut à tourner la tête. Son mari lui avait bien rarement donné l'occasion d'entendre, aussi brièvement que ce soit, cette voix sourde, comme enrouée, qui trahissait toute son émotion.

Comme une caresse, il sentit le regard que sa femme posait sur lui. Mais il ne détourna pas les yeux. Il en aurait été incapable. Avec une boule comme le poing au fond de la gorge, il voyait tout à coup défiler sur l'écran de son pare-brise tout le film de ses jeunes années, mais, comme dans les vilaines productions à petit budget, plus rien n'était vraiment tel que l'avait écrit la réalité.

Le noir de fumée de la forge s'était moiré de

cambouis. Et des panneaux criards et agressifs, fichés dans les vieux murs, au-dessus des anneaux où l'on attachait jadis les vaches et les bœufs à ferrer, proclamaient bien haut le culte de la machine, de l'huile et du gasoil qui se pratiquait là désormais. Les charpentes, les larges sangles et le treuil à tambour du travail autour duquel s'ordonnait jadis la vie du lieu avaient disparu. A leur place, se rangeaient quelques modernes outils agricoles.

La boulangerie était toujours là où la situait son souvenir. Mais une large vitrine sans âme et une porte vitrée s'étaient substituées à sa bonne vieille façade un peu de guingois, un peu grisâtre, comme les sourcils et la moustache du boulanger, à jamais mêlés de farine. Et les trois marches usées et pentues qu'il fallait gravir pour atteindre sa porte de bois plein, au faîte de laquelle, lorsqu'on la poussait, tintinnabulaient quelques tubes de cuivre, étaient désormais carrelées et si voyantes que le regard de Pierre eut le temps de s'y heurter.

L'épicerie qu'il avait connue était fermée. On lisait encore, en grosses lettres jadis jaune d'or, sur son large fronton de bois dont le vert avait peu à peu viré au gris presque noir : *Chez Arsène, épicerie, bazar, tabac.* Une froide et fonctionnelle supérette, devant la porte de laquelle s'alignaient même quelques petits Caddies, l'avait remplacée en bas du village, juste avant la place. Pierre, en passant, la dévisagea comme on le fait, sans vergogne, d'un étranger.

Le café, lui, était toujours là. La terrasse, débarrassée, en cette saison, de ses tables en matière plastique verte et de ses parasols, faisait apparaître, plus incongrues et plus agressives encore que celles de la forge, ses enseignes à la gloire de quelques apéritifs et marques de bières. Au-dessus de la porte, le large panneau lumineux à lettres blanches sur fond rouge, *Café-restaurant*, cachait mal les lettres fanées du mot « estaminet », peintes à même le mur.

Les voitures étaient relativement nombreuses, garées à la va comme je te pousse, deux roues sur le trottoir, mais il n'y avait quasiment personne dans la rue. Et ce fut ce qui frappa le plus douloureusement Pierre.

Enfin, à la hauteur de l'école, vaste bâtiment sans charme dont seules deux fenêtres s'ornaient encore de l'envers de quelques découpages enfantins, il mit son clignotant à gauche et s'engagea prudemment dans une ruelle pentue. Gamin, il en avait connu, l'été, la poussière et, l'hiver, la boue. La dernière fois qu'il était passé saluer l'Antoinette, elle arborait fièrement un beau revêtement d'asphalte tout neuf. Depuis, trahissant l'indigence du budget communal, il s'était sérieusement détérioré. Les suspensions de la grosse berline, peu habituées à ce traitement, protestèrent. Il descendit tout doucement.

A droite, la rue s'adossait à un mur de pierres sèches plus ou moins disjointes et que coiffait la brosse hirsute d'une haie depuis longtemps en mal d'émondage. A gauche, quelques maisons basses, des maisons sans grange ni étable, de modestes maisons de tâcherons au pignon desquelles se voyait encore la forme de l'ancienne charpente que l'on couvrait de chaume, s'alignaient sagement, murs gris, volets bleus ou verts pareillement écaillés et fermés sur un long oubli.

La voiture allait au pas. Pierre, enfoncé dans les

coussins de son dossier, le regard lointain, paraissait ne pas vouloir arriver. Il fit pitié à Jeanne.

— Voilà, dit-elle pour tenter de rompre l'envoûtement, on y est.

Quelques haies, deux ou trois entrées de prés béantes avaient succédé aux dernières maisons. Puis un nouveau pignon était apparu. Un peu plus grande, un peu plus longue, cette maison-là était manifestement habitée. Un joyeux désordre occupait même l'étroit jardinet qui la séparait de la rue.

Et puis, tout de suite après, avant une grille en fer forgé sur laquelle venait buter la rue, c'était la ferme Billaud. Ou, du moins, cela avait été, dans un lointain passé, la ferme Billaud. Un long bâtiment bas, râblé, trapu, sous la couverture lisse, bien tirée, de son toit d'ardoises gris-bleu. Au fond d'un jardinet en mouchoir de poche qu'encombraient presque totalement les ramures des haies revenues à l'état sauvage, l'habitation dont on atteignait la porte épaisse par trois marches de granit bleu et un perron minuscule. A droite, l'énorme porte de grange sous une fière avancée du toit, en auvent. Et plus à droite encore, la porte de l'étable, presque plus large que haute, encadrée de deux minuscules fenêtres barrées de grilles épaisses. Au-delà du pignon que couvrait encore une vigne pleurant les tailles depuis si longtemps oubliées, s'ouvrait le large portail de ce qui, jadis, était l'ouche, le potager, la cour et tout à la fois. Le puits y trônait, contre lequel se serrait l'auge à laquelle, chaque matin, chaque soir, venait boire le bétail.

Pierre, sans trop y prendre garde, avait arrêté sa voiture au beau milieu de la rue, juste en face de la maison. Jeanne bondit. Elle avait tout autant envie de se dégourdir les jambes que de voir. Lui ne bougea pas. Il lui fallait d'abord assimiler, ressentir. Et peut-être un peu que lui vienne l'encouragement de sa femme qui n'allait évidemment pas tarder à trouver matière à s'extasier.

Ça ne manqua pas.

— Viens voir, dit-elle. Les rosiers d'Antoinette : ils sont toujours là.

Il prit son temps. Repoussant largement la portière de la voiture, il s'en extirpa lentement, dépliant l'un après l'autre ses membres ankylosés par les heures de route. Feignant l'indifférence, il s'étira et en prit prétexte pour laisser courir un regard ému tout au long du bâtiment dont chaque recoin, la moindre cachette recelait des fragments de sa jeunesse.

Jeanne laissa faire autant qu'elle le jugea nécessaire. Puis elle insista.

— Viens voir, répéta-t-elle avec beaucoup de douceur dans la voix.

Fermée, grise, la maison donnait l'impression à Pierre de n'être plus que le triste squelette de ses joies et de ses émois passés. Jeanne, sans l'attendre, avait poussé le portillon un peu branlant du jardinet.

— Viens, dit-elle encore en lui tendant la main.

Il se laissa faire. En écartant les rameaux sauvages des haies, elle le conduisit comme un enfant jusqu'à cette infime plate-bande, à gauche du perron, que soignait si jalousement Antoinette, jadis.

— Regarde, dit-elle. Ils sont encore là.

Ils ne pouvaient pas aller plus loin. Les branches folles des rosiers avaient rejoint celles de la haie. Elles s'étaient mêlées, enchevêtrées si étroitement qu'elles ne laissaient rien d'autre du jardinet qu'un étrange et dérisoire sous-bois à l'humus épais et brunâtre sur lequel seuls quelques champignons parvenaient encore à trouver leur vie.

Le tenant toujours par la main, elle revint au perron et en gravit prudemment les trois marches que la mousse, couverte de feuilles mortes, avait colonisées. Cette fois, il refusa de la suivre.

— Tu vois bien que c'est fermé, dit-il en dégageant sa main.

Elle n'en resta pas moins un long moment devant la porte, détaillant du regard chaque élément de cette étrange lutte qu'ils sentaient engagée là, sous leurs yeux, entre la pierre, fidèle à la main qui l'avait érigée en mur, et la végétation assouvissant avec hargne sa liberté recouvrée.

Elle semblait accaparer avec tant de force ce décor désolé que Pierre se sentit saisi d'une véritable angoisse. Il ne parvenait pas à renouer avec ses souvenirs. C'était bien la maison de Joseph et d'Antoinette Billaud. C'était bien cette maison où, débarquant de son orphelinat, il avait appris ce que vivre voulait dire. Et pourtant, devant ces murs froids, ces volets clos, cette broussaille qui brouillonnait le tout, il ne parvenait à ressentir rien d'autre qu'une sorte de plate lamentation qui le désespérait.

Il sortit du jardinet et longea la haie folle. Tout au bout, après l'étable, juste avant le portail en fer forgé, dont il nota sans y attacher d'importance qu'il était peint de frais, la barrière en bois qui fermait la cour était à moitié effondrée. Il s'en approcha mais ne chercha pas à la franchir.

Il lui aurait fallu, d'ailleurs, sitôt les restes de la

barrière enjambés, affronter les herbes folles, les ronces, les sureaux et les noisetiers qui avaient envahi sans vergogne la cour empierrée de son souvenir. Il se contenta de se hausser sur la pointe des pieds pour ausculter, de loin, le taillis hirsute qui avait été le cadre de ses premiers jeux d'enfant.

Le terrain, à peu près plat autour de la maison, s'abaissait rapidement, en pente de plus en plus forte, vers le ruisseau qu'on entendait chanter sur les pierres de son lit, à quelques centaines de mètres. Cette ritournelle-là n'avait pas changé. Et ce fut comme un déclic pour Pierre. Cet infime souvenir retrouvé ouvrit tout à coup la porte à tous les autres.

Et la broussaille ne fut plus qu'un accessoire sans importance aux images qui revenaient du tombereau attelé de deux vaches blanches manœuvrant lentement mais avec précision, dans la cour, sous les légères pressions de l'aiguillon de Joseph. Et le chant monotone dont il accompagnait toujours le travail de son attelage... Pierre sourit. Il l'avait parfaitement dans l'oreille. Il l'avait tant de fois entendu. Il se sentait pourtant incapable d'en reproduire une seule intonation.

Résolument, cette fois, il enjambait les vestiges de la barrière lorsque Jeanne le rejoignit.

— Tu n'as pas peur de te piquer les mollets ? dit-il en lui tendant la main.

Elle sut ne pas montrer sa surprise. Elle ne discernait pas encore ce qui avait déterminé cet étrange changement dans le comportement de Pierre. Il suffisait à son bonheur de voir son sourire revenu. Sans se soucier des ronces, qui dardaient déjà leurs épines vers ses bas, et de ses chaussures de ville aux talons trop hauts, elle prit appui sur la main que lui tendait Pierre et pénétra à son tour dans la cour.

La broussaille était telle et depuis si longtemps livrée à elle-même qu'ils ne purent pas aller bien loin. Ils se contentèrent de dépasser l'angle du pignon de l'étable.

— Voilà, dit Pierre.

Elle le considéra avec étonnement.

— Voilà quoi ?

Il haussa vivement les épaules et lui adressa un lumineux sourire dont elle n'aurait pas osé le dixième cinq minutes auparavant.

— Eh ben oui, quoi, fit-il d'un ton enjoué. Voilà, c'est là.

Elle n'insista pas. Il n'y avait pas à insister. Que serait-elle allée faire, d'ailleurs, dans l'univers clos de ses souvenirs dont il était évident qu'ils ressurgissaient en bouillonnant à la surface de sa mémoire ? Elle se laissa expliquer la cour, le potager, le verger, puis le ruisseau qui en baignait le pied et au fil des eaux duquel tournait peut-être encore le dernier des frêles moulins qu'il y érigeait de boîtes d'allumettes et de brindilles.

— Tu vois le petit toit en pente, là-bas, juste avant le verger ?

Elle ne discernait guère qu'une toute petite surface grise apparaissant entre les branches. Pour elle, il ne faisait pas beaucoup de différence qu'il s'agisse de celles, vulgaires squatters de potager, de quelques sureaux et de noisetiers, ou de celles, éminemment nobles, d'un pommier ou d'un poirier revenu à la friche pour mieux résister à son envahissement.

— Oui, oui, je vois, mentit-elle tout de même pour lui faire plaisir.

— Eh ben, c'est la cabane à outils. Elle se trouve à la limite du potager et du verger.

— Ah bon, fit-elle sans conviction.

— On a fait les quatre cents coups, dans cette cabane-là, continait-il à s'attendrir.

— La première cigarette ?

Il eut un geste vague de la main.

— Ça et le reste !

— La première fille ?

Il tourna vers elle un regard radieux et redevenu espiègle. Pour toute réponse, il lui caressa la joue.

— Allez, viens. Il commence à faire faim. On mange au restaurant du pays, tu veux ?

5

Ce n'est que dans la voiture, sur le chemin du retour, que Jeanne consentit à sortir du mutisme un peu rêveur qui s'était saisi d'elle à l'instant même où Pierre, à l'inverse, se laissait aller au plaisir de retrouver les sensations de son enfance.

De tout le repas, simple mais solide, qu'on leur avait servi, à l'auberge du pays, ils n'avaient échangé que quelques mots. Ils préféraient écouter, moissonner, chacun pour soi, tout ce qu'ils percevaient, tout ce qu'ils observaient, tout ce qu'ils entendaient, quitte à mieux mettre en commun, par la suite, pour séparer le bon grain de l'ivraie.

Et pourtant, lorsqu'ils avaient repris la route, l'envie ne leur était pas venue, ni à l'un ni à l'autre, d'engager le dialogue. Pierre avait trop à faire avec la pêche laborieuse à laquelle il lui fallait se livrer pour rétablir le lien entre ce qui lui restait de ses jeunes années à Messangy et la réalité qu'ils venaient d'entr'apercevoir. Jeanne avait incliné le dossier de son fauteuil plus encore qu'à l'aller. Mais ni Wagner, ni Dvořák, ni Dukas, dont les pochettes des disques compacts étalaient leur éclectisme sur la planche de bord, n'avaient retenu son attention.

Elle était captée dans son entier par l'immensité de l'idée qui était en train de germer en elle. Littéralement, elle se faisait l'impression de la sentir croître. Et en se développant, en prenant à chaque instant plus de force et de volume, elle lui imposait son implacable évidence. Pour un peu, elle aurait souhaité que s'abatte n'importe lequel de ces mille maux qui peuvent avoir raison d'une telle plante et de l'insolente santé avec laquelle elle installait en elle ce qui, inexorablement, allait devenir, elle le sentait, une incontournable évidence.

Ils venaient de dépasser Dun-les-Places. Dans la longue descente vers la Cure, c'était à peine si on entendait le doux ronronnement du moteur. C'est alors que la phrase lui échappa sans même qu'elle en ait vraiment décidé.

— Et si on l'achetait ? dit-elle.

D'avoir prononcé ces quelques mots, elle ressentit un profond soulagement. C'était comme une délivrance.

Pierre ne réagit pas. Tout juste put-elle discerner un fin sourire un peu ironique se dessiner sur son visage qu'elle voyait de profil, légèrement de derrière.

— Je m'y attendais, dit-il.

Elle n'en fut pas surprise mais en ressentit tout de même comme une chaude bouffée de plaisir. Elle aimait qu'il la devine. Après tant d'années de vie commune, il lui fallait encore ces preuves discrètes de l'accord qui existait entre eux.

— Et alors ? demanda-t-elle sans bouger.

Elle sentit plus qu'elle ne vit son bref haussement d'épaules.

— Que veux-tu que je te dise ? soupira-t-il. Bien sûr, ça me désole de voir tomber en ruine la maison dans laquelle j'ai si longtemps vécu. Que peut-on y faire ? En admettant que nous puissions la racheter, qu'en ferait-on ?

— Tu es bientôt à la retraite.

Il se tut. L'idée même de ne plus exercer son métier lui était totalement inconcevable. Alors, venir s'enterrer dans un trou pareil...

Elle lut dans ses pensées.

— Tu sais bien que si on reste à Paris, tu ne sauras jamais dételer. Dans l'appartement, tu t'ennuieras, tu tourneras en rond. Et, inévitablement, tu y retourneras. Alors que, à la campagne, tu auras de quoi t'occuper. Toi qui as toujours regretté de ne pas avoir de jardin, c'est l'occasion. Et puis, qu'est-ce qui t'empêchera de continuer à faire quelques papiers ? C'est ta chance. Un employé de bureau, un ouvrier d'usine, quand la retraite est là, c'est fini, une fois pour toutes. Alors que toi, avec tous les amis que tu gardes dans la profession, même de loin, surtout de loin, tu pourras toujours trouver le canard qui passera tes articles.

La fine mouche ! Il ne lui avait pas fallu chercher bien loin pour trouver la corde à faire vibrer. Et elle savait bien que son Pierre caressait déjà avec délectation l'idée d'un bureau campagnard, avec vue sur le jardin, d'où, tranquillement, sans la presse habituelle des rédactions, il pourrait peaufiner les enquêtes, les articles de fond, la chronique dont il rêvait depuis toujours. Il n'avait jamais eu le temps de s'y mettre. Et si c'était enfin l'occasion qui se présentait ?

— Il faut voir, dit-il fort imprudemment.

Elle sut qu'elle avait partie gagnée.

Il lui fallut tout de même deux mois pour le décider à appeler à nouveau le notaire. Et ils durent encore attendre un temps à peu près aussi long pour qu'elle trouve dans leur boîte à lettres, un beau matin, entre trois publicités aux couleurs criardes, deux journaux et quelques courriers sans importance, une belle enveloppe frappée, en son angle supérieur gauche, du sceau de l'étude notariale autunoise.

Une douce lumière de printemps naissant coulait à flots dans le hall de l'immeuble où Jeanne, perplexe, auscultait la missive sous toutes les coutures. Elle sentait avec plaisir un jeune soleil de début mars lui caresser agréablement le dos à travers la large porte vitrée.

La lettre était adressée à Pierre. Jeanne remonta à l'appartement. Elle la posa délicatement et bien en vue sur le coin du guéridon, en face du fauteuil dans le fond duquel Pierre, sitôt rentré, ne manquerait évidemment pas de se laisser aller avec un profond soupir d'aise.

— Qu'est-ce qu'on mange ? demanderait-il immanquablement.

Jamais journée ne parut si longue à Jeanne. Car le doute s'était saisi d'elle. Après tout, cette lettre allait, à elle seule, décider de ce qu'ils allaient devenir. Et

Jeanne n'était plus loin de penser qu'un refus des frères et de la sœur de Pierre représenterait, pour elle, un vrai soulagement. Si, à l'inverse, ils acceptaient, il ne serait plus temps de faire machine arrière. Il faudrait l'acheter, cette maison. Ce n'était pas l'aspect financier qui l'inquiétait. C'était l'énorme chamboulement que tout cela allait nécessairement amener dans leur existence.

Etait-il raisonnable de remettre en question le tranquille équilibre dans lequel ils vivaient depuis tant d'années ? S'adapteraient-ils à leur nouvelle vie ? Y retrouveraient-ils cette si belle entente qui les unissait et qui leur avait apporté assez de bonheur pour que jamais elle n'ait eu à regretter d'avoir renoncé à son métier ?

« Il est bien temps ! » se reprochait-elle en tournant autour de la lettre qui semblait la narguer. L'enveloppe en beau papier crème légèrement craquant, avec la discrète raison sociale de l'étude, en haut à gauche, avait la morgue froide des plis qui savent n'avoir pas besoin d'aguicher pour retenir l'attention.

Elle la haïssait.

Elle se faisait l'impression d'avoir mis en marche une redoutable machine dont ce ridicule rectangle de papier lui confisquait les commandes.

Lorsque Pierre rentra enfin, elle se tenait debout, au coin du guéridon.

— Ouf, quelle journée ! lança-t-il depuis le vestibule où il se débarrassait de son manteau.

Incapable de détacher son regard de l'enveloppe, elle ne lui répondit pas.

— Tu es là ? s'étonna-t-il.

Qu'elle ait déjà transgressé une de leurs vieilles habitudes en n'allant pas à sa rencontre lui fit l'impression d'une première rupture.

— Oui, oui, je suis là, au salon. Je t'attendais, s'empressa-t-elle.

Le ton de sa voix l'avait déjà trahie. Bêtement, elle se sentait tendue comme une corde, incapable de se contrôler, et elle sursauta presque lorsqu'il apparut soudain dans l'encadrement de la large porte vitrée.

— Qu'est-ce qui se passe ? dit-il, déjà alarmé.

— Rien, bredouilla-t-elle.

Et elle ressentit une véritable libération en parvenant à baisser les yeux vers le guéridon et à dire : « Ça. »

Il vit la lettre mais prit tout de même le temps de venir lui déposer un baiser sur la joue avant de s'en saisir.

— Eh bien, depuis qu'on l'attendait, celle-là ! dit-il d'un ton enjoué en la tournant entre ses doigts comme si elle avait pu, par sa seule forme, lui révéler son contenu.

— Pourquoi tu ne l'as pas ouverte ? Tu aurais dû.

— Elle t'est adressée.

— Beau scrupule, taquina-t-il sans vouloir prendre la mesure de l'exaspération de Jeanne.

Il fallut encore qu'il repose le pli sur le guéridon pour sortir de sa poche un minuscule canif. Jamais il ne déchirait une enveloppe. Ses gestes étaient si posés qu'ils en paraissaient presque lents à Jeanne. Elle finissait par lui en vouloir. A moins que ce ne soit à cette maison qui, déjà, par l'entremise d'une simple lettre, parvenait à s'immiscer entre eux.

— Alors, ça, pour une nouvelle, c'est une nouvelle. A vrai dire, je n'y croyais pas. Tiens, regarde.

Elle dut prendre sur elle-même pour ne pas lui arracher la lettre des mains. Et elle n'eut pas besoin de s'attarder à la lecture d'un texte, d'ailleurs tout à fait laconique, pour comprendre. Bien évidemment, c'était ce que, depuis quelques instants, elle redoutait le plus. Ils acceptaient. Et le notaire s'offrait à arranger l'affaire « dans les plus brefs délais ».

— C'est tout l'effet que ça te fait ? s'étonna Pierre.

Vivement, elle avait posé la simple feuille de papier qui lui faisait horreur sur le guéridon et elle s'était détournée. Il ne fallait pas qu'il voie l'angoisse dont elle se sentait saisie à un tel point que ses traits, inévitablement, devaient la trahir.

— Eh bien, ça alors, insista-t-il. J'espérais que tu allais bondir de joie. C'était pourtant bien ce que tu voulais ?

Elle haussa les épaules et, en faisant mine de se diriger vers la cuisine, elle admit :

— Je ne sais plus.

Ce fut lui qui dut la rassurer. En fin de compte, il s'était fait à cette idée de vouer sa retraite à la maison de sa jeunesse. Et il s'était convaincu sans trop de difficultés de ce que le changement pourrait avoir de bénéfique pour eux.

— Elle est grande, cette maison, lui dit-il. Tu vas voir. On va l'aménager. Et je ne donne pas longtemps aux enfants pour y prendre leurs habitudes.

Puisqu'il y croyait ! Elle prit le parti de faire taire

ses inquiétudes et de participer à l'enthousiasme des projets. Au fond d'elle-même, elle savait que ce n'était qu'une façade. Au-delà demeurait l'angoisse. Moins celle de ce qui pourrait assombrir l'horizon, que Pierre voyait si clair, que de savoir si elle trouverait en elle toute la force de caractère nécessaire pour faire face à cette adversité qu'elle pressentait et, au besoin, pour la détourner sur ses seules épaules.

De longs mois s'écoulèrent encore avant qu'aboutisse la négociation menée par l'étude autunoise. Ils avaient espéré que tout cela serait réglé avant l'été. Il leur fallut déchanter. Et ce n'est que dans les derniers jours d'août qu'ils reçurent la convocation tant attendue. La signature était fixée au 5 septembre.

— Tu n'y penses pas ! se récria aussitôt Jeanne. C'est la veille de la rentrée des classes. Les enfants ont besoin de moi. Il ne peut pas en être question. Ou alors…

Il la voyait venir sans surprise. Ses causes profondes restaient mystérieuses pour lui, mais il sentait bien la réticence de Jeanne, qu'elle ne parvenait pas toujours à dissimuler.

— Ou alors ? répéta-t-il.

— Ou alors, tu y vas seul, voilà tout.

A vrai dire, la perspective de ce voyage solitaire, et surtout de ne pas pouvoir partager avec Jeanne l'émotion de l'instant où ils franchiraient la porte de la maison, lui gâchait un peu son plaisir. Mais, après tout, restée fermée si longtemps, elle ne devait pas être en trop bon état, cette maison. Et peut-être valait-il mieux qu'il aille la rendre un peu plus avenante avant que Jeanne ne vienne la découvrir.

— C'est bon, dit-il. J'irai seul. Je camperai quelques jours sur place. Et je viendrai te rechercher quand les gamins pourront se passer de ta main secourable pour franchir la porte de l'école.

Elle en ressentit un tel soulagement qu'elle ne releva pas l'ironie.

Il partit un matin, très tôt, avec, dans la tête, un peu de cette juvénile excitation qui se saisissait de lui, naguère, lorsqu'on l'envoyait en reportage à l'autre bout du monde.

Et il ne put pas voir le frisson qui secoua les épaules de Jeanne lorsque, sa voiture s'étant perdue dans le flot de la circulation, elle cessa d'agiter la main.

6

A son tour, Pierre doutait.

Lorsqu'il avait tourné la clef dans la serrure, le pêne avait commencé par résister, pour la forme. Puis il avait accepté de glisser, non sans émettre un sinistre grincement qui n'avait eu d'égal que celui proféré par les gonds lorsqu'il lui avait fallu peser de tout son poids sur le lourd battant de chêne pour qu'il accepte de lui livrer passage.

« A croire qu'ils préviennent les fantômes », avait souri Pierre.

La porte ouverte n'avait pas laissé entrer grand jour. Assez cependant pour qu'il puisse atteindre la fenêtre de gauche. Il dut y aller à coups de poing sur la barre qui entravait le volet pour qu'elle accepte de sortir de son logement.

La hâte que mettait Pierre à ouvrir le plus d'issues possible tenait moins au besoin qu'il avait d'y voir clair qu'à l'épouvantable odeur de renfermé et de moisi qui l'avait saisi à la gorge dès que la porte avait cédé sous sa pesée.

Mais, après qu'il eut énergiquement rabattu les vantaux sur le mur extérieur, lorsqu'il fit face à la pièce rendue à la lumière après bientôt dix ans d'obscurité, l'émerveillement du souvenir qu'il attendait de cet instant, et qui se lisait déjà sur son visage, dut bien faire place à la consternation et à l'effroi.

Le spectacle de tout ce linge, cette vaisselle, de tous ces petits riens accumulés et juxtaposés par tant de vies, puis jetés à terre et laissés là à se faner et à moisir durant tant d'années était proprement insoutenable.

Incrédule, Pierre s'avança de quelques pas dans la pièce. Et il s'immobilisa. Pour aller plus loin, pour atteindre ce buffet au pied duquel il avait ses souvenirs de jeux, pour aller caresser le bois patiné de l'armoire grouillante des mystères qu'y entretenait, dans son esprit d'enfant, la clef suspendue par un cordon au cou d'Antoinette et dont elle seule pouvait user, il lui aurait fallu piétiner tout le linge éparpillé à travers la salle. Un geste sacrilège auquel il ne put se résoudre.

Alors, à petits pas précautionneux, il revint vers le bout de la table et l'unique chaise encore valide, sur laquelle il se laissa tomber.

D'un seul coup, à l'instant précis où son regard effaré tombait sur ce spectacle de désolation, tout son enthousiasme, toute la curiosité un peu juvénile avec laquelle il avait fini par se jeter dans l'aventure furent annihilés. Rien n'en resta pour contrebalancer l'affreux désarroi qui se saisissait de lui et le projetait sans ménagement dans un doute bien plus profond encore que celui de Jeanne.

« De la folie, se disait-il. On a été fous de se jeter dans une pareille aventure. Jamais cette maison ne sera habitable. Et pourtant, il est trop tard. Comment, maintenant, reculer ? Maintenant que je sais. Je ne pourrai plus vivre si je ne vais pas au bout. Je ne pourrai plus me regarder en face si j'abandonne, si je laisse la maison d'Antoinette dans cet état-là. Qui a fait ça ? Pourquoi ? Me voilà condamné à réparer et à savoir. Mais par où commencer ? »

Elle était bien loin, la joie simple qui l'animait lorsqu'il s'imaginait, en introduisant la clef dans la serrure, que débutait ainsi la belle aventure qu'il avait rêvée, avec un jardin plein de fleurs, une table rustique pour bureau, devant une fenêtre au linteau de laquelle pendaient les grappes mauves de la glycine...

« Jamais je ne m'en sortirai... »

Désemparé, sans bouger de sa chaise, il esquissait des gestes, soulevait un bout d'étoffe sur la table, et le laissait retomber aussitôt.

— On peut entrer ?

De surprise, il bondit sur sa chaise. Il se retourna vivement. Dans le contre-jour, il ne vit d'abord, dans l'encadrement de la porte, qu'une silhouette grise penchée vers l'ombre de la pièce. En se levant précipitamment, il renversa la chaise.

— Oui, je vous en prie, entrez. Même si... Enfin... Ce n'est guère présentable.

En sortant du contre-jour, la silhouette ne perdit rien de sa grisaille. Enveloppé dans une grande blouse sans forme qui lui tombait en dessous du genou, l'homme ne semblait pas avoir d'âge. Certes, le cheveu, plutôt rare, était grisonnant. Mais, dans un visage en lame de couteau étonnamment lisse, le regard, aussi gris que le reste, avait une vivacité un peu fuyante qui étonnait.

— Mon pauvre Pierrot, si c'est pas un malheur. Si j'avais su... Mais qu'est-ce qui s'est passé ici ? Moi qui vis à côté et qui n'en savais rien. Ce que c'est de devenir vieux. Si ça tombe, j'ai rien entendu. Avec l'âge, c'est qu'on devient dur d'oreille. Tiens, je m'en voudrais toujours. Si l'Antoinette voyait ça...

Pierre, médusé, suivait des yeux l'étrange personnage qui, sans les scrupules qui l'avaient retenu quelques instants auparavant, allait et venait dans la pièce, à petits pas fouineurs, comme s'il lui incombait d'évaluer l'ampleur des dégâts.

— Tu sais qui je suis au moins ? Tu me reconnais ?

Prudent, Pierre se contenta, pour toute réponse, d'une moue dubitative.

— Mais si, voyons, reprenait l'autre, intarissable. C'est moi, Armand, monsieur Armand. Tu te souviens bien, l'épicerie. Monsieur Arsène, c'était mon père. Tu y étais pourtant pendu bien aussi souvent que les autres, à nos boîtes à bonbons. Peut-être, même, que tu les a pas tous payés !

— Parce que... Parce que vous, vous savez qui je suis ?

Monsieur Armand s'arrêta net au milieu de la pièce, le pied droit sur ce qui restait du pantalon du dimanche de Joseph, le pied gauche sur un drap encore à moitié dans ses plis.

— Si je sais qui tu es ! Bien sûr que je sais qui tu es. Le Pierrot à l'Antoinette, son petit Paris, celui qui travaillait si bien à l'école qu'elle en était fière comme si elle l'avait couvé elle-même. Tout le monde, au pays, sait qui tu es. Tout le monde sait que tu reviens. Ah, mon gars, faudra t'y remettre. C'est que les nouvelles vont vite, tu vois, à la campagne. Ah, malheureux, si ton voisin le plus proche ne s'inquiétait pas de ton retour, ce que ce serait du monde ? On est civilisé, tout de même. On n'est pas des bêtes.

Et il reprenait à petits pas ses investigations catastrophées qu'il ponctuait de gestes un peu théâtraux dont les grognements et les gloussements qui les accompagnaient n'aidaient guère à la compréhension.

— Bah, finit-il par articuler de façon à peu près intelligible, t'es bon pour vider tout ça. Marche, j'ai des poubelles, j'm'en vais te les prêter. Tu vas en avoir besoin. Et puis, mon gars, il va falloir me changer cette serrure-là. Qui sait comment ils sont rentrés, ceux qui ont fait le coup ? Faut être prudent, de nos jours. Avec tout ce qu'on voit...

De se faire appeler « mon gars » laissait Pierre sans voix. L'autre, par contre, en avait une étrangement fluette, un peu éraillée, dont il usait avec une telle volubilité que Pierre, figé devant la porte, se contentait de le suivre des yeux sans rien trouver à répondre à ce flot de paroles.

— Sûr, reprenait monsieur Armand, pour ton retour, t'aurais pu espérer mieux. Mais qu'est-ce que tu veux... La vie, elle vous a de ces tours ! Bah, c'est un mauvais moment à passer. Tu verras, après. Tu le sais bien, d'ailleurs, ce qu'on est heureux, ici. Et puis, marche, avec papa Armand comme voisin, tu n'es pas trop mal tombé. J'ai jamais refusé un coup de main. Si t'as besoin, tu demandes. Les façons, c'est pas ma manière.

Et puis, tout à coup, il s'arrêtait net au milieu de la pièce. Il claquait des doigts avec énergie en dardant sur Pierre un regard aiguisé.

— Et puis, j'y pense, il y a ta dame. Elle va venir, ta dame ?

Le genre interrogatif, manifestement, n'était là que pour la forme.

— Va falloir que tu en mettes un coup. Elle peut pas voir sa nouvelle maison dans cet état-là. Faut que ça brille, quand elle viendra. Pas vrai ? Et puis, tu ne vas pas la faire venir en septembre dans une maison sans bois. Tu vas voir ce soir si les soirées ne sont pas fraîches. Dans un mois, pas plus, t'as le feu allumé à longueur de journée. Alors, tu vois, ce que tu vas faire, tu vas aller voir le Raymond Deroche, aux Tisots. C'est un brave homme. Tu lui diras que tu viens de ma part. Tu lui dis bien, sinon, pour sûr, il te flanque dehors en te disant qu'il n'en a plus. Au lieu que si tu lui dis que tu viens de ma part, il en aura autant que tu voudras. Ici, il te faut vingt bons stères de hêtre, de charme et de chêne mêlés. Il t'aura ça. Et du bon, tu peux me croire. De deux ans de coupe et bien tenu au sec. Si tu lui demandes, il te le livre coupé. Et pas trop cher. Si tu lui dis bien que tu viens de la part de papa Armand.

Le bruit de crécelle qui suivit devait lui tenir lieu de rire. Du moins, ce fut ce qu'en conclut Pierre en recevant en plein nez, par la même occasion, l'haleine pour le moins odoriférante de monsieur Armand qui, à cet instant précis, passait justement devant lui. Car il ne cessait pas d'aller et venir. Et ce mouvement continuel commençait à exaspérer copieusement Pierre.

— J'irai et je lui dirai bien, admit-il pour en finir. Mais, en attendant, ce n'est pas de tout ça, mais il faut que je m'y mette. J'ai du pain sur la planche.

Il avait vu juste. Cette belle résolution suffit à faire fuir monsieur Armand, qui en oublia même les poubelles proposées. Enfin seul, Pierre commença par tenter de s'organiser. D'abord ouvrir en grand fenêtres et volets. Puis se mettre à la pénible tâche de ramasser tous ces oripeaux éparpillés à travers la pièce. Ensuite, le nettoyage à proprement parler pourrait commencer.

Il en était encore à repousser le dernier volet lorsque le rire étonnant de monsieur Armand retentit à nouveau et parut prolonger le couinement aigrelet émis par les gonds du lourd vantail de chêne.

« Le résultat du croisement entre un épouvantail et une chouette », ne put s'empêcher de penser Pierre en voyant réapparaître son étrange voisin.

Il brandissait une bouteille avec une satisfaction si évidente que Pierre craignit un instant qu'il ne soit pris de boisson. Ce n'était pourtant qu'une apparence. Le flacon, d'ailleurs, était d'une telle transparence qu'on aurait pu le croire empli d'eau. Ce n'était, là aussi, qu'une apparence.

Monsieur Armand le posa énergiquement sur la table et, manifestement très satisfait de son effet, il décréta :

— Mon cadeau de bienvenue. Tu goûteras. Et tu m'en donneras des nouvelles. C'est de la bonne, tu peux me croire. Et je suis bien placé pour te certifier qu'elle ne contient aucune des saloperies de pesticides, de colorants et de je ne sais quoi qu'on nous flanque, maintenant, dans tout et dans rien. Celle-là, c'est de la pure monsieur Armand, garantie.

Pierre crut bon de se confondre en remerciements. L'autre fit le modeste. Mais sa jubilation était à la mesure de la perplexité de Pierre, qui ne savait toujours pas ce qu'avait de si remarquable le contenu parfaitement incolore de la bouteille.

— Tiens, fit encore monsieur Armand. Sens-moi ça.

Et, se saisissant de la bouteille, il en fit prestement sauter le bouchon et la mit sous le nez de Pierre.

— Hein ? Rien qu'au nez, on sent que c'est de la bonne.

Pierre dut admettre. Une eau-de-vie de poire, il en avait rarement senti de pareille.

— Dommage, dit-il avec un rien d'hypocrisie, il n'y a pas un verre propre. Sinon on aurait goûté.

Monsieur Armand eut un rapide geste de dénégation.

— Tu goûteras à l'occasion, avec ta dame. Moi, je connais, pour sûr, puisque c'est moi qui la fais. Mais ça, c'est un secret. Faut le dire à personne.

Pierre remercia encore et alla ranger la bouteille sur la pierre de la souillarde.

— Bon, ce n'est pas de tout ça. Mais maintenant, rien à faire, il faut que je m'y mette, dit-il.

— C'est ça, tu t'y mets. Ce n'est qu'un moment à passer. Je te laisse. N'empêche, tu parles d'un chantier qu'ils t'ont mis là.

Sans qu'il sache trop pourquoi, la remarque de monsieur Armand avait tout à coup mis l'attention de Pierre en éveil. Quelque chose, peut-être, dans le ton.

— Qui « ils » ? ne put-il s'empêcher de lâcher.

Et sa curiosité se mua en stupeur lorsqu'il vit distinctement une étrange lueur passer dans le regard de monsieur Armand. Il y avait tout à la fois de la peur et de la méchanceté dans la flamme qu'il avait entrevue.

— Ce que j'en sais, moi ! fit l'étrange bonhomme.

Il n'y avait plus la moindre fanfaronnade ni la moindre amabilité dans sa voix.

Resté seul, Pierre fit lentement un tour sur lui-même en détaillant la vaste pièce comme s'il avait pu espérer y déceler un indice, aussi infime soit-il, de nature à dissiper l'étrange malaise que lui laissaient ces premières minutes de retrouvailles avec la maison de ses jeunes années.

7

Pierre n'avait jamais rechigné aux travaux manuels, dans l'exercice desquels il se montrait plutôt adroit. Pourtant, outre la remise en ordre et le nettoyage de la maison, le débroussaillage d'une partie du jardin et la préparation d'une aire susceptible d'accueillir le bois de chauffage commandé à Raymond Deroche lui avaient laissé quelques sévères douleurs dans les reins et des ampoules dans les mains.

Il ne désarmait pas pour autant. Et, ce matin-là, lorsqu'il fallut livrer passage au bûcheron, à son tracteur et à sa remorque, la vieille barrière à demi effondrée dut bien renoncer une fois pour toutes à ses ultimes velléités d'interdire l'accès de la cour.

L'homme était preque aussi impressionnant que son attelage, qu'il manœuvrait d'ailleurs comme on lutte. Pierre n'en avait vu jusque-là qu'un tronc émergeant de la table derrière laquelle il était assis, un verre de rouge devant lui, sa casquette rivée sur son front, et son épouse, un petit bout de femme aussi sec que lui était massif, allant et venant sans cesse, silencieusement, dans son dos.

« Si c'est l'Armand qui vous envoie, alors… » avait simplement commenté le gros homme dont le propos s'était ensuite strictement limité à des questions d'une concision et d'une précision tout à fait remarquables.

« Combien de stères ? Coupé ? Pas coupé ? En quelle longueur ? Je livre quand ? C'est bon », avait-il enfin conclu.

Et Pierre avait compris qu'il était du même coup congédié.

A l'heure et au jour dits, en brassant le volant de son tracteur comme s'il s'était agi d'un cabestan, il reculait son attelage sur l'emplacement précis que Pierre destinait à ses provisions de combustible. Ceci fait, sans un mot, sans même demander un coup de main à Pierre, il se mit à décharger, se saisissant de chaque bûche comme s'il eût un vieux compte à régler avec elle.

Pierre n'insista pas. L'autre, apparemment, n'avait pas besoin de lui. Cela l'arrangeait plutôt. Il remontait le lendemain matin sur Paris d'où il reviendrait avec Jeanne et Modem. Il s'agissait que tout soit prêt pour ce grand jour.

Et la maison était encore loin, selon lui, d'être présentable. Certes, les traces du cambriolage avaient été effacées jusqu'à la dernière. Certes, les coins d'ombres mouvantes, que respectaient les deux maigres ampoules à qui était dévolu l'éclairage de la salle, avaient dû battre en retraite face à l'ardeur qu'avait mise Paul à conduire quelques sérieux travaux d'électricité. Certes, les deux chambres, vidées, aérées, lavées du sol au plafond, époussetées, avaient retrouvé un air presque pimpant qui avait réjoui Pierre.

Mais, pour réussir tous ces tours de force, sans pour autant délaisser la cour et le jardin qu'il avait, pour une large part, parcourus jusque dans leurs moindres recoins, armé d'une débroussailleuse à dos, il lui avait fallu sortir presque tous les meubles et déballer une quantité affolante d'outils qui s'ingéniaient encore à se répandre à travers toute la maison. L'ordre n'avait jamais été son fort.

Et le rangement auquel il lui fallait bien consacrer cette dernière journée avait tout d'une corvée dont il savait bien qu'elle ne le verrait pas faire preuve d'autant d'efficacité que pour nettoyer et réparer.

Il fut tout surpris lorsqu'on cogna à la porte de la cour et qu'une grosse voix tonna.

— Il y a quelqu'un, là-dedans ? J'ai fini. C'est que je ne vais pas moisir ici, moi. J'ai pas que ça à faire.

Pierre avait oublié Raymond Deroche et son bois.

— On vient, on vient, voulut-il rassurer en dégringolant aussi vite qu'il le pouvait les marches d'un escabeau du haut duquel il s'évertuait à réinstaller des rideaux.

— Vous m'excuserez, dit-il à Raymond Deroche en le faisant entrer. Je remonte à Paris demain. Et je redescendrai avec ma femme. Alors, j'aimerais que la maison soit présentable.

Dans la presse de tout ce qui lui restait à faire, il ne réalisait absolument pas que l'autre se fichait comme d'une guigne de ses préoccupations. Et, sur sa lancée, il continuait :

— C'est qu'il y a eu à faire, croyez-moi. Combien je vous dois ? Vous avez fait une note. C'est très bien. Vous prendrez bien quelque chose ? Tenez, j'ai là une petite poire, vous m'en direz des nouvelles. Je vous sers ?

Le gros Raymond Deroche, sans vergogne, faisait geindre le banc en s'installant devant la table.

— Marchez, grognait-il, la poire à l'Armand, j'connais. Vous pouvez y aller.

La bouteille n'était pas encore sur la table. Pierre en resta bouche bée.

— Ben, oui, quoi, reprenait le bûcheron. Il vous en a donné une bouteille ? Il fait ça à tout le monde. Il la fait lui-même. On le sait bien, ici. Et vu qu'on en profite...

Ah bon ! Pierre mit son étonnement sous son mouchoir, servit et vint s'installer en face de Raymond Deroche.

— Un brave homme, monsieur Armand, enchaîna-t-il pour ne pas en rester là. Il m'a bien reçu. Il m'a même sérieusement remonté le moral. Sans lui, je ne sais pas si j'aurais persévéré. Imaginez-vous que la maison avait été cambriolée. Il y a certainement longtemps. Peut-être bien juste après la mort d'Antoinette Billaud. Par qui ? Pour chercher quoi ? Je n'en sais toujours rien. Et je dois dire que ça me tracasse.

L'autre, en face de Pierre, avait tout à coup plongé le nez dans son verre, qu'il vida d'une seule lampée. Et il ne l'avait pas encore reposé sur la table que, de l'autre main, il poussait sa note vers Pierre.

— Bon, vous me réglez. J'y vais. J'ai pas que ça à faire, moi.

Trois minutes plus tard, le tracteur, en démarrant, lâchait un gros panache de fumée noire au-dessus de la cour. Et l'attelage rustique, comme s'il avait le diable aux trousses, eut tôt fait de disparaître derrière le coin de l'étable.

Eberlué, debout au milieu de la cour, Pierre en était encore à se demander quelle mouche l'avait piqué.

Tout l'ouvrage qu'il avait encore à abattre ce jour-là avait de quoi lui changer les idées. Et il se défendit même d'attacher trop d'importance à ce malaise que faisait monter en lui l'étonnante convergence de tous ces petits faits dont l'addition commençait trop à sentir le mystère.

Il ne voulut plus envisager que l'atmosphère affable et souriante dont il entendait parer la maison pour l'heure où il lui faudrait accueillir Jeanne. Il remonta les meubles, les rangea, les astiqua, fit disparaître jusqu'à la dernière trace de ses bricolages et se paya même le luxe de nettoyer toutes les vitres.

Il ne se résolut à manger rapidement, sur un coin de table, que vers huit heures du soir. Il fit sa vaisselle, sacrifia au rite, exceptionnel, pour lui, lorsqu'il était seul, de l'essuyage, alla même jusqu'à la ranger, et se retourna enfin vers ce qui lui restait à faire.

Nettoyer. Il lui fallait encore tout astiquer une dernière fois. Malgré sa fatigue, il se serait fait couper en morceaux plutôt que de renoncer à ce dernier coup de chiffon, de brosse et de balai dont dépendait peut-être le sourire qu'arborerait Jeanne en entrant dans sa nouvelle maison.

Il n'en eut raison qu'à onze heures du soir bien sonnées. Il était dans un tel état de fatigue et de tension conjuguées qu'il comprit qu'il était inutile d'aller s'étendre tout de suite. Il ne trouverait pas le sommeil. En mettant le nez à la fenêtre, l'envie lui vint d'aller faire quelques pas dans le jardin.

« Ça me détendra, se dit-il. Je n'en dormirai que mieux. »

La nuit, très claire, avait des douceurs encore estivales. Dans la lumière pâle de la lune, les arbres du verger dessinaient, sur l'herbe fraîchement coupée, un étrange canevas d'ombres juxtaposées. Il attira Pierre. Et le jeu fut vite de passer de l'ombre d'un pommier à celle d'un prunier en inventant des itinéraires compliqués qui évitaient les taches de lumière laiteuse répandues sur le sol, entre les arbres.

Il traversa ainsi tout le verger et atteignit le mur bas sur lequel se terminait la propriété. Au-delà, en contrebas, s'étendait un vaste jardin au milieu duquel se dressait une grande maison bourgeoise bâtie dans le style un peu grandiloquent et prétentieux de la fin du siècle dernier.

La maison dormait. La lune, pourtant, versait assez de lumière blanchâtre sur le décor pour que Pierre pût juger du soin avec lequel le jardin paraissait entretenu et du bon état de la grande construction. De tout cela émanait une impression de paisible opulence qui lui plaisait en même temps qu'elle l'intriguait.

Et il y avait de quoi. De tous ces longs jours passés à s'acharner à remettre en état la petite ferme des

Billaud, il n'avait guère trouvé le temps de s'attarder à ce qui l'entourait. Mais, ce soir, dans le calme enfin retrouvé, devant le muret qui séparait les deux propriétés, les souvenirs refaisaient surface.

Les Guérande vivaient là. C'était une famille bien, des gens riches, que l'on saluait avec respect. Ils possédaient de vastes propriétés forestières qu'exploitait Philippe Guérande. Du même coup, il donnait du travail à bien des hommes du pays et méritait, pour cela, qu'on lui porte chapeau bas. Elle, Madeleine Guérande, était née Billaud. C'était une lointaine cousine d'Antoinette. Et, sans que la différence de leurs situations respectives puisse y changer quoi que ce soit, elles étaient restées très liées.

C'est ainsi que « le petit Paris à l'Antoinette », celui dont les bons résultats à l'école la rendaient si fière qu'elle l'emmenait partout, eut bien souvent l'occasion de la suivre chez les Guérande. D'autant plus qu'ils avaient une fille, Thérèse, sensiblement du même âge que Pierrot avec qui, d'ailleurs, elle allait à l'école.

Pierre posa un pied sur le muret. Il eut un sourire un peu nostalgique. Tout cela remontait aux années de guerre. A vrai dire, à l'époque, il n'en avait guère conscience. Jusqu'à ce que les maquis se soulèvent, il ne s'était rien passé, au fond de ces vallées retirées, de nature à marquer le souvenir d'un enfant. Et si beaucoup de choses manquaient, il était trop jeune pour pouvoir établir la comparaison avec le temps où elles abondaient. D'ailleurs, si les ficelles étaient en papier, le sucre de saccharine et le café d'orge grillée, les sabots du Pierrot valaient bien les galoches à semelles de bois. Et la bonne terre de la ferme, alliée à tout le travail du Joseph et de l'Antoinette, malgré les réquisitions, eut le bon goût de ne jamais le mettre à l'école de l'assiette vide.

Et puis, un beau jour de printemps, tout changea. Même pour un gamin de six ans, l'angoisse devint perceptible. On parla de batailles, dans les bois. Certaines nuits, on entendit même, au loin, des détonations et des crépitements que ponctuaient parfois des lueurs malsaines, au-delà des crêtes enforestées qui dominaient le pays. On s'affola, on évoqua de possibles représailles. Les enfants, par moments, arrêtaient leurs jeux et levaient des regards intrigués et inquiets vers les parents aux mots trop graves, vers les larmes de la mère.

Jusqu'à ce que, dans les tréfonds de l'inquiétude, recommence à briller une petite flamme d'espoir.

— On tient le bon bout. On va les avoir, jubilait le Joseph que Pierrot s'étonnait de trouver le matin affalé à la table, déjà recru de fatigue.

— Si seulement le ciel pouvait t'entendre, répondait l'Antoinette que toutes ces belles paroles ne parvenaient pas à rassurer.

Un matin, Thérèse Guérande ne vint pas à l'école.

— Garde-toi bien de t'approcher de cette maison ! lui répliqua sèchement l'Antoinette lorsqu'il lui suggéra d'aller s'enquérir des raisons de cette absence.

Et, à son plus grand étonnement, en les menaçant d'une taloche s'ils contrevenaient à la consigne, elle enjoignit fermement à toute sa portée de ne plus s'approcher de la propriété Guérande.

— Elle est maudite, cette maison-là, conclut-elle sans appel.

Pierrot, ses frères et sa sœur se le tinrent pour dit. Jeter un coup d'œil furtif au-delà du mur du verger n'est pas s'approcher. Et ils eurent tout le loisir de voir, dans les mois et les années qui suivirent, l'abandon, la ruine et la friche faire leur œuvre sur la belle propriété de Philippe, Madeleine et Thérèse Guérande.

Il fut longtemps interdit de prononcer jusqu'à leur nom. Puis, lorsque le temps eut fait son œuvre, on toléra quelques allusions à la condition expresse qu'elles soient formulées au mode passé.

Bien des années plus tard, longtemps après la mort de Joseph, Pierre avait risqué une question à Antoinette.

— Et les Guérande ? Tu ne m'as jamais dit ce qu'ils étaient devenus.

La vieille femme s'était instantanément rembrunie.

— Tu sais bien qu'on ne parle plus d'eux, avait-elle sèchement répliqué.

— Depuis le temps… avait osé Pierre.

— C'est justement.

Il avait tout de même tenté une attaque de front.

— Qu'est-ce qui s'est passé, en 44 ? Maintenant, tu peux dire.

— Non, s'était-elle obstinée. Pour moi, cette affaire-là, je ne veux plus en parler.

Et tout à coup, pour mieux détourner l'attention, un sourire espiègle illumina son vieux visage.

— Et souviens-toi bien de la taloche que je vous ai promise à tes frères, à ta sœur et à toi, si vous vous mêliez de cette maison. Je serai encore bien capable de te l'offrir en prime si tu t'avises d'insister !

Ils rirent de bon cœur. Et on n'en parla plus.

« La maison aura été vendue », pensa Pierre.

La nuit fraîchissait. La vue reposante de ce jardin bien entretenu et de cette grande bâtisse paisiblement endormie derrière ses volets clos l'avait détendu. Il était temps d'aller se coucher.

Pierre fit le geste de se retourner. Et ce fut à cet instant précis que, sur le long toit pentu de la maison Guérande, naquit une lumière.

Il en resta interdit. Une lampe venait de s'allumer derrière une lucarne. Il eut encore le temps de voir, dans la lueur vive, une silhouette se dessiner à contre-jour, un bras qui tirait un rideau. Un rideau probablement épais et bien ajusté puisque rien ne resta que l'ombre.

A croire qu'il avait rêvé... Un long moment, il demeura figé sur place, le regard toujours planté sur cette lucarne dont, dans la nuit, il devinait la forme rectangulaire rompant l'uniformité plate du toit.

Puis il se détourna en haussant les épaules. Après tout, quelle importance ?

8

Partir en début d'après-midi était bien suffisant pour arriver à Paris avant les grands embouteillages du soir.

Pierre prenait son temps. Après la rude journée de la veille, il appréciait de pouvoir circuler dans sa maison en ordre. Son plaisir était de peaufiner les détails. Il en vint même à juger nécessaire de sortir quelques outils, un pinceau et un pot de cire. Une fois de plus, le chiffon, la brosse et le balai furent mis à contribution.

Puis il s'avisa que les rosiers d'Antoinette, dans le minuscule jardin devant la maison, faisant preuve d'une belle constance, s'obstinaient encore à fleurir. S'il choisissait quelques boutons sur le point de s'ouvrir, il avait toutes les chances que quelques belles roses ajoutent leurs délicates taches de couleur au décor qu'il avait préparé avec tant de soin.

Il eut beau chercher, il ne trouva pas de sécateur. Ce n'était pas là, il est vrai, le genre d'outil familier à Antoinette et Joseph. Armé d'un simple couteau qu'il avait tout de même pris soin de choisir parmi les plus effilés, il partit donc à l'assaut du jardinet qu'il n'avait pas eu le temps d'émonder.

— Et alors, Pierrot ? Tu débroussailles ?

Il n'avait pas fallu longtemps à monsieur Armand pour le repérer. Pierre espéra en être quitte pour une rapide explication sur le but de son expédition. Mais l'autre, manifestement, était en veine de papotage. Sans vergogne, toujours fagoté dans sa vaste blouse grise informe, il vint rejoindre Pierre dans l'espace minuscule, au pied du perron, que la haie et les rosiers n'avaient pas encore réussi à envahir.

— T'en as fait du travail, dis donc ! s'émerveilla-t-il. Je t'ai vu faire. Tu ne t'en sors pas trop mal. Pour dire vrai, j'aurais pas cru.

S'il s'en faisait encore, il y avait là tout ce qu'il fallait pour que Pierre perde à tout jamais ses illusions quant à l'apparente tranquillité de son jardin. Il se contenta d'en sourire.

— Ça vous en bouche un coin, hein ? Vous ne vous en doutiez pas qu'un Parisien pouvait se débrouiller tout seul, une débroussailleuse à l'épaule ou une gouge à la main.

Monsieur Armand se contenta d'émettre le sinistre bruit de crécelle qui lui tenait lieu de rire.

— C'est pour ton épouse, ça ? demanda-t-il en désignant du menton les boutons de rose que cueillait Pierre.

Il confirma et dut encore expliquer pourquoi il ne les cueillait pas ouverts. Manifestement, monsieur Armand était moins expert en roses qu'en alambics.

— Ah bon, admit-il sans trop chercher à dissimuler son scepticisme quant au résultat de l'opération. Et tu crois qu'elles vont tenir jusqu'à votre retour ?

— On peut toujours essayer.

— Ça dépend quand vous revenez.

Tiens donc ! On n'est jamais assez informé.

— Trois ou quatre jours, pas plus, renseigna tout de même Pierre.

— Alors... concéda monsieur Armand que le sort des boutons de rose, au demeurant, laissait parfaitement indifférent.

— T'as fini tard, hier soir, lâcha-t-il tout à coup.

Le bougre ! Rien ne lui échappait donc ? A croire qu'il passait ses journées à espionner.

— Plus de onze heures, dit Pierre. J'étais même tellement vanné que je suis allé faire un tour dans le jardin avant de me coucher. Sans ça, je crois bien que je n'aurais jamais su m'endormir.

— Il y avait un beau clair de lune, pas vrai ?

Il y était donc aussi ! Et Pierre qui se croyait seul.

« Si ça tombe, pensa-t-il, ils étaient deux à m'espionner... au moins ! »

— Mais au fait, en profita-t-il pour demander, elle est habitée, la maison des Guérande ?

Avait-il dit quelque chose de travers ? Sur l'instant, avant même qu'il ait fini de poser sa question, s'était éteint l'étrange sourire à la fois fat et servile de monsieur Armand. Et en ses lieu et place régnait maintenant l'expression faite de méchanceté et de veulerie que Pierre avait déjà pu brièvement observer dans l'œil du vieux bonhomme.

— Oh, ceux-là... grinça-t-il en même temps que son regard se faisait soupçonneux.

« Gare, pensa Pierre. La chouette pourrait bien se

faire oiseau de proie. Et mieux vaudrait ne pas tomber dans ses serres. »

Mais la curiosité d'en savoir plus était la plus forte.

— Qu'est-ce qu'ils ont, ceux-là ? demanda-t-il tout en s'appliquant à couper un bouton de rose sans se piquer.

— Oh, rien, se contenta de répondre laconiquement monsieur Armand.

« Toi, mon bonhomme, tu en as dit trop ou pas assez », se dit Pierre.

— Comment ça, rien ? insista-t-il. Ce sont les Guérande ? Ils sont revenus ?

— Ça ne risque pas.

A dire vrai, monsieur Armand, le volubile monsieur Armand, commençait à l'exaspérer sérieusement avec ses demi-réponses.

— Et pourquoi ils ne seraient pas revenus ? C'est chez eux, après tout, cette maison.

Une lueur d'incrédulité s'était ajoutée aux soupçons et à la méfiance dans l'œil de monsieur Armand.

— D'abord, ils sont morts. Et puis, tu le sais bien, pourquoi ils ne seraient pas revenus, hasarda-t-il tout de même.

— Et comment voulez-vous que je le sache ?

Cette fois, visiblement, le vieux ne savait plus sur quel pied danser.

— Le Joseph et l'Antoinette, ils ne t'ont jamais rien dit ?

— Ils n'ont jamais voulu.

— Quand je le disais…

— Quand vous disiez quoi ?

Monsieur Armand parut hésiter un instant, peser le pour et le contre.

— Bon, finit-il par décider, il n'y a rien à faire, maintenant que t'es là, il faut bien que tu saches. Viens donc t'asseoir. On sera mieux pour causer.

Il eut un long regard chafouin pour la pièce rangée, nettoyée et décorée par Pierre. Mais il ne commenta pas.

— Tu ne sais donc pas pourquoi le Guérande a filé, avec sa femme et sa gamine, à la Libération ? dit-il en s'asseyant.

Pierre, qui s'installait en face de lui, se contenta de confirmer d'un geste. Monsieur Armand, tête basse, se trémoussant à petits gestes nerveux sur sa chaise, parut hésiter encore quelques instants. Il dut finir par voir plus d'avantages que d'inconvénients à ce qu'il allait dire, car il releva vivement la tête et se lança.

— Eh ben, c'est pourtant pas dur. Le Guérande, il a trahi, voilà tout. Il a vendu le maquis. Remarque, ça faisait déjà un bout de temps qu'on le surveillait. Il allait un peu trop souvent à la Kommandantur, à Autun. Pour un oui ou pour un non, le fumier, il allait leur lécher les bottes, aux Fridolins. Et puis après, tranquille comme Baptiste, il revenait dans ses forêts où il savait bien comment les trouver, les gars de la Résistance. Il faisait celui qui les avait à la bonne, il leur rendait deux ou trois petits services. Et le tour était joué.

» Seulement, voilà. Tu vois, Pierrot, on ne la fait pas à monsieur Armand. Remarque bien, à l'époque, c'était pas encore monsieur Armand. C'était Armand tout court, vu que j'avais pas encore vingt ans et que le monsieur, c'était pour mon père, monsieur Arsène. Tu te souviens de monsieur Arsène ?

» Bon, pour tout dire, moi, je m'en méfiais, du Philippe Guérande. Trop poli pour être tout à fait honnête, cet oiseau-là. Et voilà t'y pas qu'un beau jour, j'étais à Autun, je vois mon monsieur en grande conversation, dans la cour de la Kommandantur, avec un officier allemand. Celui-là, je ne le connaissais pas. C'était tout à fait à la fin, quelques jours avant la Libération. Depuis quelque temps, ça défilait sans arrêt. Ils étaient en pleine débâcle. C'était jamais deux fois les mêmes.

» Vrai, tout de même, de le voir comme ça en grande conversation avec ce Frisé-là, ça me met la puce à l'oreille. Je surveille en douce. Il va pour partir. Je m'apprête à le suivre. Et voilà l'officier qui se met à brailler comme un âne dans la cour. Ah, mon pauvre ami ! Le branle-bas de combat. Il en sortait de partout. Et tout ça fonce vers par ici.

» Moi, qu'est-ce que je fais ? J'en fais autant. Je rentre à la maison. Seulement, j'y reste pas. Parce que tu penses bien que j'avais compris ce qui arrivait. Je passe par-derrière, je m'esbigne en douce, et je file dans les bois. J'ai juste eu le temps de les prévenir, ceux du maquis. Et ça leur est tombé dessus. Seulement, eux, ils étaient à leur poste de combat. Toute la nuit, que ça a duré. Pauvre, il y en a quelques-uns qui y ont laissé leur peau. Mais ils ont pu les repousser. Il y en a même qui te diront qu'ils leur ont fichu une fameuse pâtée, aux Frisés. Et peut-être bien qu'ils n'ont pas tort.

» Remarque, moi, je ne sais pas. Je n'étais plus là pour voir. Il ne s'agissait pas que je moisisse là-haut.

J'en étais pas, moi, du maquis. J'étais de commerce, avec mon père. S'il y en avait qui s'apercevaient que j'étais pas là, tu penses qu'ils auraient vite compris. Me voilà donc sur le retour pendant que ça commençait à chauffer là-haut. Et, dans ma tête, ça tournait tant et plus. Surtout une phrase de Vulcain, juste après que je lui aie tout raconté. Vulcain, c'était le chef, là-haut. Un forgeron de l'Auxois, à ce qu'on disait, devenu commandant d'un maquis. Un homme à faire peur, dur, méchant. Et pourtant un dieu pour ses hommes. Ils se seraient fait tuer pour lui.

» C'était à lui que j'étais allé raconter ce que j'avais vu à Autun. "Celui-là, qu'il a dit en parlant de Guérande, il ne perd rien pour attendre. Marche, son compte est bon."

» "Son compte est bon"... Pas besoin de faire un dessin, tu comprends. Et moi, ça me travaillait. Sûr, il avait trahi, le Guérande. Il devait être puni. Mais sa fille et sa femme ? Hein, qu'est-ce qu'elles y pouvaient, sa fille et sa femme ? Alors, comme je les aimais bien quand même, je me décide. Avant de rentrer à la maison, je descends par ici. Faut dire, à l'époque, peut-être bien que tu t'en souviens, on n'habitait pas encore ici. On vivait au-dessus de l'épicerie. C'est fermé, maintenant, tout ça, c'est tout mort. Mais qu'est-ce que tu veux...

» Bon, j'arrive ici, je traverse les jardins, je viens cogner en douce à la porte de derrière de chez Guérande. Vrai, j'ai cogné longtemps avant qu'il réponde. C'était, quoi ? une heure, deux heures du matin, peut-être. Et je peux te dire que la bataille là-haut, dans les bois, elle retenait plus l'attention que mes coups de poing sur la porte de derrière.

» C'est lui qui a fini par m'ouvrir. Encore une chance. Je lui aurais dit quoi, à la Madeleine, si c'était elle qui était venue ? "Le maquis, que je lui dis, ils savent que c'est vous qui les avez donnés. Il faut vite filer. Sinon, sitôt la bataille finie, Vulcain a dit comme ça que votre compte était bon." Tu sais ce qu'il me répond ? Il me prend de haut, le monsieur. "Qu'est-ce que tu racontes là ? qu'il fait. Tu sais très bien que je n'ai jamais trahi personne. Si c'est une blague, elle est de très mauvais goût."

» Tu me croiras si tu veux, mais le voilà qui me claque la porte au nez. Elle était bonne, celle-là. Je prenais la peine de venir le prévenir et c'était moi qui me faisais engueuler. "Marche, que j'ai dit. Quand tu les verras débarquer, tu sauras bien que ce n'était pas une blague." Et je suis allé me coucher.

» Seulement, le lendemain matin, les oiseaux s'étaient envolés. Ils avaient dû réfléchir. Ou bien il a joué la comédie devant moi pour gagner du temps. N'empêche que le restant de nuit leur a bien suffi pour embarquer ce qu'il fallait dans leur auto et pour disparaître.

» La preuve que c'était bien lui qui avait fait le coup.

— Depuis, plus de nouvelles ?

— Rien.

— Et ceux qui ont acheté la maison ?

— Ils n'ont rien acheté du tout.

A nouveau, monsieur Armand s'était rembruni.

Manifestement, il y avait là un sujet qu'il n'avait aucune envie d'aborder. Pierre, pourtant, avant même de s'inquiéter de la mystérieuse lucarne, était curieux de savoir qui étaient ses voisins.

— Admettons, fit-il avec un rien d'exaspération dans la voix.

Derrière monsieur Armand, il voyait les aiguilles de l'horloge manger bien régulièrement le temps qu'il aurait aimé passer à se préparer en rêvant l'arrivée de Jeanne dans leur nouvelle maison.

— Mais c'est qui, ces gens-là ? insista-t-il.

— Bof... Des pas-grand-chose.

Avec ça, il était renseigné.

— Comment ils s'appellent ?

— Lardret. Lui, il était colonel.

— A la retraite ?

— Ouais.

— Des gens d'ici ?

Au regard soupçonneux que monsieur Armand coula vers lui, Pierre comprit qu'il avait enfin touché juste.

— Des gens originaires de la région ? crut-il bon de préciser.

— Lui, non, concéda monsieur Armand.

— Alors, elle ?

Le silence buté de monsieur Armand valait réponse. Mais qu'y avait-il là de si difficile à exprimer ?

— Une fille du pays ? tenta encore Pierre.

Monsieur Armand comprit qu'il ne s'en sortirait pas sans parler.

— La fille Guérande, lâcha-t-il enfin d'un ton rogue.

— Thérèse ?

Il confirma d'un hochement de tête. Et puisqu'il avait lâché le morceau, il admit d'aller plus loin.

— Deux ans qu'ils sont revenus. Ils ont des sous, marche. Avec tous les travaux qu'ils ont fait faire dans la maison, le jardin et tout. Mais pour le reste... J'te dis : des pas-grand-chose.

Il y avait une telle hargne dans les propos de monsieur Armand que Pierre, captivé, voulut en savoir plus.

— Et pourquoi donc ?

— Des gens qui se prennent pour des seigneurs, à ne même pas dire bonjour. Et avec ça une moralité...

— Ah bon ?

Là, pourtant, monsieur Armand avait décidé de ne pas en dire plus. Il est des suggestions dont les non-dits qui les suivent valent plus que tous les plaidoyers. Il le savait bien.

— Tu verras bien, conclut-il. C'est pas de tout ça. On est là qu'on cause. T'as à te préparer, toi.

Et il se leva. Pierre en fit autant. Il n'entendait pourtant pas laisser partir le vieux sans aller au bout de ses interrogations.

— Hier soir, quand j'étais dans le jardin, alors que leur maison paraissait totalement éteinte et fermée, j'ai vu une lucarne s'éclairer, dans le grenier. C'est curieux, non ?

Monsieur Armand était presque à la porte. Il s'arrêta net et resta un long moment figé, étrange silhouette uniformément grise, légèrement voûtée, que dominait la nuque étroite d'un oiseau de proie. Il se retourna enfin lentement et fit face à Pierre. Il arborait un large sourire plus mielleux encore que d'habitude.

— Attends voir, dit-il en faisant claquer ses doigts. J'allais oublier. Tu as vu tes prunes ? Elles tombent.

— Je sais, fit Pierre, éberlué par la pirouette.

— Tu ne les ramasses pas ?

— Si j'avais le temps ! D'ailleurs, elles ne sont pas bonnes.

— Si c'est ça, ça ne te fait rien si je viens les ramasser ?

Comme s'il était question de prunes qui tombaient ! L'heure tournait. Et puisque le vieux drôle ne voulait plus répondre aux questions qui lui importaient, Pierre était tout à coup pressé d'en finir.

— Ramassez donc tout ce que vous voulez, dit-il. Mais je vous préviens : il y en a la moitié de véreuses.

L'autre semblait jubiler.

— Marche, pour ce que c'est faire, c'est pas grave.

Et il filait, déjà affairé.

— Pendant que vous y êtes, lui cria Pierre, si ça vous intéresse, quand elles tomberont, vous pourrez aussi ramasser les poires. Ça nettoiera le jardin.

Alors monsieur Armand, visiblement aux anges, fit demi-tour, remonta les trois marches du perron et vint lâcher son haleine un peu fétide sous le nez de Pierre en lui confiant comme un secret :

— Quand je ferai bouillir, tu viendras voir. Et puis, t'en auras... Mais faudra pas le dire !

9

Pierre n'avait jamais aimé Paris. Trop de bruit, trop d'agitation, trop de factice pour lui qui, s'il n'y était pas né, s'était éveillé à la vie à la campagne.

Avec le temps, bien sûr, il s'y était fait. Il avait bien fallu. C'était, au demeurant, une concession qu'il avait accepté de faire avec d'autant plus de facilité qu'il portait une véritable passion à son métier.

Pour l'un, il avait accepté l'autre. Et lorsque la réussite de sa vie familiale s'était ajoutée aux satisfactions professionnelles, il avait fini par abdiquer ses préventions.

Au point que, après tant d'années, lorsqu'il restait absent quelques jours, c'était en définitive avec un certain plaisir qu'il retrouvait Paris. Il avait fini par ne rien aimer tant, lors de ses retours de déplacement, que de déambuler à grands pas sur les trottoirs des boulevards, les mains au fond des poches, le nez au vent, l'œil aiguisé, se gorgeant littéralement de toutes les sensations, de toutes les senteurs, de toutes les lumières dont la ville était si généreuse.

C'est dans cet équipage qu'il arriva à son journal, rue des Jeûneurs, en plein Sentier. Une des dernières rédactions à s'accrocher au quartier du Croissant, à ne pas encore accepter l'exil vers un immeuble neuf et fonctionnel de Balard ou même d'une quelconque banlieue.

Depuis qu'il était à moitié à la retraite, à chaque fois que Pierre tournait à l'angle de la rue du Sentier et s'engageait dans celle où il avait fait l'essentiel de sa carrière, un vague sentiment d'abandon l'assaillait. Tout cela, maintenant, ne le concernait plus. Il venait là comme en promeneur et ne partagerait pas l'inquiétude de ses collègues qui savaient bien que déménagement rimait souvent avec restructuration.

Il quittait le navire. Ou, du moins, il en passait le commandement à l'instant précis où se levait la tempête. « Tu aurais peut-être dû attendre », se reprochait-il parfois. Antoine, pourtant, s'en sortait bien. Et la carte blanche qu'il lui laissait pour les enquêtes qu'il réalisait, depuis chez lui, ou pour la chronique hebdomadaire qu'il lui avait confiée était pour Pierre une liberté somptueuse dont il appréciait tout le confort.

En se faufilant entre quelques camions de livraison et l'inévitable embouteillage qui bloquait la rue, il la traversa, passa sans ralentir devant le café qui faisait l'angle de la rue Saint-Fiacre et allait pousser la porte du vieil immeuble dont son journal occupait trois étages lorsqu'il s'entendit héler.

— Pierrot ! Oh, Pierrot ! Alors ? On ne dit plus bonjour, maintenant ?

C'était évidemment Georges Drimont dont les livraisons ne semblaient pas plus urgentes aujourd'hui que d'habitude. D'une main, il tenait la porte du café ouverte, de l'autre il gesticulait à l'adresse de Pierre.

— Viens boire un coup !

— Pas le temps, se défila Pierre. Tout à l'heure.

Puis il se souvint de toutes les questions qui se pressaient en lui.

— Tu seras là sur le coup de midi, une heure ?

— Ça marche. Je t'attendrai.

« J'aurais dû me mettre livreur, pensait Pierre en négligeant l'ascenseur et en attaquant l'escalier deux marches à la fois. Ça m'aurait évité de courir toute ma vie ! »

Il courait pourtant alors qu'il n'en avait pas le moindre besoin. Mais la force de l'habitude ! Il entra en trombe dans le bureau d'Antoine et, instantanément, comprit qu'il n'avait rien à faire là. On s'affairait, on allait, on venait. Mais lui, qui n'était plus dans le coup, ne faisait que gêner.

Le coup fut rude et dut se lire sur son visage. Antoine le vit.

— Mon pauvre vieux, dit-il en reposant un téléphone et avant d'en reprendre un autre que lui tendait une secrétaire. Même pas le temps de s'occuper de toi. Il faut pourtant qu'on se voie. J'ai des idées pour ta chronique, tu sais... Allô...

Il était déjà fort loin de là.

Pierre n'insista pas. Il n'était pas du genre à s'incruster. Il redescendit lentement, s'appliquant à ne plus se presser. A quoi bon ?

Les camions de livraison étaient partis. D'autres les avaient remplacés, le même embouteillage, assaisonné des mêmes injures et des mêmes coups de klaxon, bloquait toujours la rue. Et Georges Drimont jouait au quatre-cent-vingt-et-un sur le zinc du bar.

Pierre lui tapa sur l'épaule en passant derrière lui et alla s'installer à une table qu'Ahmed n'avait pas encore réquisitionnée et équipée du couvert en prévision du coup de feu de midi. Il n'avait pas encore commandé que Georges Drimont, abandonnant ses dés, venait s'installer sans façon en face de lui.

— Alors, mon pays, dit-il jovialement, cette installation, ça se passe bien ?

— Ma foi ! se contenta de commenter Pierre qui se souvint juste à temps qu'il ne faut jamais en venir trop vite à l'essentiel.

— T'as eu la goutte ?

Décidément, les flacons secrets de monsieur Armand étaient la grande affaire de tout le pays.

— J'ai eu la goutte.

— Pas mauvaise, hein ? Remarque, il a de qui tenir, l'Armand. Celle de son père, l'Arsène, alors là, mon vieux, c'était quelque chose. Tu te souviens de monsieur Arsène ? Quelqu'un ! Redoutable ! Un comme lui pour connaître le pays, il n'y en avait pas d'autre. On le craignait comme la peste, c'te vieille fouine. Va savoir comment, il savait tout, toutes les histoires pas claires, pas trop reluisantes, celles qu'on cache, quoi. Lui, à force de surveiller, de fouiner, de cancaner, il se débrouillait toujours pour savoir. Et il notait, le bougre. Il en avait pour tout le monde, comme ça. Ça fait qu'on avait peur de lui, j'te jure. Il était craint comme la peste. Parce qu'il ne répétait pas. Ça, non. Sûr, il était bien trop malin pour jouer les commères. Mais alors, vieux gars, un comme ça pour rouler les gens, t'en trouveras pas deux. Il les tenait tous sous la menace, les gars du pays. Et avec ça, méchant comme une teigne. Il aurait fait battre des montagnes. Seulement, tu pouvais être tranquille, quand l'Arsène, avec un petit air de rien, comme ça, te refilait un tuyau pas trop propre sur un que t'aimais pas trop, c'était qu'il avait quelque chose à te demander. Ou à t'exiger. Parce qu'avec lui, tu peux me croire, c'était magouille et compagnie, rien de gratuit. Vieux, tu peux le dire, qu'on l'aimait pas. Mais lui, il s'en fichait comme d'une guigne. Tout ce qui l'intéressait, c'était de tenir le pays en main. Et ça, sûr qu'il le tenait bien.

Ce n'était pas là tout à fait les propos que Pierre escomptait. Il écoutait pourtant sagement, attendant que ce flot de paroles étonnant veuille bien cesser.

— Vous avez dû être soulagés quand c'est son fils qui a repris ? demanda-t-il tout de même pour tenter de ramener le verbiage de Georges vers ce qui l'intéressait.

L'autre marqua un temps d'arrêt. Il dévisagea Pierre un long moment sans rien dire, au point que celui-ci en vint à se demander s'il n'avait pas manqué quelque chose. Une page sautée, en quelque sorte, dite ou non dite, mais qui, très sûrement, vous rend les propos qu'on vous tient parfaitement abscons.

— Bof, l'Armand... reprit tout de même Georges. Un pauvre type. Son père l'a abruti. La mère ? Je l'ai même jamais connue. Partie ou morte, je ne sais plus. Longtemps avant la guerre, en tous les cas. Ils vivaient tous les deux seuls dans un vrai taudis au-dessus de l'épicerie. C'est pas qu'ils manquaient de sous. Tu penses, la seule épicerie du pays, dans un temps où il n'y avait guère de voitures et pas du tout de grandes surfaces. Plus toutes les magouilles à monsieur Arsène. Mais c'était un vrai grigou, rapiat comme il n'est pas permis.

» Et avec ça, il t'a fait travailler l'Armand comme une bête jusqu'à sa mort. Si bien que l'autre, quand il s'est retrouvé maître de l'épicerie, du stock et de tout le bastringue, eh ben, il n'a plus pensé qu'à une chose : se la couler douce. D'autant plus que quand le vieux est mort, les voitures commençaient à arriver et on parlait déjà de supermarchés à Autun.

» L'Armand, il a senti le vent qui tournait. Plus question d'investir. Il a laissé l'épicerie s'enterrer doucement. D'ailleurs lui, c'est simple, tout ce qui l'intéressait, c'était la magouille, comme le père. Il avait été à bonne école. Mais, tout de même, ça n'avait pas la même classe. N'empêche que, tout seul dans son bouge, il a vécu tranquille comme ça jusqu'à l'âge de la retraite.

» Une chance qu'il a eue : la supérette, dans le bas du pays, elle s'est créée six mois avant qu'il ait l'âge de faire valoir ses droits. Il y a de ça cinq ou six ans. Il a tout laissé tomber, il a mis la clef sous la porte et il s'est retiré avec ses sous et son alambic dans la maison près de chez toi. Tu me croiras si tu veux, cette maison-là, ils en avaient hérité voilà bien trente ou quarante ans. Ils n'y avaient jamais fait faire les moindres travaux. Elle est restée fermée tout ce temps-là. Il s'est installé là-dedans comme ça sans même un coup de barbouille sur les murs. T'y es rentré ? Ça ne doit pas être beau à voir.

Non, Pierre n'était pas entré chez monsieur Armand. Et ce n'était pas au rang de ses premiers soucis. L'autre maison, celle des Guérande, avait la priorité. Georges Drimont, pourtant lorsqu'il l'évoqua, parut y trouver bien moins de matière à nourrir son verbe.

— Oh, ceux-là… fit-il en accentuant le sous-entendu d'une grimace sans équivoque.

C'était donc une manie ? Ou était-ce l'effet du peu de sympathie qu'on portait aux Lardret qui faisait ainsi fondre le vocabulaire des autochtones pour le limiter, en première analyse, à trois mots, toujours les mêmes, parmi les plus courts ? Pierre, cette fois, était bien décidé à ne pas se faire prendre.

— Je sais, dit-il. Philippe Guérande a donné le maquis…

A sa plus grande surprise, Georges Drimont l'interrompit en levant les bras au ciel.

— Comment t'y vas ! Ça, c'est la version à monsieur Armand. On la connaît. Mais, crois-moi, c'est pas celle à tout le monde.

Et il se tut. Pierre, un long moment, attendit en le fixant. Mais l'autre, manifestement, entendait se faire tirer les vers du nez. Très droit sur sa chaise, les bras croisés sur la poitrine, il semblait plongé dans une profonde réflexion qu'il ponctuait d'énergiques hochements de tête entendus.

— Bon, eh bien, alors, finit par s'impatienter Pierre, ta version, à toi.

— Oh, moi…

— Tu dois bien avoir ton point de vue ?

Georges se contenta d'une moue dubitative.

— Dis toujours.

— Moi, j'en dis rien du tout, se risqua-t-il, prudent. Ce que je peux en dire, c'est ce que j'ai entendu. Par mon père. Il en était du maquis, le vieux. Et, pour lui, il n'y a jamais eu de trahison, de Guérande ou d'un autre. Et même qu'il disait comme ça que le Guérande, qui traînait aussi bien à la Kommandantur qu'en forêt pour son travail, il leur a rendu de fiers services. Pour le reste...

— Il s'est pourtant bien sauvé, en 44 ?

— A ce qu'on dit.

— Alors, pourquoi ?

Georges haussa énergiquement les épaules.

— Ce que j'en sais, moi.

Il n'en tirerait rien de plus. Pierre préféra ne pas insister et en venir à ce qui le concernait bien plus directement.

— Il y a tout de même des choses curieuses, dans ce pays, dit-il. Tu sais que la maison avait été cambriolée ?

Georges se méprit et son œil, du coup, s'éveilla d'un grand intérêt.

— Pendant que t'étais là ? Ils sont tout de même culottés. On t'a pris beaucoup de choses ?

Pierre dut rectifier, expliquer. Et l'œil s'éteignit. Il se voila de beaucoup d'ennui et d'indifférence.

— Tu parles d'une affaire, dit Georges, pour la forme, quand Pierre eut fini son récit.

— Pour quoi ? Pour chercher quoi ? Va savoir... ajouta tout de même Pierre.

— Oui, va savoir, reprit Georges en écho.

Il n'avait manifestement pas d'idée et n'entendait pas en avoir. Restait la lucarne. Et là, Pierre était d'autant plus curieux de récolter son avis que quelque chose commençait à lui souffler qu'un lien existait entre tous ces petits mystères, ces silences exaspérants qui s'accumulaient.

— Mais c'est pas tout, commença-t-il. Il y a encore la lucarne…

Il n'eut pas à aller plus loin. Une fois de plus, Georges, tout à coup réveillé et l'œil égrillard, l'avait interrompu.

— T'as déjà repéré ! Tu fais vite, toi. Ou alors, tu ne dors pas la nuit. La lucarne ! Mon pauvre ami, tout le pays est au courant. Mais personne ne voudra t'en parler, tu penses !

— Et pourquoi donc ?

Georges en riait grassement tout seul.

— Et la moralité ? dit-il. Qu'est-ce que t'en fais, de la moralité ? Il s'en passe, des choses, dans cette maison-là, du moins, à ce qu'on dit.

— Et encore ?

— Si seulement on savait…

— Ça ne me dit toujours pas…

Le sourire figé au coin des lèvres, Georges considéra Pierre un long moment en silence, comme s'il pesait le pour et le contre. Parlera ? Parlera pas ? Pierre, les sourcils froncés, soutint son regard. L'autre comprit qu'il ne se satisferait pas d'une demi-mesure. Et puis l'envie de raconter, de se montrer bien informé…

— Bon, se décida-t-il. Je vais te dire ce que j'en sais. Pour le reste…

— On fera avec, rassura Pierre.

— Eh ben, voilà. Le Lardret, à ce qu'il paraît, c'est un drôle de coco. Tu ne l'as jamais rencontré ? C'est que tu ne vas pas faire tes courses à neuf heures pétantes. Lui, tous les jours ouvrables, qu'il pleuve, qu'il vente, il est à la boulangerie quand ça sonne à l'église. Trois minutes après, il est à la supérette.

Vingt minutes plus tard, grand maximum, il n'y a plus d'homme et on ne le voit plus jusqu'au lendemain neuf heures. Jamais un bonjour, jamais un sourire, ça lui arracherait la gueule, à ce prétentieux-là. Seulement voilà, si ce qu'on dit est vrai, ses belles manières, à c't'oiseau-là, elles ne sont pas pour tout le monde.

— Ah bon ?

Pierre commençait à se lasser. Antoine, en passant, lui avait adressé un clin d'œil. Et, discrètement, il était allé s'installer à une autre table à laquelle Pierre brûlait d'aller le rejoindre.

— Ben oui, quoi, reprit Georges. Quand ils sont arrivés au pays, ces gens-là, tu penses bien qu'on avait l'œil sur eux. Il y avait lui. Mais, dans les premiers jours, on ne le voyait pas. Il y avait elle, la Thérèse, qu'on était tous à attendre de la voir, pour le cas où on l'aurait reconnue. On attend toujours. Et puis, il y avait Carmen. Oui, vieux gars, Carmen. Il ne t'en a pas parlé, le monsieur Armand, de Carmen ? Parce que, alors, là, Carmen, j'aurais voulu que tu voies ça. Une fille : une beauté. Grande, fine, des grands yeux noirs que, s'ils se posaient sur toi, crois-moi, ça te faisait quelque chose, si tu vois ce que je veux dire. Une peau dorée, vrai. Elle est, j'sais pas, moi, d'Afrique ou d'Amérique, j'sais pas. Mais pas de chez nous, en tous les cas, ça, sûr.

» Et le pire, c'est que les yeux à la Carmen, ils ont eu souvent l'occasion de nous faire comme je te disais, vu que c'était elle qui faisait les courses et que, ma foi, autant ses patrons sont des sauvages, autant elle, elle n'était pas farouche.

» Ah, petit, je peux te le dire : la Carmen, on l'a vite

adoptée, fais-moi confiance. Et elle nous avait à la bonne, avec ça. A chaque fois que j'allais au pays, je la voyais. Et à chaque fois ou presque on a discuté ensemble. Ah ça, non, la Carmen, elle n'était pas sauvage, elle.

» Et puis, un beau jour, plus de Carmen. Disparue, la Carmen. Et c'est l'autre grand sifflet raide comme s'il avait avalé son sabre de colonel qui vient faire les courses. Il y a de ça, quoi ? six mois, sept mois, pas plus. Tu penses, ça nous faisait misère, à nous, de ne plus voir la Carmen. Alors, comme ça, un jour que j'étais descendu là-bas, histoire de savoir, tu vois, je suis allé aux nouvelles. J'en ai parlé aux uns et aux autres. "Et alors, la Carmen ?" que je demandais. "Qu'est-ce qu'elle est devenue ? Elle est partie ?"

» Je voyais bien que ça dérangeait, mes questions. Alors moi, tu penses, j'insiste. Qu'est-ce qu'on a à me cacher, au pays ? Jusqu'au moment où il y en a un, peut-être bien le boulanger, à moins que ce soit au café, j'sais plus bien, qui me répond comme ça : "Sûr que si elle est partie, elle est pas partie bien loin."

» Alors là, filou, tu peux me croire, le sang à Jojo Drimont, il n'a fait qu'un tour. Là, les vieux gars, ils en avaient dit trop ou pas assez. S'il y avait magouille, fallait que je le sache, il n'y avait pas à en revenir. J'y suis allé franco, j'ai questionné, j'ai insisté, je les ai tellement tarabustés que, pour finir, il y en a un, il a lâché le morceau.

Pierre prenait son mal en patience. Le menton dans une main, fulminant contre cet animal d'Antoine qu'il voyait, à deux tables de là, se payer doucement sa tête tout en mangeant de bon appétit, il attendait que se tarisse le flot de paroles. A en croire tout ce beau discours, il devait bien y avoir quelque chose d'important au bout. Ça ne venait pourtant pas vite. Et le Jojo, roi dans l'art de se faire valoir, prenait encore son temps, prétendant ménager ses effets.

— Et c'était quoi, le morceau ? lâcha complaisamment Pierre, préférant mordre au plus vite à l'hameçon pour qu'on en finisse.

— Ah ben, rembraya aussi vite Georges Drimont qui n'attendait que ça, tu me croiras si tu veux, mais ça m'a laissé sur le cul. Ils cachaient bien leur jeu, ces deux-là. Mais, à ce qu'il paraît, il n'y avait que moi qui n'avais pas compris. La Carmen et le colonel...

Et il se tut. Le silence s'éternisa, auquel ne changeait rien l'air entendu dont il prétendait le souligner.

— Eh bien quoi, la Carmen et le colonel ? s'impatienta Pierre qui, derrière Georges, voyait se vider l'assiette d'Antoine.

— Bienvenue au club ! Comme ça, il n'y aura pas qu'à moi qu'il aura fallu faire un dessin. Les autres, ils se foutaient de moi...

— Et alors ?

— Ah ben, c'est pourtant simple. La Carmen et le colonel, ils fricotaient ensemble. Et même qu'on dit que ce n'est pas d'hier. Le beau monsieur, avec ses grands airs, il a une maîtresse. Tu vas me dire, il n'est pas seul. Et t'as bien raison. Mais là où ça se corse, c'est que la maîtresse, elle vit avec la femme, la bourgeoise, la légitime, comme tu veux. Ça, tu seras bien d'accord avec moi, ça a un nom. Et même que c'est interdit, par chez nous. Mais c'est encore rien. Bon, il paraît que ça fait belle lurette qu'il l'a imposée à sa femme et que la Thérèse, pour ne pas le perdre, son colonel, elle dit amen. Encore, là, après tout, c'est elle que ça regarde. Seulement, l'autre grand sifflot, l'avaleur de sabres, quand il a vu qu'on était un peu trop copains avec sa Carmen, c'est qu'il a commencé à avoir la frousse. "Des fois qu'ils me la piquent", qu'il s'est dit. Et comme c'est un monsieur un tout petit peu autoritaire, eh ben, tu me croiras si tu veux, il a enfermé la Carmen à la maison. Plus le droit de mettre le nez dehors, la Carmen.

» Et c'est de ce jour-là qu'on l'a vu rappliquer tous les matins à neuf heures pétantes pour faire les courses.

» Et c'est surtout de ce jour-là qu'on voit toutes les nuits la lucarne éclairée.

L'assiette d'Antoine était repartie vers la cuisine. Ahmed lui avait apporté son café, qu'il sirotait à petites lampées en surveillant Pierre au-dessus du bord de sa tasse. Mais Pierre l'avait oublié ! Il en était à se demander s'il avait bien entendu.

— Attends, dit-il, c'est tout de même grave, ce que tu me racontes là. La lucarne... Il la tient enfermée là-haut ?

— Sûr ! fit l'autre, très fier de lui.

— Et tu es sûr de ce que tu me dis ?

— Y en a même un, il est plombier, il a eu à aller travailler chez eux. Il dit comme ça que des affaires pareilles, il préférerait rester couché. Il dit surtout que, de tout le temps qu'il y a passé, il a vu la Thérèse, il a vu le colonel, mais pas de Carmen.

— Et ça prouve quoi ? Et toi ? Qu'est-ce que tu as vu, toi ? Qu'est-ce que tu en penses ?

Georges Drimont sentit le piège.

— Ce que j'en pense, ce que j'en pense... marmonna-t-il en se reculant dans le dossier de sa chaise. Moi, j'ai rien vu, bien sûr, puisque je ne suis jamais là. Ce que j'en dis, c'est ce qui m'a été rapporté, rien de plus.

— Non mais, tu te rends bien compte de ce que tu avances ? La polygamie, tu m'excuseras, mais à ce niveau-là et par les temps qui courent, on a déjà vu pire. Si ça les amuse et que tout le monde est d'accord... Mais pour le reste, c'est de séquestration qu'il s'agit. Et là, c'est tout de même plus grave. Tu ne crois pas ?

Il ne croyait plus grand-chose, le Jojo ! Il commençait simplement à se demander s'il n'en avait pas trop dit. Et il n'avait plus d'autre idée en tête que de se défiler.

— Moi, ce que j'en dis, répéta-t-il en regardant tout à coup sa montre, c'est ce qu'on raconte au pays. Pour le reste... T'es sur place, tu pourras juger. Mais, pour l'heure, tu m'excuseras : me voilà à la bourre.

— Tu rêves ?

Son café bu, Antoine était prêt à remonter vers son bureau. Debout près de la table de Pierre, il considérait avec étonnement son ancien chef apparemment perdu dans de très lointaines réflexions. D'un geste vague Pierre lui montra la chaise que venait de quitter Georges Drimont.

— Tu as bien cinq minutes ? Assieds-toi. Mon pauvre vieux, si tu savais ce que je viens d'entendre...

10

Les boutons de rose étaient éclos.

Jeanne, le chat Modem dans les bras, s'était extasiée. Avant même que la visite de la maison n'aille plus loin, Pierre, aux anges, avait eu droit à un gros baiser sur la joue.

— Un amour, t'es un amour, mon bichon, d'y avoir pensé.

Ce genre d'effusion l'attendrissait toujours, en même temps que son côté un peu bêtifiant avait tendance à l'exaspérer. Il n'en laissait bien évidemment rien paraître. Et, devançant Jeanne, pour se donner une contenance, il s'activait dans la maison. Il ouvrait les volets à grand fracas, s'assurait que tel rafistolage avait bien tenu le coup, lui faisait valoir la belle patine de l'armoire de merisier, remontait l'horloge, ouvrait d'un geste magistral la porte de leur chambre, y recommençait l'opération ouverture de volets. Il buvait du petit-lait, s'avouait en douce son soulagement de voir sa femme ravie et rendait grâce à la rentrée des classes des petits-enfants dont l'heureux prétexte avait permis d'éviter qu'ils n'arrivent ensemble. Il préférait ne pas penser à la réaction qui aurait pu être celle de Jeanne si elle avait découvert en même temps que lui le lamentable spectacle de la maison cambriolée.

Allons, leur nouvelle vie commençait donc sous de bons auspices.

— Tu as vu le bureau que je me suis installé ?

Car telle avait été la promotion de la petite chambre donnant sur la cour, qui était jadis celle de sa sœur. Les garçons, eux, se partageaient les grands lits à rouleau qui occupaient chaque coin de la grande salle.

A vrai dire, ce bureau n'en avait que le nom. A moins qu'il suffise d'une table de sapin, d'une chaise et de quelques étagères rapidement bricolées pour assurer une telle promotion à l'ancienne chambre d'une jeune paysanne.

— Tu y seras bien pour travailler, décréta Jeanne. Elle a la bonne orientation.

C'était d'ailleurs vrai. Il n'était pas dix heures et un doux soleil de la Saint-Michel chauffait déjà agréablement la pièce. Jeanne ouvrit la fenêtre et s'y accouda.

— Tu l'auras au moins jusqu'à quatre heures, dit-elle.

Et son regard se perdit dans la foisonnante marée verte qui semblait monter à l'assaut du jardin, du verger et de la cour. L'énergique repousse de septembre avait eu tôt fait de déborder ce que Pierre avait tant peiné à nettoyer. Cela formait un épais tapis vert sombre qui courait jusqu'au muret du verger. Et les arbres de ce dernier, qui devraient bien attendre que passe l'automne avant qu'il soit remis un peu d'ordre à leurs ramures laissées libres depuis trop longtemps, semblaient se pousser et se presser vers le soleil, de toute l'épaisseur de leurs feuillages concurrents.

— C'est quoi, cette maison, là, derrière le verger ? demanda Jeanne.

On apercevait, entre les branchages, le long toit de la maison Guérande.

— Nos voisins, les Lardret, répondit Pierre laconiquement.

— Tu les connais ?

— Non, faillit-il mentir.

Il se reprit juste à temps.

— Enfin, oui, en quelque sorte.

Elle eut l'air surpris.

— Comment ça, en quelque sorte ?

Ils n'étaient pas là de cinq minutes qu'il fallait que toute cette histoire ressurgisse pour lui gâcher son plaisir. Mieux valait pourtant que Jeanne sache.

— Elle, commença-t-il, c'est Thérèse Guérande. On est allés à l'école ensemble. Depuis, je ne l'ai jamais revue.

— Et tu n'es pas allé la saluer ?

Allons, puisqu'il le fallait.

— Je ne crois pas qu'ils en aient tellement envie, dit-il.

Et, prévenant les questions, il raconta à Jeanne ce qu'il savait de l'histoire des Guérande et de celle des Lardret. Curieusement, pourtant, il ne parvint pas à tout lui dire. Sans qu'il y prenne garde, il ignora le doute qui s'était installé en lui quant à la culpabilité de Philippe Guérande.

Il oublia de lui parler du cambriolage et jugea inutile d'évoquer la lumière de la lucarne. Depuis qu'ils se connaissaient, c'était la première fois que l'envie lui venait de ne pas tout dire. A l'air grave avec lequel elle le considéra avec insistance, il comprit que, plus intuitive que perspicace, elle ne le croyait pas totalement sincère.

— Et la maison d'à côté, celle avant la nôtre, c'est qui ? demanda Jeanne comme pour changer de sujet.

Pour le coup, Pierre éclata de rire.

— Celui-là, dit-il, bien rare si tu ne fais pas sa connaissance avant que le jour soit fini. Monsieur Armand. Un personnage, tu verras. Mais...

— Quoi, mais ?

Pierre eut une moue dubitative.

— Un drôle de personnage, pas facile à saisir. Enfin, tu verras.

Puisqu'il lui assurait qu'elle pourrait en juger par elle-même, elle n'insista pas. Pierre en fut soulagé. Sans qu'il parvienne à se l'expliquer, il lui semblait préférable de ne pas mêler Jeanne à tout ce qu'il pressentait vaguement.

Pourquoi ces silences ? Quelles qu'en soient les raisons, ils n'étaient pas dans leurs habitudes. Et Pierre, pour un peu, se serait senti coupable d'infidélité.

Il n'arrivait pourtant pas à se décider à parler. Quelque chose le lui interdisait tout en lui laissant dans la bouche un goût amer de trahison.

Modem eut tôt fait de prendre ses habitudes. Malgré tous les efforts de Jeanne, il ne supporta que jusqu'au matin suivant leur arrivée la claustration à laquelle elle prétendait le contraindre.

Il mena alors un tel tapage devant la porte de la cour que Pierre, excédé, au risque d'en être puni par une longue soupe à la grimace, finit par lui ouvrir. Fouettant le sol de sa queue, le matou resta un long moment dressé sur la pierre du seuil à détailler cet étrange univers qui s'offrait tout à coup à ses investigations.

— Tu te décides, oui ou non ? s'impatienta Pierre qui tenait toujours la porte ouverte. Le chat lui adressa un bref regard chargé de reproches, puis, queue basse, oreille pointée et œil aux aguets, il fila le long du mur de la maison et disparut rapidement dans le soupirail de la cave. A l'instant précis où Jeanne remontait du verger qu'elle était allée découvrir.

— Il va se perdre ! hurla-t-elle. Pourquoi tu lui as ouvert ? Il n'est pas encore assez habitué.

— Mais si, mais si, tenta de temporiser Pierre qui se sentait déjà comme un gosse pris en faute.

— Si jamais on ne le retrouve pas... commença-t-elle.

Puis, sans plus préciser sa pensée, elle entra en coup de vent, l'œil noir et le geste exaspéré.

Pierre, penaud, alla se réfugier dans son bureau. Lui aussi y avait vite pris ses habitudes. Et personne n'avait eu à s'inquiéter de sa découverte ravie du plaisir de travailler dans un tel calme, avec, par-dessus le marché, l'étonnant repos que lui procurait, lorsqu'il levait les yeux, la simple vue du paysage qui s'étendait au-delà de la fenêtre près de laquelle il avait installé sa table.

Il n'y était pas assis de deux heures qu'une petite mésange à tête noire était venue se poser sur son appui de fenêtre. En sautillant allègrement le long du bord de la pierre de granit bleu, elle lui avait jeté un regard effronté avant de s'envoler vers les feuillages voisins.

Il y avait vu une sorte d'heureux présage. C'était comme si une paisible harmonie s'instaurait d'elle-même entre son travail et le milieu où il l'accomplissait.

Les miaulements exaspérés et exaspérants de Modem avaient de quoi lui gâcher cette première et si belle impression. Il n'en avait pas envie, voilà tout. Il avait donc fait cesser cette malencontreuse dissonance en ouvrant la porte au chat. Et il se retrouvait tout marri dans son bureau, disposé à reprocher l'envol du sourire de Jeanne au monde entier et en tout premier lieu aux mésanges dissipatrices des devoirs conjugaux.

La punition dura deux bonnes heures durant lesquelles, malgré le calme retrouvé, Pierre ne sut que tourner en rond dans son bureau ou chiffonner rageusement des feuilles vaguement griffonnées de mots qui ne lui plaisaient pas.

Puis, le silence fut tout à coup rompu par des éclats de voix de l'autre côté de la porte. Aux exclamations de Jeanne répondait un bruit de crécelle sur l'origine duquel Pierre n'eut pas à s'interroger.

Tiens donc ! Il sortait enfin de son trou, celui-là ! Pierre osa pointer le nez au coin de sa porte.

— Tu vois, l'agressa aussitôt Jeanne, qui

n'abdiquait pas si facilement ses colères, la première chose qu'il a faite, c'est d'aller chez les voisins. Heureusement que monsieur, bien gentiment, nous le rapporte.

Pierre ne put s'empêcher de sourire. Modem, ronronnant consciencieusement, bien que quelque peu perdu dans les vastes plis informes de l'inévitable blouse grise, semblait se trouver fort à l'aise dans les bras de monsieur Armand. Lui, par contre, incapable d'interrompre un bredouillage incessant et parfaitement inintelligible, avait tout d'une poule qui aurait trouvé une montre.

— Débarrasse donc monsieur Armand. Tu vois bien qu'il l'encombre, ce chat.

— Ah, parce que ?...

Et elle réussissait, encore, à jouer les ingénues ! Comme si elle n'avait pas compris qui était ce sauveur de chat. Pierre dut faire les présentations en bonne et due forme.

— Mon épouse, Jeanne ; monsieur Armand, notre plus proche voisin.

Jeanne l'ayant enfin libéré de son fardeau, monsieur Armand, toujours bredouillant, crut bon de se perdre en petites courbettes. Et il les multiplia tant qu'il n'en vit même pas la main que lui tendait Jeanne et qu'elle reprit vite, voyant le peu de cas qu'il en faisait.

— Enchanté, enchanté, finit-on par comprendre de ce que baragouinait le vieil homme. Je suis vraiment enchanté de faire la connaissance de ma nouvelle voisine. Vrai, ça manquait au quartier, une présence féminine. Vous ne pensez pas ? Parce que, on a beau dire, mais des hommes seuls, il n'y a rien à faire, il manque quelque chose. Vous ne pensez pas ?

Jeanne, pour l'heure, avait plus envie de rire que de penser.

— Vous avez raison, décréta-t-elle tout de même en évitant de croiser le regard de Pierre. Vous allez voir : ça va vous changer la vie que je sois là. Si vous saviez !

— Ah bon ? fit monsieur Armand, tout à coup vaguement inquiet.

C'est qu'il y tenait, à sa tranquillité, le bougre !

— Demandez donc à Pierre. Vous verrez bien. Pas vrai, Pierre, que je suis une vraie emmerdeuse ? Un adjudant, quoi. Avec moi, il faut que ça file droit. Sinon...

Le regard de fouine de monsieur Armand s'était vivement porté sur Pierre. Puis il était revenu toujours aussi prestement sur Jeanne. Deux ou trois fois, il fit encore la navette de l'un à l'autre, l'air grave, vaguement affolé. Puis, tout à coup, il se détendit. Il avait enfin compris que Jeanne se payait sa tête.

— Vous me faites marcher, dit-il sur un tel ton de reproche un peu attendri qu'ils ne purent s'empêcher d'en rire.

Pierre crut bon d'en rajouter.

— Peut-être pas tant que ça, estima-t-il d'un air entendu.

L'inquiétude réapparut sur le visage de monsieur Armand.

— Vous n'avez pourtant pas l'air si malheureux, jugea-t-il.

— Apparences trompeuses, maintint Pierre. La force de l'habitude, vous comprenez.

Jeanne, le chat toujours lové dans ses bras, riait aux éclats.

— Allons, préféra conclure monsieur Armand qui commençait à s'y perdre. Je ne pense décidément pas que madame soit si sévère que ça. Je suis même convaincu qu'on sera bons amis. N'est-ce pas, madame ?

— Bien sûr, monsieur Armand, dit Jeanne en le poussant tout de même vers la porte. Mais ne me servez donc pas du « madame » comme ça. Appelez-moi Jeanne, comme tout le monde. Ce sera bien mieux.

Il en fut ému, le brave homme.

— Oh, ben ça alors, se remit-il à bredouiller, c'est bien. C'est pas pour dire, mais c'est bien. Vous n'êtes pas compliquée, vous. C'est pas comme d'autres...

Et il fila en trottinant.

— Merci encore pour le chat, lui cria Jeanne.

Il eut un petit geste un peu trembloté au ras de l'épaule et, sans se retourner, il disparut derrière la haie.

— Eh bien, qu'est-ce que tu me disais ? Que lui reproches-tu, à cet homme ? Il est charmant, décréta Jeanne en posant Modem sur son tapis. Peut-être pas très futé, ajouta-t-elle, certainement pas très à l'aise avec les femmes, mais charmant. Nous allons bien nous entendre, tu verras.

— Ne t'y fie pas.

Elle eut l'air parfaitement sidérée.

— Qu'est-ce qui te fait dire ça ? On dirait que tu t'en méfies, de cet homme ?

— C'est un vieux roublard. Son père était pire que lui. Il tenait tout le village. Tout le monde en avait la trouille. Bon chien chasse de race, dit-on. Et, en la matière, je suis persuadé que monsieur Armand est un bon chien. Nous avons le roi des magouilleurs pour voisin.

Pierre sut ne pas ciller sous le regard de Jeanne. Un regard en forme de questions. Elle faillit interroger. Mais elle y renonça. A quoi bon ? Son Pierre ne lui disait pas tout. Il la savait pourtant assez intuitive pour qu'il ne lui serve à rien de dissimuler.

S'il le faisait, c'était donc qu'il avait ses raisons. Elle préféra s'y rassurer et s'armer de patience. Il parlerait quand il le jugerait bon.

En attendant, elle s'interdit de céder à l'inquiétude.

11

Le rythme se prit. Après tant d'années passées dans leur bel appartement de Courbevoie, ils s'étonnèrent d'éprouver bien moins de difficultés qu'ils ne le redoutaient pour s'habituer à leur nouvelle vie et aux contraintes que leur imposait le confort sommaire de la maison.

Pierre décida tout de même qu'il fallait que la salle d'eau et le chauffage central soient en état de fonctionner avant l'hiver. Il n'y avait pas de temps à perdre. Il fit le siège des artisans, s'y mit lui-même, et la maison fut bientôt un vrai chantier dans lequel Jeanne évoluait sans perdre une once de son sourire et de sa bonne humeur.

Malgré toute cette activité et la part qu'il y prenait, Pierre ne parvenait pas à s'abstraire des étranges sentiments qui l'agitaient. Bien sûr, Georges Drimont n'avait fait que prendre un plaisir malsain à colporter des bruits et des ragots. Et Pierre s'interdisait formellement de leur octroyer ne serait-ce que les apparences de la vérité. Il ne pouvait pourtant pas exclure totalement l'hypothèse qu'une jeune femme soit réellement séquestrée dans la maison des Lardret.

« Si c'était vrai, ce serait trop grave », pensait-il sans pour autant se résoudre à entreprendre la seule démarche qui lui parût raisonnable. A plusieurs reprises, il avait aperçu Thérèse Lardret allant et venant dans son jardin. A chaque fois, une sorte d'étrange pudeur l'avait empêché de lui adresser la parole.

Pourquoi ne pas aller tout simplement frapper à la porte de ces gens-là ? Après tout, ils étaient voisins. Ça se fait, d'aller se présenter à ses nouveaux voisins.

Quelque chose, pourtant, lui rendait impossible ce geste en apparence si simple. Et il s'exaspérait de ne pas arriver à identifier, en lui-même, ce qui justifiait cette étrange retenue. Cette affaire n'était pas nette. Il en savait beaucoup, mais il y avait là-dessus trop d'ombres, trop de on-dit, trop d'à-peu-près pour qu'il accède à des certitudes assez fortes.

Tout cela le vexait profondément. Tout au long de sa carrière de journaliste d'investigation, il avait eu suffisamment d'occasions d'être confronté à des situations autrement complexes que celle-là pour qu'il ressente comme une véritable humiliation personnelle de ne pas réussir à percer un secret de village. Et qui plus était, son village.

Bien sûr, Jeanne n'en savait rien. S'habituant peu à peu à la dissimulation, qui l'avait pourtant mis si mal à l'aise lorsqu'il s'en était senti coupable pour la première fois, il se gardait bien de lui en parler. Et chaque jour fortifiait en lui la conviction qu'il ne parviendrait pas à vivre paisiblement à Messangy si ces zones d'ombre continuaient de rôder autour de lui.

Se souvenant d'une allusion de Georges Drimont, un matin que Jeanne était partie faire ses courses, il osa aborder le sujet avec l'artisan qui installait la salle d'eau.

— C'est vous, lui demanda-t-il, qui avez travaillé chez les Lardret ?

Levant le nez de ses tuyauteries, l'autre le toisa avec, dans le regard, une surprise mêlée de méfiance.

— Pourquoi vous me demandez ça ?

Pierre préféra jouer les innocents.

— Oh, comme ça. Parce que je sais qu'ils ont fait des travaux.

— Eh ben, non, c'est pas moi, dit l'homme de l'art en se replongeant dans un ajustage délicat. Et je préfère, ajouta-t-il.

— Ah bon ? s'étonna Pierre. Et pourquoi donc ?

— Des gens comme ça…

— On dit beaucoup de choses. Mais allez savoir…

Cette fois, en jaillissant à nouveau de ses tuyaux, le plombier avait l'œil noir.

— Tout ce que je sais, moi, c'est que mon père, il en était, du maquis. Il a eu de la veine, il en est revenu. Ça n'a pas été le cas de tous ses copains. Grâce à ces fumiers-là. Alors moi, vous comprenez…

Les tuyaux n'attendaient pas. Il s'y replongea.

Pierre, qui bricolait à deux pas de là, se donna le temps de la réflexion. C'était donc là une voix de plus qui faisait pencher le plateau de la balance vers la culpabilité de Philippe Guérande. Bien que seul, jusque-là, Georges Drimont lui ait développé une autre théorie, Pierre ne parvenait pas à admettre totalement la thèse de la trahison. Quelque chose lui semblait clocher quelque part. Il tenta le coup.

— On dit qu'il n'a jamais donné le maquis.

Décidément, il y avait là des raccords qui allaient devoir attendre. L'œil du plombier, lorsqu'il jaillit à nouveau de sous le lavabo, était encore plus noir que la première fois. A moins que ce ne soit l'effet de ses épais sourcils qui se faisaient soupçonneux.

— Vous m'avez l'air bien au courant, vous. C'est pourtant pas l'Armand qui a pu vous souffler ça. Il l'a assez répétée, son histoire. Et puis, faut dire, il n'a pas tout à fait tort, le vieux radoteur, quand il dit comme ça qu'à la façon dont ils se sont carapatés, les autres, en dessous, c'est bien qu'ils n'avaient pas la conscience trop tranquille. Alors...

Alors ! Mais pourquoi fallait-il donc qu'on lui réponde toujours par des opinions, des points de vue plus ou moins étayés, plus ou moins personnels, et qu'on ne lui avance jamais de faits réels, bien tangibles ?

— Parce que, comme ça, votre père, il était du maquis ? demanda Pierre sans trop savoir où il allait, pour gagner du temps.

Il avait pourtant touché une corde sensible. L'autre se rengorgea comme si tout l'honneur lui en revenait.

— Sûr, qu'il en était, claironna-t-il. N'avez qu'à demander à ceux qui y étaient avec lui et qui sont encore là pour le dire. Ça ne manque pas.

Enfin un embryon de piste qui pouvait devenir intéressante. Pierre s'engouffra.

— Vous en connaissez, vous ?

L'homme de l'art hocha la tête avec, sur les lèvres, une moue désabusée.

— Pour en connaître, j'en ai connu. Ça, oui, j'en ai connu. Mais, pour l'heure, à dire vrai, il n'en reste plus bien. Ils sont tous au cimetière. Il y a bien le Tonin, le Tonin Blanchot, du Cra. Vous connaissez ? Il a encore toute sa tête, le vieux. Seulement... Enfin, c'est à vous de voir.

Pierre en savait assez. Et la dernière restriction n'y changeait rien.

Il fallut ruser. Pierre ne parvenait toujours pas à se résoudre à faire part de ses doutes à Jeanne. Il ne voulait pas qu'elle s'inquiète à l'idée de la véritable enquête qu'il menait. Il prétexta quelques vis ou quelques outils dont il ne pouvait décidément pas différer l'emplette à leur prochaine descente en ville. Il en prit la direction et, comme à l'école buissonnière, au premier carrefour, il bifurqua vers le lointain hameau dont, à ce que lui avait dit le plombier, Tonin Blanchot était un des derniers survivants.

Serrée de si près par les haies vives qui la bordaient que Pierre s'inquiétait de savoir comment il réussirait à croiser le malencontreux tracteur qui n'allait pas manquer de surgir devant lui, la route se faufilait dans un étroit vallon, qu'elle remontait en multipliant comme à plaisir les courbes et les lacets sans la moindre visibilité. Des larges prés qui l'entouraient à la sortie du bourg, il ne resta plus bientôt qu'une étroite langue d'herbe traversée par le ruisseau et qui semblait mangée peu à peu par la forêt qu'il longeait.

Puis la route s'infléchit brutalement à gauche, franchit le ruisseau et dépassa l'ultime avancée herbeuse pour se retrouver sous l'épais couvert d'une hêtraie. Elle y musarda encore longuement avant d'atteindre simultanément le sommet de la côte et un carrefour au beau milieu duquel Pierre dut bien s'arrêter, perplexe. Il n'y avait pas un seul panneau d'indication. Il hésita longuement, tâchant de se remémorer ce que lui en avait dit la carte qu'évidemment il n'avait pas prise.

A-t-on idée de devoir se balader dans son propre pays avec une carte ?

Il n'en était pas moins totalement perdu. A tout hasard, il prit à gauche.

« Ça doit être par là », voulut-il se rassurer.

Ce n'était pas par là. A la sortie d'un hameau qui n'était pas le Cra, la route se terminait sur un chemin transformé en fondrière par un récent débardage. Il n'y trouva pas âme qui vive pour le renseigner. Il revint jusqu'au carrefour et, résolument, décidé à épuiser toutes les possibilités qui s'offraient à lui, il le franchit et descendit dans un autre vallon.

C'était le bon. Le Cra s'y blottissait. Cinq ou six longs corps de bâtiments aux toits d'ardoises bleutées. Ils lui apparurent à la sortie d'un virage, imbriqués les uns dans les autres entre les haies et les prés qui les cernaient.

A l'entrée du hameau, un bonhomme s'en revenant de sa promenade quotidienne l'obligea à s'arrêter. Précédé d'un chien presque aussi chenu que lui, appuyé d'une main sur un bâton de coudrier, légèrement voûté, l'autre main dans le dos, il allait à petits pas au beau milieu de la route et ne prétendit pas en bouger lorsque Pierre arriva derrière lui.

Diplomate, celui-ci intima l'ordre de se taire à la trompe de sa voiture. Il se gara comme il le put sur un bas-côté quelque peu fangeux, et vint jusqu'à l'homme qui continuait tranquillement son chemin sans même s'être retourné.

— Je cherche monsieur Blanchot, dit-il.

— Connais pas, fit l'autre sans déroger le moins du monde au rythme paisible de sa promenade.

Pierre en resta bouche bée. S'était-il encore une fois trompé ?

— Je suis bien au Cra ? s'enquit-il prudemment.

— Vous y êtes.

— Eh bien, ce n'est pas au Cra qu'habite monsieur Blanchot ? Tonin Blanchot ?

— Ah ! l'Tonin. Fallait commencer par là. Sûr que j'le connais, l'Tonin. Tenez, il habite juste là, la maison au fond de la cour. Mais il n'y est pas.

Il ne manquait plus que ça !

— Et... vous ne savez pas où il est ?

Le bonhomme trottinait toujours de son pas égal, sur le rythme à trois temps de ses deux vieilles jambes et de son bâton.

— Pas loin, sûr, pas loin, marmonna-t-il.

— Eh bien, je vais l'attendre, décréta Pierre.

— C'est ça. Attendez donc qu'il arrive.

Le chien, à trois pas devant eux, avait effectivement atteint la barrière d'une cour le long du mur de laquelle s'alignaient quelques vieux outils agricoles dont il était évident que, depuis longtemps, ils n'avaient plus d'autre fonction que de servir de perchoirs à une escouade de poules blanches. A la grande surprise de Pierre, le chien s'engagea résolument dans la cour, qu'il traversa d'un pas décidé.

Il laissa faire, et, bien sûr, le vieux suivit son chien.

— Ah, parce que le Tonin, c'est vous ?

— Eh ! fit-il simplement en haussant les épaules et en tournant pour la première fois sur Pierre un étrange regard illuminé par le sourire satisfait de l'homme qui a réussi sa farce.

— Et qu'est-ce que vous lui voulez, au Tonin ? Si c'est pour les assurances, c'est plus la peine ; je vais mourir.

Il disait ça en gloussant de rire.

— Attendez voir. Faut encore l'ouvrir, c'te satanée porte.

Il escaladait tranquillement le perron de trois marches en fouillant énergiquement dans la poche de son large pantalon de toile grise dont il sortait une énorme clef patinée d'usage. Et il la montrait triomphalement à Pierre.

— Vous voyez ? dit-il. Tant que ça brille comme ça, c'est que l'homme n'est pas mort. Encore un peu de patience, et elle sera toute terne, éteinte, comme le bonhomme.

Ils entrèrent. La pièce était sombre mais chaude.

— J'm'en va allumer. On n'y voit rien, là-dedans.

Pierre, immobile devant la porte qu'il avait refermée dans son dos, devinait à peine la silhouette voûtée qui allait et venait dans la salle comme s'il y faisait grand jour. Enfin, après avoir rangé son paletot, son bâton et sa casquette, chacun en un coin différent de la pièce, Tonin Blanchot dut passer à proximité de l'interrupteur car, sans que Pierre vît son geste, une lumière jaune et un peu triste jaillit de sous l'abat-jour garni de dentelles d'une suspension à contrepoids.

— Et qu'est-ce que vous me voulez donc, mon brave homme ? s'enquit enfin Tonin en s'appuyant lourdement des deux mains au bord d'une grande table rectangulaire qui, flanquée de deux bancs, occupait tout le centre de la pièce.

Dans son dos, la lumière jaune de la lampe taillait de grands pans d'ombre dans la cheminée au fort linteau de chêne. Pour l'heure, une pile impressionnante de bûches y étaient soigneusement rangées, à l'évidence destinées à la cuisinière basse à quatre trous qui rougeoyait devant l'ancien foyer.

Dans la demi-obscurité, à laquelle la lampe, seulement occupée de la table et de ses plus proches abords, abandonnait les angles les plus lointains, on devinait, d'un côté, aux formes élégantes qu'y dessinaient quelques reflets, une haute armoire de chêne ou de merisier. De l'autre, sans qu'on puisse la discerner, on entendait le chant discret et rassurant d'une de ces hautes horloges comtoises qui sont l'extrême richesse des maisons les plus simples.

— Ce serait-y que vous voulez m'acheter ma maison ? insista le vieil homme.

Pierre se força à en rire.

— Non, ne craignez rien. Je ne suis pas acheteur.

— C'est pourtant ce que j'avais cru. C'est qu'on a déjà vu plus drôle ! Avant, nos baraques, quand le dernier de la tribu partait au cimetière, on les abandonnait aux orties. De nos jours, il y en a, ils vous y pousseraient bien, dans la tombe, pour se disputer vos trois bouts de mur. Comme je vous le dis. C'est comme ça que ça se passe. Allez y comprendre quelque chose, mon pauvre monsieur. Asseyez-vous donc puisque vous ne voulez pas m'acheter ma maison. Qu'est-ce que je vous sers ? Un coup de rouge ?

Ce n'était pas que ça tentait particulièrement Pierre. Mais il crut bon d'accepter. Sortir les verres, puis la bouteille, servir, à ras bord sans qu'une goutte ne s'échappe, faisait gagner du temps, permettait de peser le pour et le contre de ce qu'on allait dire.

— Alors, reprit Tonin en reposant la bouteille et en venant s'asseoir devant Pierre, si vous n'êtes pas là pour les assurances ou pour m'acheter ma maison, c'est que vous vous êtes perdu, par ici ?

Pierre hocha la tête en souriant. A vrai dire, il ne savait pas comment engager la conversation. Ce vieil homme au regard étonnamment rieur et avenant, dans une face anguleuse, comme taillée à coups de serpe, et fripée comme une vieille pomme, l'impressionnait profondément. Il en perdait ses moyens. Mais l'autre, devant lui, en était toujours à ses interrogations. Et cela se lisait dans le regard à la fois engageant et curieux qu'il posait sur Pierre, en penchant légèrement la tête de côté.

— Je peux vous être utile à quelque chose ? relança-t-il encore une fois.

Pierre saisit la perche.

— En quelque sorte, dit-il.

Et il se jeta à l'eau.

— Voilà, commença-t-il. D'abord, il faut que je

vous dise qui je suis. Je suis le Pierrot à l'Antoinette Billaud.

L'autre se redressa vivement.

— Ah ben, ça alors, si on m'avait dit. Le ch'ti[1] Pierrot ! Le p'tit Paris à l'Antoinette ! Et tu ne me le disais pas plus tôt. Et moi qui croyais t'avoir bien eu en ne te disant pas que c'était moi, l'Tonin. Sûr que c'est toi qui m'as bien roulé. Ah ben, celle-là, c'est la meilleure. L'Pierrot à l'Antoinette. Alors, Pierrot, dis-moi, qu'est-ce que tu deviens ?

Il fallut expliquer, raconter. Le journalisme, les grands voyages. Et puis la rencontre de Georges Drimont, la maison retrouvée fermée, l'achat pour la retraite. Ce fut d'ailleurs ce qui retint le plus l'attention de Tonin, que la brillante carrière du petit Parisien à l'Antoinette avait laissé de marbre.

— Alors, comme ça, te voilà revenu avec ta femme dans la ferme Billaud. Et pourquoi tu ne me l'as pas amenée, ta femme ? Pas présentable, le Tonin, peut-être ? En voilà des façons ! Attends voir que je descende au bourg, j'irai bien te le faire payer, le coup à boire. Comme ça, il faudra bien que tu me la présentes, ta femme. Surtout que, placé comme t'es là, tu dois l'avoir, la goutte ? La goutte à monsieur Armand ! Quelqu'un, que monsieur Armand, pas vrai ? T'as là un fameux voisin.

Il n'en dit pas plus. Et Pierre, qui n'avait pas entrepris une telle expédition pour connaître l'opinion de Tonin concernant ce voisin-là, n'insista pas. Il trouva simplement, dans cette allusion à

1. *Ch'ti :* petit mais aussi costaud, un peu chenapan, lorsqu'il s'agit d'un enfant, toujours avec une connotation légèrement attendrie.

l'ancien épicier, une excellente transition pour arriver enfin à son propos.

— Il m'a raconté ce qui s'est passé chez les Guérande à la Libération, dit-il.

Tonin, aussitôt, se rembrunit.

— Il t'a servi ses fariboles habituelles, quoi.

— Oui, enfin, il m'a expliqué pourquoi Philippe Guérande s'est sauvé.

Le vieux ne releva pas. Il laissa s'éterniser le silence. Et Pierre s'étonna de l'air grave, presque inquiet, qui, dans son regard, avait remplacé la flamme guillerette et avenante ordinaire. Sans lui demander son avis, il remplit à nouveau son verre et en fit de même au sien. Il s'appliquait, à gestes lents, trop lents, comme s'il se donnait le temps de réfléchir. Il fallut encore qu'il suive la bouteille des yeux, jusqu'à ce qu'il l'ait reposée sur la table, pour que son regard finisse tout de même par venir accrocher celui de Pierre. Sans rien avoir perdu de sa gravité, il y avait allumé, par-dessus le marché, une étincelle dure qui impressionna Pierre.

— Et c'est pour ça que t'es venu me voir.

Ce n'était pas une question.

Gêné, Pierre fit allusion au plombier qui lui avait conseillé d'entreprendre le voyage du Cra.

— Et t'as bien fait, le rassura Tonin. Sauf que l'autre, il t'a raconté autant de bêtises que peut en dire l'Armand dans une journée. Qu'est-ce que tu veux savoir ? Ce qui est s'est vraiment passé dans le maquis, à la Libération ? C'est ça que tu veux que je te dise ?

Pierre se contenta d'acquiescer de la tête.

Tonin considéra un long moment son verre, qu'il

tournait dans ses doigts. Il eut un ou deux hochements de tête entendus.

— T'en as de bonnes, toi, dit-il enfin d'une voix étonnamment sourde. Est-ce qu'on raconte comme ça des choses pareilles ? Avant… Avant, il faut dire… Attends voir, j'm'en va te dire, moi…

12

Rien de plus banal, en vérité, que la vie de Tonin Blanchot. Mais il avait sa fierté, Tonin Blanchot. Et puisque le Pierrot à l'Antoinette s'était donné la peine de venir lui demander, il fallait qu'il lui dise. Il fallait que viennent les mots, tous les mots indispensables pour que les oreilles du Pierrot à l'Antoinette se ferment une fois pour toutes aux bêtises qui n'étaient pas la vérité de Tonin Blanchot.

Ah oui, mais par où commencer ? A sentir cette marée de mots qui montait en lui, Tonin se crut pris d'un vrai tournis. Il allait donc falloir dire tout ça ? Eh bien, puisqu'il le fallait. Et parce que Tonin ne savait pas trop par quel bout prendre tout ça, il se résolut à tout dire, depuis le début.

La Grande Guerre, oui, la Grande Guerre... C'est là que tout a fini et que tout a commencé. Il est né en 17, le Tonin, neuf mois après une permission de son père, qui n'est plus jamais revenu. Alors, quoi, la vie... La vie d'un gamin sans père, auprès d'une mère en noir pour le restant de ses jours. La pension de la veuve et le maigre revenu d'une ferme minuscule pour vivre. Ma foi, il y avait bien plus malheureux.

Le matin, on soignait les vaches avant de partir pour l'école. Quatre kilomètres à pied dans un sens, quatre kilomètres à pied dans l'autre sens le soir venu. Avec quelques galopins de son espèce, qu'il pleuve, qu'il vente ou qu'il neige, c'était les plus beaux moments de la journée et peut-être bien de toute sa vie. Les jeux dans les chemins, la nature sans cesse changeante et l'aise qu'ils avaient, ces gosses-là, à se mouvoir, à courir, à dépenser toute la folle énergie de leur jeunesse au milieu des bois, des prés et des haies où ils se sentaient si bien.

L'école, dame, l'école... Ce n'était pas que ça l'enthousiasmait, l'école. Pas franchement mauvais, mais pas bon non plus. Est-ce qu'on a besoin d'aller à l'école quand le destin est de venir relayer les bras usés de la mère, à la ferme ? Il a tout de même décroché son certificat d'études primaires, le Tonin. Et plus de soixante-dix ans plus tard, il en était toujours aussi fier.

Même si, le lendemain de l'examen, il était aux foins, comme les autres.

Après... Eh bien après, ma foi, ça n'aurait pas trop changé jusqu'au bout des foins, de la moisson, des patates, des labours, du pansage hivernal des bêtes, des semis de printemps, avant de recommencer les foins, la moisson, les patates et la suite, si n'était pas venu le service militaire. Et puis la mobilisation, la première, la fausse, avant la seconde, la vraie, qui avait vu le Tonin, comme les autres, traîner sur les routes de France du plus vite qu'il le pouvait pour tenter d'échapper à l'envahisseur.

— Encore, disait-il, dans mon malheur, j'ai pas tiré le trop mauvais numéro. Ah, bonté, il m'a fallu courir vite, vrai ! Mais je me suis retrouvé du bon côté de la Loire au bon moment. Crois-moi bien, petit, que quand on nous a parlé de démobilisation, j'ai pas pleuré.

Alors, au pays retrouvé, a commencé l'attente. De quoi ? Va savoir. A son retour, on lui a raconté de vagues histoires de réfugiés par vagues passés par là et repartis vers Dieu seul sait où. Quelques-uns, tout de même, étaient restés. Peut-être parce qu'ils n'avaient plus la force, l'envie ou assez de peur pour aller plus loin. On les avait accueillis. On n'est pas des sauvages. Et puis on se souvenait de la Grande Guerre et de sa grande pénurie de bras, pour le travail de la terre et pour le pain qu'il donne. Alors, ceux-là plutôt que d'autres, pourquoi pas ? Il manquait assez d'hommes comme ça, pas revenus du front ou prisonniers en Allemagne, ce qui, pour l'heure, revenait au même.

Alors, on attendait. On a attendu comme ça plus de trois ans. Et rien ne se passait. Ah, si, tout de même : le bombardement du Creusot.

— Vieux, disait Tonin, ça chauffait, sûr. Ça se voyait d'ici. Et, les jours suivants, on les a tous vus rappliquer, tous les vieux gars partis travailler à l'usine. Ce coup-là, ils s'en souvenaient, du pays. Vu qu'ils n'avaient plus que ça. On les a accueillis aussi, comme les autres. Et on a continué d'attendre.

Tout se passait ailleurs. Le monde bouillonnait, se déchirait, explosait. Au Cra, rien ; rien que l'attente, l'attente de l'horreur comme l'attente de la résurrection. Va savoir.

Tonin, comme les autres, travaillait au bois. C'est fou ce qu'on travaillait au bois, en ces temps-là. On en sortait bien plus qu'il n'en pouvait donner. A ce train-là, il n'y en aurait bientôt plus. Mais il en fallait toujours et encore pour alimenter les fours des charbonniers dont dépendaient les gazogènes. Les bœufs des galvachers n'y suffisaient plus. Alors ceux, comme Tonin, qui n'avaient jamais pris la route s'y étaient mis aussi. Diable, mettre une paire de vaches à peu près appareillées sous le joug, ce n'était tout de même pas sorcier. Surtout qu'il y avait des sous à la clef.

Alors, en attendant, on allait faire du bois. A la ferme, la mère avait repris le collier. Et, l'un dans l'autre, on ne s'en sortait pas si mal que ça. Le bois grossissait le bas de laine. Et ce qu'on faisait passer au nez et à la barbe de la réquisition allait au saloir.

— On n'était pas riche. Ça, dame non, disait Tonin. Mais on n'était pas pauvre non plus. Et quant à être malheureux, sauf ceux qui attendaient toujours un gars ou un homme, ma foi, fallait pas se plaindre. Ah, bien sûr, c'était pas comme le Philippe Guérande. Lui, par le fait, c'était la fortune qu'il touchait. Tout ce bois qu'on sortait, c'était d'abord pour lui. Et il le revendait à qui il voulait. Ça dépendait. Le charbon et la moule [1], c'était pour les villes françaises, qu'il nous disait. Mais le bois d'œuvre, le noble, alors là, petit, va savoir le trafic qu'il y avait là-dessous. Sûr qu'il a beaucoup voyagé, notre bon bois du Morvan, en ce temps-là.

Et puis, un beau jour, voilà le bruit qui court. Ils sont là, dans les bois. Ils se cachent. Mais plus pour longtemps. Juste ce qu'il faut pour qu'arrivent les

---

1. La moule : le bois de chauffage.

armes. C'était donc ça, l'espoir qu'on attendait depuis si longtemps ? On y croit. On veut y croire. Déjà on jubile. La revanche ! Le coup de main. Il faut aller leur donner un coup de main. Quoi ? Ils le méritent bien, ces petits gars qui vivent cachés, au fond de la forêt, dans des huttes de branchages pour que, dans les villages, l'attente, l'interminable attente, commence enfin à prendre un sens.

Alors, le Tonin se sent le sang bouillir. En douce, il se renseigne. Il ne faudrait pas que la mère apprenne. Elle ferait un malheur. Le père jamais revenu de sa permission de 1917, comme si ça ne suffisait pas. Le père, justement, même s'il ne l'a pas connu, parce qu'il ne l'a pas connu, Tonin, lui, il estime qu'il lui doit bien ça. Alors, il y va, au maquis.

Dès l'automne 1943, il est des premiers coups de main. Temps héroïques, un peu fous, où, par crainte d'être repérés, on ramassait toutes les douilles, jusqu'à la dernière. Et on chargeait ceux qui rentraient à la maison, au petit matin, comme Tonin, de les lâcher dans les murs de pierres sèches. En cliquetant, elles s'enfonçaient dans l'ombre complice des vieilles bouchures. Et bien malin qui aurait pu les y retrouver.

Cette fois, on n'attendait plus. « C'est à cette heure-ci que tu rentres ? » demandait la mère quand, parfois, il lui arrivait de la trouver déjà occupée à tisonner le feu. Il ne répondait pas. Elle n'insistait pas.

— Elle ne m'a jamais rien demandé, disait Tonin. Sûr qu'elle avait compris. Pas croyable ce que ça pouvait être courageux, les femmes, en ces temps-là.

Et l'espoir a grandi. On a parlé de débarquement.

En Normandie d'abord, en Provence ensuite. C'était bien loin, tout ça. L'espoir, tout de même. Il a fallu en mettre un coup. Les armes étaient arrivées, en quantité. On pouvait se battre. Alors on s'est battu. Et la forêt, bientôt, fut un sanctuaire.

— Tu vois, petit, disait Tonin, c'est ça qu'il faut bien que tu comprennes. C'est que, à partir de juin 44, on était les maîtres du coin. Les Frisés, ils ne s'y frottaient plus. Alors, ça veut dire quoi, une trahison ? Sûr qu'ils savaient où on était. On ne se cachait même plus. Et leur problème, ce n'était plus de nous déloger mais bien plutôt de nous contenir, de nous empêcher de reprendre la vallée de l'Arroux et Autun. Parce que, là, c'était les grandes routes. Et puis, Autun, c'était l'usine des Tellots. Les schistes bitumineux. A l'époque, on en tirait de l'essence, beaucoup d'essence. Et ces routes-là, cette essence-là, ils en avaient fichtrement besoin, les Frisés, pour filer vers l'Allemagne. Tu comprends, maintenant, pourquoi c'était important, tout ça ?

Pierre écoutait religieusement, sans mot dire. Là, pourtant, il lui fallait revenir à ses préoccupations.

— On s'est pourtant bien battus en forêt ?

Tonin se redressa et le considéra d'un œil narquois.

— Tu m'as l'air bien au courant, dit-il. C'est tout de même pas que tu t'en souviens ? T'étais bien jeune.

— Et pourtant, si, je m'en souviens. Ça marque, ces choses-là.

— Eh ben, oui, quoi, on s'est battus dans les bois, admit Tonin. Et même qu'on s'est fameusement battus. C'est là que tout se tient. Une idée à notre commandant. Quelqu'un, tu peux me croire, que cet homme-là. Pas plus commandant que toi ou moi, bien sûr. On ne connaissait même pas son vrai nom. Il se faisait appeler Vulcain, parce que, dans le civil, avant la guerre, il était forgeron ou quelque chose comme ça. Vulcain, c'est bien le patron des forgerons, non ? Bon ! Et puis, la Résistance... Il en a été dès le début. Un meneur d'hommes, un vrai renard. Ce titre de commandant, il se l'était donné lui-même. Mais je t'assure qu'il n'y en a jamais eu un pour le lui discuter, bien au contraire. Pour nous, c'est simple, c'était le bon Dieu en personne.

» Et voilà t'y pas qu'un beau soir, il nous rassemble tous et il nous annonce comme ça, comme si on causait, qu'une colonne entière de Frisés montait vers chez nous. Tu parles d'une surprise ! En forêt, ça faisait bien trois semaines qu'on ne s'y battait plus. Et il ajoute tranquillement : "C'est moi qui me suis débrouillé pour les faire venir par ici." Comme si il les invitait à une partie de rigolade.

» Il nous a rien dit de plus. On n'a jamais su comment il s'était débrouillé pour les attirer dans ce piège-là. Mais pour sûr que pour un piège, c'était un beau piège. Deux heures avant qu'ils se pointent, on était tous en place à les attendre. Chacun de nous savait par cœur ce qu'il devait faire. Et je peux te dire qu'il n'y en a pas un qui y a manqué.

» Sûr, ils se sont défendus. C'est bien malheureux, mais il y a plus d'un copain qui n'en est pas revenu. Seulement, eux, en face, mon pauvre ami, pour dire, ils ont pris la déculottée de leur vie. Si on peut dire parce qu'il n'y en a pas eu beaucoup pour pouvoir aller raconter à leurs petits copains ce qui s'était passé.

Tonin se tut. Son regard, tout à coup vide d'expression, se perdait dans des lointains dont Pierre imaginait les fantômes qui devaient les agiter. Il respecta sa méditation. Elle s'éternisa.

L'horloge, depuis son ombre, au fond de la pièce, sonna douze coups, puis les répéta, deux minutes plus tard.

« Jeanne, pensa Pierre. Elle va s'inquiéter. »

Mais il ne broncha pas.

Tonin haussa les épaules et parut s'ébrouer, comme s'il se réveillait.

— Voilà, reprit-il rapidement, comme pour en finir. Trois jours après cette affaire-là, Autun était libérée. Pour nous, c'était fini. Il y en a qui ont suivi l'armée. Moi, je suis rentré à la ferme. Tu comprends, je ne pouvais pas la laisser plus longtemps à ma mère. C'était qu'elle n'était déjà plus toute jeune, en ce temps-là.

Ce fut plus fort que Pierre.

— Mais alors, Philippe Guérande, pourquoi il s'est sauvé ?

Il y eut, dans l'œil que fixa tout à coup Tonin sur Pierre, une lueur dure de méfiance.

— Moi, je dis ce que je sais, rien de plus, grinça-t-il sèchement. Ce que je crois, je le garde pour moi.

— Et si je crois comme vous ?

— Ça te regarde.

— Il t'en a fallu, du temps, s'étonna Jeanne qui attendait en tricotant, le chat sur les genoux, au bout de la table dressée pour le déjeuner. Tu as trouvé ce que tu voulais ?

— Même pas, grommela Pierre.

Elle s'abstint de chercher à approfondir.

13

Hier encore la lucarne était éclairée. Le rideau, probablement mal tiré, laissait filtrer un rai de lumière qui avait attiré le regard de Pierre lorsque, tard dans la soirée, il s'était levé de son bureau où il venait de terminer la rédaction de sa chronique hebdomadaire.

« Je la passerai à Antoine demain matin », s'était-il dit en écartant la lourde tenture dont Jeanne avait orné sa fenêtre. Il aimait, le soir, avant d'aller se coucher, jeter un dernier regard sur l'ombre du jardin endormi.

Et, là encore, cette lumière qui le narguait. Il en avait eu un mouvement d'exaspération. Ne pourrait-il donc pas vivre paisiblement dans leur nouvelle maison sans que toutes ces histoires ridicules le rattrapent à tout instant et lui gâchent son plaisir ?

Il était allé se coucher de méchante humeur. Heureusement, Jeanne s'était endormie sur les pages de son livre. Il n'aurait pas aimé qu'elle pose sur lui ce regard scrutateur qu'il avait déjà remarqué à quelques occasions et qui lui faisait craindre de ne pas tenir longtemps encore dans le secret et la dissimulation. La fine mouche se doutait de quelque chose.

Mais de quoi au juste ? En fin de compte, si elle le lui avait demandé, Pierre aurait été bien en peine d'expliquer clairement ce qui entretenait en lui cette tension et cette inquiétude épuisantes.

Une trahison qui n'avait peut-être jamais existé, à un demi-siècle de là ; une lucarne éclairée chaque nuit… La belle affaire ! Pourquoi donc s'usait-il tant le tempérament à se mêler de la façon dont les autres entendaient vivre ?

Il faisait triste. Les futaies qui couvraient les collines griffaient de leurs plus hauts houppiers la lourde chape de nuées grises qu'aucun souffle d'air ne semblait décidé à pousser vers d'autres cieux. Il tombait de tout cela un jour blafard sans relief et sans âme.

Pierre, debout devant la fenêtre de son bureau, surveillait la silhouette de monsieur Armand, aussi grise que le jour, qui s'agitait dans le verger aux feuillages embrasés d'or, d'ocre et de fauve par l'automne. On aurait dit un épouvantail brassé de vent. Il ramassait les poires tombées, en emplissait des seaux qu'il empilait sur une vieille brouette à roue de bois cerclée de fer.

Quelle trame mystérieuse avait noué tous ces hommes aux mêmes haines, aux mêmes méfiances, aux mêmes contradictions, aux jours lointains et dramatiques de la Libération ? Trop d'attentes, trop d'immobilismes, trop de passivités s'étaient accumulés tout au long des jours sans fin où la guerre était ailleurs. Une étincelle avait suffi. En quelques jours d'une inouïe violence, elle avait pulvérisé toutes les certitudes, jusqu'à la plus petite d'entre elles. Rien n'était resté, lorsque le calme avait fait semblant de revenir, que la défiance et les ressentiments. Et le temps, par-dessus le marché, qui s'était ingénié à embrouiller les pistes, à déformer les souvenirs jusqu'à les rendre méconnaissables. Chacun campait sur ses certitudes du jour, qui n'étaient déjà plus celles d'hier et ne préjugeaient pas encore de celles de demain.

Et lui, Pierre, qui se faisait prendre aux fils de cette toile incroyablement compliquée, comme une mouche à celle d'une araignée.

Le Tonin n'avait pas sa langue dans sa poche. Il aurait dû s'en douter. On avait vite su, à travers tout le pays, que le Pierrot de l'Antoinette s'intéressait de très près à ce qui s'était passé au pays au moment de la Libération.

De trop près, au goût de certains ? Pierre n'était pas loin de le penser. Non pas que cela ait été la loi du silence. Bien au contraire. Il est pourtant des silences plus expressifs que trop de bruit.

— Alors, le Tonin ? Qu'est-ce que t'en dis ? Un personnage, le Tonin, pas vrai ? attaqua sans détour l'Alfred, le patron de l'auberge, lorsque Pierre, le lendemain de son expédition au Cra, vint y prendre le café qu'il aimait s'offrir après avoir fait les courses de la maison.

Parce que la nouvelle de sa visite au vieux était déjà

parvenue jusqu'au bourg ? Pierre préféra garder son étonnement pour lui.

— Pour un personnage, c'est un personnage. Il a d'abord voulu me faire croire que le Tonin Blanchot n'était pas chez lui.

On s'esclaffa, mais on ne releva pas. On n'allait pas s'étendre sur ce qu'on savait déjà. On en avait bien rigolé une première fois. Maintenant, il s'agissait d'autre chose.

— Il t'a tout de même reçu.

Ce n'était pas une question.

— Bien sûr qu'il m'a reçu, confirma tout de même Pierre. Et même drôlement bien reçu.

— Et de quoi donc que vous avez causé ?

On pouvait difficilement être plus direct. Tout à coup, le bruit des conversations avait baissé d'un cran dans la salle du café. A quelques tables, on s'était même tu et, sans vergogne, on s'était tourné vers le bar, auquel s'accoudait Pierre. Il eut la nette sensation d'un piège qui se refermait sur lui.

Puisqu'on y était, à quoi bon tourner autour du pot ?

— On ne te l'a pas dit ? ironisa-t-il. Tu as l'air pourtant bien renseigné. On a parlé du maquis et de la Libération.

— C'est donc que ça t'intéresse ?

— Tu vois.

— Y radote, le Tonin.

— Il ne m'en a pas eu l'air.

— Pas vrai, Amédé, qu'il radote, Tonin ?

On confirma bruyamment à une table, derrière Pierre. Il se retourna. Tous les regards, délaissant le bar, convergeaient sur une sorte d'ours, épais et rougeaud, la casquette sur l'œil, qui, pour l'heure, malaxait énergiquement son verre pour se donner une contenance.

— Sûr, qu'il radote, le Tonin, rugit-il tout à coup. Et c'est pas d'hier. Il a toujours radoté. Surtout quand il parle de tout ça. Il voudrait faire croire... J'sais pas, moi, c'est pourtant simple. Qu'est-ce que vous voulez savoir, au juste ?

Pierre n'eut qu'un très bref instant d'hésitation. Après tout, puisqu'ils voulaient parler... Il se saisit d'une chaise et la traîna jusqu'à la table du gros homme rougeaud.

— Alfred, c'est ma tournée. Pour moi, ce sera un côtes-du-rhône.

Les conversations, aux autres tables, hésitaient à reprendre.

— Vous pouvez m'en parler, vous, de la Libération ?

— Et pourquoi vous voulez savoir ?

— Comme ça, pour savoir. J'étais tout gamin, à l'époque. J'en ai quelques vagues souvenirs. J'aimerais les préciser.

L'autre fit celui à qui l'explication convenait.

— Sûr que je peux en parler, dit-il. J'étais peut-être pas bien plus vieux que vous. Mais il se trouve que la ferme de mes parents, elle était tout là-haut, en haut des Brières, comme qui dirait en pleine forêt, ou tout comme. Par la force des choses, on en était, quoi. Mon père, en ces temps-là, il passait plus de temps avec Vulcain qu'à la maison. Et même souvent que j'étais avec. Tout ça pour dire que s'il y en a un qui peut parler, c'est bien moi.

— Et alors ? se contenta de demander Pierre.

L'autre roula sur lui un regard un peu inquiet. Ça ne lui plaisait qu'à moitié, à cet homme, les façons qu'il avait, ce Parisien-là, d'écouter sans vraiment questionner.

— Et alors, et alors... répéta-t-il. Qu'est-ce que vous voulez que je vous dise, moi ? Ça s'est battu là-haut comme en enfer une nuit et une journée complètes. Ils en ont laissé quelques-uns sur le carreau, les gars du maquis. Et c'est bien dommage. Mais les autres, en face, sûr qu'ils ont pris une fameuse raclée. Voilà tout.

L'homme était décidément moins bavard que Tonin Blanchot. Pierre, sans le quitter des yeux, fit durer le silence qu'il avait laissé venir. L'autre ne savait plus où se mettre.

— Qu'est-ce qu'ils faisaient en forêt ? demanda-t-il enfin.

— Qui ? Les gars du maquis ? Ça faisait plus d'un an qu'ils y habitaient, en forêt, alors.

— Ce n'est pas d'eux que je parle. Pourquoi une colonne allemande se trouvait en forêt de Messangy alors qu'ils étaient en pleine débâcle et que le maquis tenait tout le coin depuis plusieurs semaines ? C'est ça qui m'intéresse.

Pierre avait parlé à haute et intelligible voix, volontairement. Et, une fois de plus, les conversations s'étaient tues. Cette fois, c'était le silence complet.

Amédé soufflait comme un bœuf. Il était de plus en plus rouge. Et il lançait des regards éperdus au reste de la salle qui retenait sa respiration en attendant sa réponse.

— Ce que j'en sais, moi, grogna-t-il enfin. Tout ce que je sais, c'est qu'ils y sont bien venus. Même qu'il n'y en a pas beaucoup qui en sont repartis vivants. Pour le reste…

Tout cela, évidemment, ne satisfaisait pas Pierre. Il tenta le tout pour le tout.

— Trahison ? Pas trahison ? dit-il sans baisser la voix.

Il y eut comme un frisson qui courut sur les tables toujours aussi attentives. Et Amédé, tout à coup très sombre, eut de la main un geste d'exaspération.

— Ce que j'en sais, moi, répéta-t-il. On l'a dit. Mais va savoir…

Pierre était résolu à aller jusqu'au bout.

— Il s'est pourtant sauvé, le Guérande, dit-il.

Il eut le temps d'entrevoir une lueur de panique dans le regard de son interlocuteur avant qu'il ne le cache en le baissant sur ses mains épaisses qui continuaient de triturer son verre.

— Ça veut rien dire, marmonna-t-il enfin.

Pierre fit l'étonné.

— Comment ça, “ça ne veut rien dire” ? Ça n'a pas de rapport ? Pourtant ça s'est passé au même moment.

Mais l'autre était manifestement à bout. Le geste d'exaspération se fit presque brutal.

— Ce que j'en sais, moi, grogna-t-il, buté.

— Tonin dit que c'est Vulcain qui a attiré la colonne allemande dans les bois.

Un murmure courut en tempête sur la salle, ponctué de quelques exclamations inintelligibles. Amédé posait sur l'assistance un regard furieux. Ils étaient tous là à en penser ce qu'ils en pensaient et à le laisser se débrouiller seul face à l'autre questionneur.

— Puisqu'il le dit… concéda-t-il.

— C'est donc vrai, alors, ce qu'il m'a raconté ?

— Mais non. Y dit rien que des bêtises, le Tonin. Y n'a jamais rien dit que des bêtises.

Une furieuse envie tenaillait Pierre de se retourner et d'affronter tous ceux qu'il sentait, dans son dos, forts de leurs silencieuses convictions. Cela aurait été vain, il le savait bien. Il préféra s'obstiner à tenter de démêler l'écheveau des contradictions dans lesquelles s'enferrait le gros bonhomme rougeaud qu'il avait devant lui.

— Alors, demanda-t-il, si Tonin dit des bêtises, c'est quoi, la vérité ?

— La vérité, la vérité… Y en a t'y seulement une, de vérité ? On a dit blanc, on a dit noir. Et puis après ? Ça leur redonnera pas la vie, à tous ces pauvres gars qui y sont restés.

Que répliquer à ça ? Pierre, exaspéré, comprit enfin qu'il ne tirerait rien de plus d'un interlocuteur qu'à l'évidence on ne lui avait pas choisi par hasard. Furieux, il tapa sèchement du plat de la main sur la table.

— La vérité, dit-il, c'est que vous ne savez même plus où elle est, la vérité.

— T'en as mis, du temps, s'étonna Jeanne sans se détourner de sa pierre d'évier sur laquelle elle épluchait des légumes.

— On a discuté, chez Alfred, lâcha Pierre sur le ton le plus indifférent qu'il pût trouver.

Il posa ses emplettes sur la table et, sans autre

explication, fila vers le jardin. Une question, une seule, de Jeanne, et il aurait craqué, il le sentait bien.

Il lui fallait à tout prix se détendre.

Il avait gelé durant la nuit. L'herbe craquait encore légèrement sous ses pas. Et les dernières feuilles mortes, avec d'imperceptibles soupirs, descendaient en longs vols planés des arbres du verger désormais abandonnés à leur nudité hivernale.

Pierre franchit le portillon et s'engagea sur l'épais tapis de feuilles mortes, sous les branches dénudées. Il traversa le verger et allait s'asseoir sur le muret qui le fermait lorsqu'il se trouva presque nez à nez avec Thérèse Lardret qui, un grand râteau à la main, pourchassait impitoyablement les taches rousses que laissaient, sur le tapis impeccable de sa pelouse, quelques feuilles égarées.

Rien, cette fois, ne pourrait l'arrêter.

— Bonjour, Thérèse, dit-il. Je ne sais pas si vous me reconnaissez. Bien sûr, c'est très lointain. Mais nous sommes allés à l'école ensemble. Je suis Pierrot, le Pierrot de l'Assistance qu'avaient accueilli Joseph et Antoinette. Vous vous souvenez ?

La première surprise passée, elle eut un bref sourire qui laissa espérer à Pierre qu'elle allait accepter d'engager la conversation. Son visage, pourtant, parut tout à coup se refermer. Vite éteinte, l'étincelle de son regard avait fait place à une sorte de sévérité empreinte de tristesse.

— Je sais, dit-elle. Je sais qui vous êtes. Vous m'excuserez. J'ai à faire.

Et, son râteau à la main, abandonnant à leur mélancolie les petits tas de feuilles qu'elle avait rassemblés, elle tourna le dos à Pierre, traversa la pelouse et disparut derrière le coin de la maison.

Interdit, Pierre était resté un long moment immobile devant le muret, incapable du moindre geste. Puis il s'était éloigné à petits pas au moment où Jeanne, sur le perron de la maison, l'appelait.

— C'est prêt. Tu viens déjeuner ?

Il se força à faire honneur aux plats qu'elle avait préparés et à se montrer souriant. Dès le café avalé, il prétexta pourtant un travail urgent pour s'éclipser vers son bureau. A vrai dire, il n'en pouvait plus. Il lui semblait qu'un mur se dressait tout autour d'eux, qu'il était seul à voir et sur lequel se brisait inexorablement la moindre de ses tentatives pour essayer de comprendre.

Qui disait vrai ? Tonin et Georges Drimont, ou l'autre épouvantail de monsieur Armand que, depuis sa fenêtre, il continuait de voir aller et venir sous les poiriers, à la recherche des derniers fruits. « Ça ne veut rien dire », avait grogné Amédé. Cette phrase le tracassait. Que sous-entendait-elle ? La fuite des Guérande pouvait-elle avoir une autre raison que cette trahison présumée ? Et cette raison était-elle si grave, si lourde de conséquences, que personne, dans le pays, un demi-siècle plus tard, n'osait l'évoquer, et que Thérèse elle-même refusait la main qu'on lui tendait ? A moins que la lucarne...

« Absurde ! » grogna à son tour Pierre.

Et il allait se détourner de sa fenêtre lorsque son

attention fut attirée par la longue silhouette grise de monsieur Armand qui s'était tout à coup dépliée. De ses deux bras dressés comme ceux d'un sémaphore, il gesticulait en l'appelant.

Pierre ouvrit la fenêtre.

— Oh, Pierrot ! Ça y est, j'ai fini. Une fameuse récolte, dis donc. Je te remercie. Je vais mettre tout ça à fermenter. Et tu verras, cet hiver. Je te dirai, quand je m'y mettrai. Tu viendras me donner la main. C'est une fête. Vrai, c'est une vraie fête, de faire bouillir.

Sans attendre de réponse, il se cassa tout à coup en deux, s'attela à la brouette et défila lentement sous la fenêtre de Pierre, attentif à ne pas faire verser l'invraisemblable échafaudage de seaux pleins de poires qu'il y avait dressé.

— C'est ça, dit Pierre. Je viendrai vous donner la main. Bonne après-midi.

Et il referma sa fenêtre.

14

— Pierre !

C'était un hurlement, un appel au secours, qui venait de déchirer le silence paisible du matin. Pierre en avait sursauté sur sa chaise de bureau.

— Qu'est-ce qui se passe ?

— Viens vite. Oh, Pierre, viens vite.

Il se précipita. Jeanne, tétanisée, se tenait debout sur le seuil de la porte du jardin, les deux mains pressées sur la bouche, fixant à ses pieds un regard horrifié.

— Qu'est-ce qu'il y a ?

— Viens voir. C'est affreux.

Modem !

— Qu'est-ce qui lui est arrivé ?

Le corps du chat reposait sur la dernière marche, plié en deux, recroquevillé, comme si la mort l'avait saisi dans un dernier spasme de douleur. Son beau pelage noir et blanc n'était plus qu'un affreux chiffon souillé de terre. Sur ses lèvres, retroussées en un affreux rictus, finissait de sécher une vilaine mousse verdâtre. Et ses yeux révulsés, déjà glauques, semblaient darder sur le ciel un dernier regard d'horreur et de souffrance.

Pierre s'était agenouillé près du petit cadavre. Qu'avait-il bien pu se passer ? Déjà, au fond de lui, il redoutait de comprendre. Il lui semblait qu'un vide prodigieux s'ouvrait sous lui et qu'il allait s'y enfoncer, y glisser sans fin dès qu'il lèverait les yeux sur Jeanne.

Longtemps, il resta prostré auprès du chat. Plus rien ne bougeait. Même pas Jeanne, au-dessus de lui, qui paraissait figée dans l'attente de quelque cataclysme imminent.

Il lui fallut enfin se résoudre au premier geste. Il n'était plus tenable de prolonger ainsi à l'infini un instant d'une vie déjà révolue. Plus rien ne serait plus comme avant dès qu'ils recommenceraient à se mouvoir, abandonnant le petit chat à l'immobilisme. Plus rien. Avec Modem, c'était la confiance, la simplicité de leur existence qui étaient là, sur la pierre de granit grise, figées dans la même mort. Il allait falloir dire, avouer, endosser la responsabilité, autant dire la culpabilité.

Parce qu'il n'y avait plus rien d'autre à faire, il leva les yeux. Jeanne n'avait pas bougé d'un pouce. A force de serrer les poings devant sa bouche, elle en avait les jointures blanches. Et elle posait toujours le même regard égaré, un peu fou, sur le corps du chat.

— Il faut faire venir le vétérinaire, dit Pierre pour se donner une contenance.

C'était absurde. Ça ne servait plus à rien. Jeanne parut pourtant retrouver dans ces mots une vague conscience de son existence.

— Oui, dit-elle d'une toute petite voix fluette. C'est ça. Il faut faire venir le vétérinaire.

Il fallut trouver le numéro. Pierre en prit prétexte pour aller s'enfermer dans son bureau. En même temps qu'il le composait sur le cadran de son téléphone, il se fit l'impression d'être le condamné qui fait lui-même les gestes de son exécution.

— Ce genre d'examen ne peut se faire qu'au cabinet, monsieur, lui répondit une secrétaire lorsqu'il eut expliqué la raison de son appel. Il faut que vous nous l'apportiez.

— Mais... risqua Pierre, que la suggestion prenait totalement de court.

— Il ne faudrait pas tarder, continuait la secrétaire, très efficace, en ignorant son hésitation. Vous pouvez nous l'apporter en fin de matinée ? Le docteur sera là.

— Bon, très bien, merci, bredouilla Pierre.

— Vous nous l'apporterez ? insista-t-elle.

— Heu... Eh bien... Oui, sûrement. C'est ça, je vous l'apporterai.

— Le docteur vous attendra.

— Merci, mademoiselle.

Il reposa doucement le combiné, le regard dans le vague. Une sorte de coupable espérance se saisissait de lui. S'entendre avec le vétérinaire, pas vraiment cacher la vérité, l'arranger un peu, faire en sorte qu'elle soit supportable... Non, bien sûr. Il savait bien qu'il n'en serait pas capable. Et puis, après tout, puisqu'il fallait que ça arrive...

Strychnine. Le vétérinaire n'avait pas eu à chercher longtemps pour laisser tomber son verdict.

— Une boulette empoisonnée, à tout coup, précisa-t-il tout de même. Vous avez de charmants voisins, monsieur Guédeloffe.

Complètement abasourdi, Pierre ne releva pas.

— On l'a retrouvé sur les marches, devant la porte. Vous pensez qu'il est venu mourir là ? préféra-t-il demander.

Le vétérinaire eut une moue sceptique.

— Certainement pas. Ou alors il aurait fallu que la boulette soit cachée bien près de la porte. De toute façon, il s'est violemment débattu avant de mourir. Il y avait des traces ? Ça se serait vu.

Pierre se contenta de hocher la tête de droite à gauche.

— C'est clair, on est venu le déposer devant votre porte, monsieur. C'est un acte de malveillance caractérisé. J'espère que vous n'allez pas en rester là.

La colère du vétérinaire fit du bien à Pierre. D'une certaine façon, il lui semblait qu'il partageait son désarroi.

— Non, non, bien sûr, bredouilla-t-il. On ne va pas en rester là.

Les traits tirés, les yeux rougis de larmes qu'elle avait bien pris soin de sécher en entendant rentrer la voiture, Jeanne s'affairait à sa cuisine. Pierre lui caressa doucement la joue en entrant et vint s'asseoir au bout de la table.

— C'est de ma faute, dit-il.

Elle posa sur lui un regard stupéfait.

— Qu'est-ce que tu me racontes là ?

— Je dis que si Modem a été empoisonné, c'est de ma faute, voilà tout.

Elle haussa les épaules et fit le geste de repartir vers sa cuisine.

— A quoi bon t'accuser ? Des histoires de village, voilà tout. Maintenant on sait à quoi s'en tenir sur nos voisins.

Elle savait donc. Il fut sur le point d'admettre, de s'en contenter. C'était pourtant un peu facile.

— Viens, dit-il. Assieds-toi là. Il faut qu'on parle. Je ne t'ai pas tout dit.

Elle eut un imperceptible froncement de sourcils, s'essuya vivement les mains à son torchon et vint le rejoindre.

— Qu'est-ce que tu ne m'as pas dit ?

Cette fois, il sut aller au bout. Il n'omit rien, ni le cambriolage, ni le mystère qui planait sur les raisons de la fuite des Guérande, à la Libération, ni la lumière de la lucarne et la sordide explication qu'en donnait Georges Drimont. Il avoua sa curiosité, dit ses recherches, sa visite à Tonin Blanchot, sa discussion avec le dénommé Amédé, la veille, au café.

— Voilà, dit-il, pensant n'avoir rien laissé dans l'ombre.

Puis un détail lui revint.

— Ah, j'allais oublier. Hier, en rentrant des courses, je suis allé faire un tour dans le jardin. Thérèse Lardret était dans le sien. Elle ramassait des feuilles mortes. J'ai voulu engager la conversation. Elle a prétexté je ne sais quelle occupation. Et elle a filé.

Cette fois, c'était bien tout. Le silence qui se fit fut

douloureux. Jeanne, déjà reprise par ses tâches ménagères, lui tournait le dos. Il se faisait l'effet du gamin qui vient d'avouer sa faute et dont la pire punition est l'attente dans laquelle on le laisse de la sanction. Et lorsque Jeanne, sans se retourner, laissa tomber :

— Quel rapport ?

Il sursauta.

— Comment ça, quel rapport ? C'est évident.

— Tu ne crois pas que tu exagères un peu ? Ce n'est tout de même pas Thérèse Lardret qui serait venue s'amuser à empoisonner ce pauvre Modem. Tu l'imagines l'apportant devant notre porte ?

Sa femme le sidérerait toujours. Elle avait retrouvé tout son calme. Elle raisonnait froidement, bien plus froidement que lui. Et si c'était elle qui était dans le vrai ?

Oui, mais alors, qui ? Pourquoi ?

« J'en aurai le cœur net », pensa rageusement Pierre qui souffrait le martyre au spectacle de Jeanne réussissant si bien à dominer et à dissimuler la peine qu'il savait en elle.

Il ne parvenait pas à ne pas s'en sentir coupable.

15

— Si c'est pas un malheur. Une petite bête si gentille, si mignonne. C'est vraiment dégoûtant. Qui c'est qui peut être assez cruel pour faire des choses comme ça ?

Par-delà la haie qui séparait les jardins, monsieur Armand venait de ponctuer d'exclamations horrifiées le récit que lui avait fait Pierre de leur macabre découverte.

— C'est ta femme qui doit être bien malheureuse, ajoutait-il. C'est qu'elle l'aimait, son petit chat. Ça se voyait bien. Tu lui diras bien que je compatis. C'est dégoûtant, ignoble. Ah, tu vois, je ne sais pas quoi dire. Mais qui c'est qui a bien pu faire ça ?

Pierre haussait les épaules.

— Là-dessous ? insinuait monsieur Armand en baissant la voix et en désignant d'un mouvement du menton la haute maison des Lardret qu'on devinait entre les branchages du verger.

— Pourquoi voulez-vous ? On ne leur a rien fait, à ces gens-là. A moins…

Pierre hésitait. Monsieur Armand, de son côté de

la haie, dardait un regard interrogateur et impatient sur son voisin.

— A moins que quoi ? glissa-t-il d'une voix doucereuse.

Pierre, plongé dans sa réflexion, n'y prêta pas attention.

— A moins que ça ne plaise pas à tout le monde que je m'intéresse à ce qui s'est passé par ici au moment de la Libération, voilà tout, dit-il.

— Penses-tu.

— Il y en a tout de même pour dire que Philippe Guérande n'a pas trahi.

Trop perturbé par tout ce qui venait de se passer, Pierre se laissait aller. Il parlait trop. Il en prenait conscience en même temps que les mots lui échappaient. Et monsieur Armand, le regard tout à coup fuyant, qui faisait celui que cela ennuyait beaucoup.

— Tout ce qu'on dit, mon pauvre Pierrot... Mais enfin, c'est toi qui vois.

C'était bien aussi l'intention de Pierre. Et il n'attacha guère d'importance à la gêne que ces quelques mots avaient glissée entre son voisin et lui. Après tout, le vieil Armand en tenait ferme pour la thèse de la culpabilité. Et il avait pu se vexer de sentir Pierre suffisamment peu acquis à sa cause pour prêter l'oreille à ce qui se disait ailleurs.

Pour l'heure, d'ailleurs, le problème n'était pas là. Et Pierre était bien résolu à faire savoir qu'il n'était pas homme à céder à l'intimidation. Pour lui, maintenant, il n'y avait plus de doute. On cachait quelque chose derrière l'affaire Guérande. Ceux qui n'avaient pas hésité à empoisonner ce pauvre Modem espéraient que cela suffirait à le dissuader de se mêler de ce dont ils considéraient que ça ne le regardait pas.

Ils se trompaient. Bien au contraire, furieux, Pierre était de plus en plus déterminé à comprendre. Il lui semblait qu'il devait cela à Jeanne. Sinon, ce pauvre Modem serait mort pour rien.

Cela pouvait paraître absurde. En toute autre circonstance, s'il n'avait pas été mû par l'émotion et la colère, il se serait méfié de la surenchère dans laquelle il risquait de s'engager.

A cet instant précis, si Jeanne le lui avait demandé, il aurait probablement renoncé. Il aurait estimé raisonnable de céder à la plus vile des intimidations. Mais Jeanne, contre son attente, ne s'était pas inquiétée de ses investigations. Elle avait paru penser comme lui qu'ils ne pouvaient pas vivre dans ce contexte de mystères et de non-dits. Elle avait semblé trouver normal qu'il cherche à savoir.

Alors, en fin d'après-midi, à l'heure où il pensait y rencontrer le plus de monde, Pierre était monté jusqu'au café. Il s'était installé sur un des hauts tabourets du bar, avait commandé un apéritif peu dans ses habitudes, et, à haute voix, afin que nul n'en ignore, il avait raconté à Alfred, un peu perplexe, ce qui leur était arrivé le matin même.

— Strychnine, avait-il conclu comme le vétérinaire. Fallait-il qu'il soit bête, ce chat, pour aller dégotter tout seul de la strychnine. Et, par-dessus le marché, pour venir mourir sur les marches, juste devant la porte de la maison.

Alfred, derrière son bar, essuyait ses verres en posant sur Pierre un regard profondément ennuyé.

— Tu me dis ça à moi, fit-il enfin. Qu'est-ce que tu veux que j'en pense ? Un salaud, celui qui a fait le coup, d'accord. Mais qu'est-ce que je peux y faire ?

— Sait-on jamais ?

Pour le coup, le cafetier se sentit visé. Son sang ne fit qu'un tour.

— Oh là, Pierrot, doucement, tu veux ? Là, tu vas un peu loin. T'as des ennuis, moi je veux bien. C'est pas une raison pour venir pleurer ici et me mettre dans un coup dont je me fous comme de ma première liquette. T'as bien compris ? Moi, tu vois, Pierrot, vos histoires de magouilles de la guerre, j'en ai rien à faire, moi. Mais alors, rien du tout. Tu vois ça avec qui tu veux. Mais pas avec l'Alfred.

Pierre avait laissé dire. Abandonnant Alfred à sa légitime colère, il s'était lentement tourné vers la salle où, une fois de plus, les conversations s'étaient tout à coup mises en sourdine. Quand l'autre en eut fini, il revint vers lui et étendit une main apaisante sur le zinc.

— Tu n'as rien compris à ce que je voulais dire, expliqua-t-il très paisiblement. Bien sûr que ce n'est pas après toi que j'en avais. Tu as autre chose à faire que de te mêler de tout ça. Mais, tu vois, des fois qu'il y en aurait qui viendraient à t'en parler, ou même simplement qui en parleraient devant toi, eh bien tu peux leur dire que le Parisien à l'Antoinette, il n'est pas décidé à se laisser marcher sur les pieds. Je t'autorise même à leur dire que le jour où je choperai l'ignoble ordure qui a fait ce coup-là, avant de prendre rendez-vous chez son dentiste, il faudra bien qu'il me dise pourquoi ça lui fait si peur que je m'intéresse un peu à ce qui s'est passé par ici, à la Libération.

Cette fois, dans la salle du café dont pas une table n'était libre, lorsque Pierre se tut, si la saison s'y était prêtée, on aurait entendu une mouche voler. Il n'y avait pas de mouche, rien que des regards acérés vrillés sur le dos de Pierre.

Alfred reposa un dernier verre, se jeta négligemment le torchon sur l'épaule et se pencha vers lui.

— Tu veux mon avis ? dit-il.

Pierre acquiesça de la tête.

— Dis toujours.

— Te mêle pas de tout ça.

Pierre faillit se laisser aller à renâcler, à bondir. Il sut prendre sur lui à temps et continuer à jouer la bonhomie.

— Ah bon ? s'étonna-t-il. Et pourquoi donc ?

Alfred eut une vilaine grimace, comme si tout ça l'ennuyait beaucoup.

— Des affaires à nous, tout ça. Tu peux pas comprendre.

— Ah bon, je ne peux pas comprendre ? Dis que je suis trop con, quoi.

— Mais non. C'est pas ça, tu le sais bien. C'est que c'est des affaires à nous, aux gens du pays, quoi.

— Parce que moi, je ne suis pas du pays ?

Cette fois, Alfred ne singeait plus du tout l'ennui. Il ne savait plus comment s'en sortir.

— C'est pas la même chose, dit-il bêtement.

— Dis donc, j'en ai encore mal à l'épaule de toutes les claques de bienvenue qu'on m'y a données, au pays. Tu penses, le Pierrot à l'Antoinette, son petit

Paris, il paraît que vous étiez tous plus contents les uns que les autres de le voir revenir. Oui mais, attention. Qu'il soit là, le Pierrot à l'Antoinette, c'est bien. Qu'il vive là, c'est autre chose. Ou alors, motus et bouche cousue. Là, mais à bonne distance, quoi. C'est ça ?

Il finissait par s'emporter, le Pierrot à l'Antoinette. Et avant même qu'une main se soit posée sur son épaule, au soulagement qu'il put lire dans le regard d'Alfred, il comprit que les explications ne faisaient que commencer. Comme si enfin les choses allaient vraiment bouger. Il en ressentit une profonde jubilation.

Elle était épaisse, dense, solide, cette main-là. Pierre s'appliqua à ne se retourner qu'avec une sage lenteur. L'homme avait de la carrure, une sorte de prestance paysanne qui prêchait en sa faveur, tout comme d'ailleurs le regard sombre qu'il fixait sur Pierre.

— Célestin Perlerot, se présenta-t-il. Vous ne me connaissez pas. Je suis le maire. Je crois qu'il faut que nous parlions. Vous prenez quelque chose ?

Ils prirent le temps de trinquer. Monsieur le maire, manifestement, attendait que la pression retombe et que, dans leur dos, les conversations reprennent, du moins en apparence, leur rythme normal.

— Voilà, dit-il enfin. J'ai entendu ce que vous disiez. Il n'y avait pas d'indiscrétion, n'est-ce pas ? ironisa-t-il. Le chat empoisonné, c'est ignoble. Mais que voulez-vous y faire ? Pour ce qui est de ce qui me semble vous opposer à vos voisins, vous me permettrez de me ranger à la même opinion que celle de notre ami Alfred. Voyez-vous, je suis un peu plus jeune que vous. Je suis né ici, peu de temps après la guerre. Mon père n'est revenu de son stalag qu'après la Libération. Donc, toute cette période-là, tout ce qui s'y est passé, je ne le connais que comme vous, par ouï-dire. Et je crois très sincèrement qu'il est trop tard pour remuer tout ça.

Il eut de la main un geste apaisant pour contenir Pierre qui se raidissait déjà.

— Je sais, admit-il. Il s'est passé des choses pas claires. Mais il est trop tard pour y changer quoi que ce soit. Il faut laisser le temps faire son œuvre.

Pierre s'était ressaisi.

— Monsieur le Maire, demanda-t-il d'une voix très posée, c'est votre maison qui a été cambriolée au lendemain de la mort de votre mère ?

L'autre accusa le coup.

— Non, bien sûr, mais…

— Monsieur le Maire, continua Pierre, il se trouve que je tiens à savoir qui a fait le coup et, surtout, pourquoi il l'a fait. Or, comme ça ne pouvait pas être pour l'argent dont je sais pertinemment qu'il n'y en avait pas, comme rien, apparemment, n'a été volé, il faut bien que je recherche ailleurs les raisons de ce geste étrange. Dès lors, toutes les pistes sont bonnes, et en tout premier lieu celles qui s'ouvrent d'elles-mêmes.

— Vous n'aboutirez pas.

— Nous aboutirons. N'est-ce pas, monsieur le Maire ? Parce que, bien entendu, je sollicite l'aide du premier magistrat de cette commune – ma commune. Alfred, combien je te dois ?

16

Un méchant tourbillon d'air glacé et humide gifla Pierre au coin des rues du Sentier et des Jeûneurs. Il baissa la tête, resserra son cache-col et fonça. Paris était gris. De ce gris très particulier qui uniformise la ville et fait des rares parcours à pied qu'il faut bien lui concéder des parenthèses entre les vies confinées dans les bureaux et les cafés.

Sans hésiter, Pierre poussa la porte de celui qui fait l'angle de la rue Saint-Fiacre. Une épaisse bouffée de chaleur chargée de lourdes senteurs de tabac, d'alcool et de cuisine lui bondit au visage.

— Tiens, m'sieu Pierre, s'exclama Ahmed. Ça faisait longtemps. On allait s'ennuyer.

Ce n'était pas la foule. Un rapide coup d'œil suffit à Pierre pour réaliser que, pour une fois, Georges Drimont n'était pas là.

« Décidément, pensa-t-il, il fera toujours tout autrement que les autres, celui-là. C'est justement quand on a besoin de lui qu'il livre. »

— Tu n'aurais pas vu Jojo ?

— Jojo le Morvandiau ? Il était là y a pas dix

minutes. Il reviendra bien pour l'apéro, soyez sans crainte. Il faut lui dire quelque chose ?

— Oui. Dis-lui que j'aimerais bien le voir. Je redescendrai pour déjeuner. C'est quoi, ton plat du jour ?

— Bœuf marengo.

— Ça marche. A tout à l'heure.

— C'est ça, m'sieu Pierre. A tout à l'heure.

Antoine marqua moins d'étonnement qu'Ahmed. Pour une fois, il n'avait pas l'air trop surmené.

— Assieds-toi, dit-il à Pierre en raccrochant tout de même un téléphone. Ça fait plaisir de te voir. Tu en as déjà assez, de ta cambrouse ?

Pierre se contenta de sourire.

— Penses-tu ! Nous ne reviendrions pas à Paris pour tout l'or du monde. Mais c'est Jeanne. Les petits-enfants, tu comprends. Et puis, les fêtes qui approchent. Alors, quelques jours à la ville, on n'en mourra pas.

— Je n'aurais jamais cru, s'étonna pourtant Antoine.

— Tu n'aurais jamais cru quoi ?

— Eh bien, que vous vous y feriez comme ça, que vous renonceriez si facilement à Paris. Et avec les gens du pays, ça se passe bien ?

Une brève inquiétude se saisit de Pierre. Se doutait-il ?

— Oui, oui, très bien, mentit-il. Oh, bien sûr, on a nos ennemis et nos amis, comme partout. Mais enfin, ça aurait pu être pire. Je suis tout de même à moitié du pays.

— Toi, un jour, tu en seras maire, de ton bled !

Pierre s'esclaffa.

— Alors ça, tu peux me croire, ça ne risque pas. Avec tout ce qu'il y a à faire au jardin et tout le boulot que tu me donnes... Tiens, à ce sujet-là, est-ce que tu sais ce qu'est devenu ce vieux drôle de Thévenot ?

Antoine eut de la main un geste qui renvoyait à un passé fort lointain.

— Oh là, attends voir. Tu me parles des ancêtres !

— Eh, j'ai travaillé avec lui.

— Bon, oui, admettons. Mais si je sais ce qu'il est devenu, moi, ce boit-sans-soif...

Une lueur malicieuse éclaira tout à coup son regard.

— Ah, je vois. Tu es privé, hein, dans ta cambrouse ? Tu as envie de te payer une petite bordée avec Thévenot. Remarque, t'aurais pu plus mal choisir. En son temps, il en était le roi, des bordées.

— Ne t'occupe pas de ce que je veux faire avec Thévenot. Trouve-moi son adresse. C'est tout ce que je te demande.

Tout en parlant, Antoine cherchait déjà. Il feuilleta longuement un vieux répertoire, ne trouva rien, se rabattit sur l'annuaire d'une association de journalistes et dut aller jusqu'à la liste des « membres associés » pour dénicher enfin le nom de Marc Thévenot, journaliste à la retraite, spécialiste des questions militaires. Il gribouilla l'adresse sur un bout de papier qu'il tendit à Pierre.

— Ce n'est tout de même pas que tu veux rempiler ? Désolé de te le dire, mais ça m'étonnerait qu'ils veuillent encore de toi.

Pierre préféra ne pas relever.

— Tu as bien un coin où je peux appeler en paix ?

— Et cachottier, maintenant ! Si on te gêne, il faut le dire. Le séjour à la campagne, ça ne t'arrange pas, dis donc !

Tout en débitant ses plaisanteries, il s'était levé de son bureau, qu'il avait contourné.

— Viens par ici. Tu seras au calme. D'ailleurs, tu connais mieux que moi.

Pierre retrouva avec plaisir l'odeur d'encre et de poussière de l'étroit cabinet des correcteurs qui, depuis toujours, servait, en leur absence, aux échanges téléphoniques qu'on préférait ne pas offrir en pâture aux commentaires de la rédaction.

— Ça alors, Pierre Guédeloffe ! Quelle surprise. Qu'est-ce que tu deviens, vieux compère ? Tu sais que ça me fait bougrement plaisir de t'avoir au téléphone. Ah, la retraite, ne m'en parle pas. Un enterrement, un vrai enterrement. Du jour au lendemain, on n'est plus rien pour personne. Si tu savais ce que je m'emmerde, ce que je me languis du bon vieux temps des correspondants de guerre. Tu t'en souviens, dis ? Est-ce que tu t'en souviens ?

S'il s'en souvenait ! Pierre laissa s'éteindre de lui-même le flot de paroles. Sur ce plan-là au moins, il était rassuré : Marc Thévenot n'avait pas changé.

— Et alors, dis-moi, reprenait-il, qu'est-ce que tu deviens ? Tu t'y fais, toi, à la retraite ?

— Ma foi, parvint à glisser Pierre, ça ne se passe pas trop mal. Je ne suis plus à Paris, tu sais.

— Ah bon ? Tu as réussi à décramponner. Moi, je

n'ai pas su. Et c'est peut-être bien là que j'ai eu tort. Et tu es allé te percher où ? Sur la Côte d'Azur ? En Bretagne ? Tu n'étais pas de là-bas ? Ton nom a des consonances bretonnes.

— Non. Je suis dans le Morvan.

— Où ça ?

— Ben oui, quoi, dans le Morvan, pas très loin d'Autun.

— Ça existe, ça ?

Pierre ne put s'empêcher d'éclater de rire.

— Mon pauvre vieux, n'en continuait pas moins l'ancien correspondant de guerre. Tu dois t'y emmerder comme un rat, dans ton bled. Qu'est-ce qui t'a pris d'aller t'enterrer dans un trou pareil ?

On n'allait pas se raconter sa vie au téléphone. Pierre préféra abréger.

— Je te raconterai, promit-il. Parce qu'il faudrait qu'on se voie. C'est possible ?

— Naturellement. Ce sera avec plaisir. Tu es où ?

— A Paris, bien sûr.

— Pourquoi tu ne le disais pas plus tôt ? Je parie que tu m'appelles depuis la rue des Jeûneurs.

— Gagné.

— Quand je te le disais que ce n'est pas facile de débrayer ! Enfin, c'est comme ça. Quand veux-tu qu'on se voie ? Cet après-midi, si tu veux.

Ils prirent rendez-vous pour la fin de l'après-midi dans un café du quartier de l'Opéra.

Quand Pierre sortit du cabinet des correcteurs, Antoine enfilait son manteau.

— On déjeune ensemble en bas ?

— D'accord, mais je te préviens : je vais y rencontrer le célèbre Jojo le Morvandiau.

Antoine se rembrunit.

— Bon, j'ai compris. Je vais encore déjeuner tout seul. Celui-là, m'est avis qu'il aurait mieux fait de se pendre plutôt que de te reconnaître. Je ne sais pas pourquoi, mais j'ai vaguement l'impression que ça ne se passe pas aussi bien que tu le dis, dans ton pays. Je te trouve changé. Tu n'as pas de soucis au moins ? Jeanne, ça va vraiment ?

Pierre apprécia la sollicitude de son ancien adjoint en même temps qu'elle l'inquiéta. Ça se voyait donc tant que ça. Il posa une main affectueuse sur le bras d'Antoine.

— Mais non, allons, tu te fais des idées. Ça va vraiment bien, Jeanne comme moi. Simplement, on s'installe, on découvre. Et j'ai des choses à lui demander, au Jojo. C'est tout.

Il jouait aux dés sur le zinc en attendant Pierre. Ils allèrent s'installer ensemble à la table qu'Ahmed leur avait retenue.

— Ça ne te dérange pas, Antoine, si on parle pays ? s'inquiéta tout de même Pierre.

— Tu plaisantes ! Je sens surtout que je vais bien rigoler. Allez-y de bon cœur. Et oubliez-moi.

Alors Pierre, à qui il ne déplaisait pas d'avoir un tel témoin, crut pouvoir, loin de Messangy, aborder froidement les questions dont il avait appris à ses dépens, là-bas, qu'elles n'avaient rien de gratuit.

— Tu connais Tonin Blanchot ? demanda-t-il d'emblée.

Si Jojo connaissait !

— Tu penses, si je connais ! Un personnage, que notre Tonin. Pourquoi ? Tu ne le connais pas ?

— Si, justement, je le connais. Et l'Amédé, tu le connais, l'Amédé ?

— Lequel ? Celui des Brières ? Sûr que je le connais. Un peu ours, comme ça, mais pas méchant bougre. Surtout si tu lui offres un coup à boire. Pourquoi ? Tu l'as rencontré ?

Pierre ignora la question.

— Et le maire, le Célestin Perlerot, tu le connais, le Célestin Perlerot ?

— Bien sûr que je connais le maire. J'en pense ce que j'en pense. C'est mon problème. Mais, pour le connaître, je le connais. Mais pourquoi tu me demandes tout ça ?

— Parce que, à vous tous, avec le monsieur Armand et toi par-dessus le marché, vous me faites un fameux carillon. Il n'y en a pas deux pour avoir le même son de cloche. Alors, déjà que ça ne me plaît pas de trop, si, pour compléter le tout, il y en a dans le tas qui se font empoisonneurs, je sens qu'un beau jour la moutarde va me monter au nez, moi. Et là, petit, je ne réponds pas de mes actes.

De stupeur, Georges Drimont roulait des yeux en forme de billes de loto.

— Empoisonneurs ? releva-t-il. Qu'est-ce que tu me racontes là ?

Pierre expliqua, dans le détail. Non seulement Antoine ne riait plus, mais il en oubliait même de manger.

— Dégueulasse, grogna-t-il. Un pays de sauvages, ton bled.

— T'inquiète que je saurai qui a fait le coup. Et je crois fort que je comprendrai en même temps que je trouverai la vérité sur ce qui s'est passé à la Libération. Tu vois, Georges, on ne m'ôtera pas de l'idée que le cambriolage de la maison d'Antoinette, c'est directement en rapport avec tout ça. Et tu veux savoir pourquoi j'ai cette idée-là ? Eh bien, c'est grâce à vous. Si vous vous étiez mis d'accord, si vous n'aviez eu qu'une version de ce qui s'est passé en juillet 44, je ne me serais pas méfié. Je ne l'aurais pas vu, ce rapport. Mais à vous contredire comme vous le faites, à défendre chacun votre petit point de vue et surtout à vouloir me tenir à l'écart comme le maire l'a fait, vous m'avez mis la puce à l'oreille. Il y a là-dessous quelque chose de pas clair, quelque chose que vous ne voulez pas me dire. Et ce quelque chose-là, j'ai la conviction de plus en plus forte que c'est ce qui m'expliquera tout le reste.

Pendant que Pierre parlait, Georges s'était peu à peu redressé sur sa chaise. Son regard s'était durci. Il était même maintenant franchement fermé.

— Tu ne sauras jamais, laissa-t-il sèchement tomber.

— C'est si grave que ça ?

— Ça ne te regarde pas.

— La maison d'Antoinette a été cambriolée, on cherche à m'impressionner en empoisonnant mon chat, et ça ne me regarde pas ! Qu'est-ce que tu penses de ça, Antoine ?

Il en était surtout stupéfait.

— Et tu prétends que tout va pour le mieux dans le meilleur des mondes. Je n'ose pas penser à ce que ce serait si ça n'allait pas bien. Dis donc, il faudra les mettre au courant, tes ploucs. Ça fait plus d'un demi-siècle qu'elle est finie, la guerre.

Pierre se contenta d'un demi-sourire.

— Vous me cachez quelque chose et tu es au courant, reprit-il à l'adresse de Georges. Vrai ou faux ?

L'autre, de plus en plus lointain, se croisa les bras sur la poitrine.

— Vrai, dit-il froidement.

— Et tu ne veux pas me dire ?

— Pourquoi je te dirais ?

— J'avais cru t'entendre dire que j'étais ton ami.

— Ouais, mais pas pour ça.

— Alors, il faudra bien que je me débrouille autrement.

Fugitivement, il y eut comme une lueur d'angoisse dans le regard buté de Georges. Tout à coup il se pencha en avant et s'accouda lourdement à la table.

— Ecoute, Pierrot, dit-il, fais pas de conneries. Ton chat, c'est de la rigolade. Tu touches à des choses bien trop graves. Ils ne te laisseront jamais aller au bout. Ils sont capables de bien pire.

— Et toi ?

La question parut le désarçonner un bref instant.

— Moi, moi... bafouilla-t-il. Moi, je ne peux rien te dire. Et je ne veux rien te dire.

— Donc tu sais et tu ne veux rien me dire ?

— N'insiste pas, c'est pas la peine.

Il s'était repris. Il ne céderait rien.

— D'ailleurs, continua-t-il, c'est pas parce que tu as acheté la maison au Joseph et à l'Antoinette Billaud que tu as le droit de savoir nos affaires.

— Et je devrais me laisser faire ?

— T'as qu'à pas te mêler de ce qui ne te regarde pas.

On pouvait difficilement être plus clair.

Pierre, qui serrait les poings pour mieux contenir sa colère, préféra en rester là. Il héla Ahmed et lui paya la consommation de Georges.

Il comprit que l'entretien était clos. Il se leva sèchement, faisant grincer les pieds de sa chaise sur le carrelage, hésita à tendre la main à Pierre, y renonça, puis fit rapidement demi-tour et fila.

— Eh bé !

Antoine n'en revenait toujours pas. Il considérait son ami avec autant de stupeur que d'inquiétude dans le regard.

— Et Jeanne ? Qu'est-ce qu'elle dit de tout ça ?

Pierre parut sortir d'un vilain songe.

— Jeanne ? Oh, tu la connais. Elle minimise. Elle préfère dire que j'exagère, pour me rassurer. Mais, au fond, je sais bien qu'elle pense comme moi, que ce n'est pas tenable. On ne peut pas savoir. Mais si on écrase, si on se laisse faire, ce sera encore plus invivable. Ils nous mépriseront.

Il but lentement son café. La tasse tremblait légèrement.

— Tu vois, dit-il enfin comme pour se libérer, je ne sais pas si ce ne serait pas mieux de revendre et de foutre le camp.

Antoine bondit.

— Allons ! C'est la colère qui te fait dire ça. Vous avez tellement investi dans cette maison.

Pierre hocha doucement la tête.

— C’est vrai. On y a cru. On s’est passionnés. Jeanne peut-être plus encore que moi. Mais est-ce que j’ai le droit de lui faire vivre ça ?

— Vous en avez parlé ?

— Bien sûr.

— Et qu’est-ce qu’elle en dit ?

— Un peu comme toi. Mais je la connais, tu sais. Au fond, elle ne sait plus très bien. C’est elle, au départ, qui m’a entraîné là-dedans. Souviens-toi. Au début, je n’étais pas très chaud. Alors, maintenant, elle se sent un peu responsable. Elle a peur que je sois déçu.

— Réfléchis tout de même. Ce n’est peut-être pas si grave que ça.

Pierre, tassé sur sa chaise, semblait perdu dans ses pensées. Et Antoine s’affola de le trouver tout à coup terriblement vieilli.

— On verra, dit-il. On verra…

17

Carré d'épaules comme de traits, sous une tignasse brune parsemée des fils blancs de l'âge, Marc Thévenot paraissait toujours prêt à bondir, sur le départ. Son regard rieur n'avait rien perdu de sa vivacité. C'était à peine si la fine moustache noire qui lui ombrait la lèvre avait pris un peu de sérieux, mieux taillée, plus disciplinée qu'au temps où Pierre et lui se croisaient aux quatre coins du monde, au hasard des guerres et des crises.

Affalé sur la banquette de moleskine, l'air boudeur, il promenait un regard profondément ennuyé sur la vaste salle du café où, émoustillé par ce rendez-vous inattendu, il était arrivé bien avant l'heure convenue avec Pierre. Et c'était de ne pas y retrouver l'action dont il ne parvenait pas à se passer qui lui donnait cette allure morose.

Pierre le vit en entrant dans le café. En traversant la salle, il souriait en devinant sans peine les dispositions d'esprit de son ancien collègue.

— Allez, en route, s'exclama-t-il en atteignant sa

table. On part tout de suite pour… pour n'importe quelle guerre en Afrique, en Asie ou en Amérique du Sud. Il n'y a que l'embarras du choix.

— Chiche ! rugit Marc Thévenot en se redressant et en effaçant instantanément de son regard la plus petite ombre de mélancolie. Vieux pote ! enchaîna-t-il aussitôt en envoyant une solide bourrade à Pierre qui s'installait. Tu sais que ça me fait bougrement plaisir de te revoir ? Alors, raconte. Tu as une idée derrière la tête ? Toi aussi, avoue, ça te pèse, la retraite. Tu as envie de leur montrer, à tous ces jeunots, ces gamins, qu'on est encore capables de quelque chose. C'est ça, hein ? Dis-moi vite.

Allons bon. Il allait falloir décevoir. Pierre prit le temps de commander un café.

— Qu'est-ce que tu prends ?

— Vous me remettrez un whisky.

— Tu n'as pas perdu les bonnes habitudes.

— Pourquoi veux-tu ? Au moins, il reste ça. Bon, alors, c'est quoi, ton idée ?

— Ben, fit Pierre, embarrassé, en vérité, j'allais te poser la même question.

— Ah, parce que tu comptes sur moi pour te proposer une petite bordée ? Je vois le genre. C'est ça ?

— Pas tout à fait.

Cette fois, manifestement, Marc ne comprenait plus. Il posait sur Pierre un regard tellement interloqué qu'il ne put s'empêcher d'en rire.

— Bon, se décida-t-il enfin, il faut que je t'explique. J'ai un problème, dans mon pays, là-bas, dans le Morvan.

— Et c'est à moi que tu t'adresses pour le résoudre ?

— Je me suis dit que, peut-être…

A l'évidence, ce n'était pas ce qu'espérait Marc. Et il ne se gênait pas pour le laisser voir.

— Vas-y, raconte, admit-il. On verra bien.

Pierre raconta. Marc écouta avec application et sans montrer trop d'ennui. Sans interrompre Pierre, il marqua juste ce qu'il fallait d'étonnement, de surprise, d'amusement ou d'horreur pour attester qu'il suivait consciencieusement le récit de son ami. Il fallut que celui-ci en arrive à l'évocation de ses nouveaux voisins pour que Marc, tout à coup, bondisse.

— Attends voir : tu m'as dit comment, ton colonel à la retraite ?

— Lardret, colonel Lardret.

— C'est pas vrai !

— Si, je t'assure.

— Mais je le connais, ton colonel. Un grand type, tout sec, qui a avalé son sabre, toujours tiré à quatre épingles ?

— Ça peut aller.

— Alors, c'est lui. Alors ça, c'est marrant. Et il est toujours avec sa bonne femme ? Une petite blonde, l'air un peu effacée. Attends que je me souvienne. Comment il l'appelait ? Il n'avait que ce nom-là à la bouche. C'est pas Thérèse ?

— Gagné.

— Perdu.

— Tu dis ?

— Je dis « perdu ». J'étais de ceux qui avaient parié que ça ne durerait pas six mois, leur mariage, à ces deux-là. Il y a de ça, quoi ? vingt, vingt-cinq ans. Tu vois, ça ne date pas d'hier. J'ai donc perdu. Tu lui diras bien le bonjour de ma part, au colonel Lardret. Ça lui rappellera quelques bons souvenirs. Avoue que c'est drôle. Tu vas t'enterrer dans le pire trou qu'on puisse trouver, et il faut que ce soit juste à côté d'un des plus grands fêtards que j'aie jamais rencontrés. Et tu sais que je m'y connais, en matière de fêtards.

Pour le coup, c'était au tour de Pierre de se montrer pour le moins surpris. A se demander s'il s'agissait du même colonel !

— Tu es sûr de ce que tu dis ? hasarda-t-il.

— Comment ça, si je suis sûr ? J'en suis même certain. J'en garde d'assez bons souvenirs. En fait, ton colonel, je l'ai rencontré pour la première fois en Algérie. Et il n'était que capitaine. Dans le bled, dans les Aurès. C'était la mauvaise période, en 57 ou quelque chose comme ça. Il commandait une compagnie de biffins qui n'avaient pas la vie rose, tu peux me croire. Il était déjà pète-sec comme il n'est pas permis. Et pourtant, ses hommes l'adoraient. Ils se seraient fait couper en morceaux pour lui. Parce que, dans le commandement, c'est vrai qu'il était redoutable. Mais, en dehors de ça, le meilleur homme qui soit. Je te dis, un fêtard comme on n'en fait plus. Et alors, pour lui, dans la fête, pas de différence entre les hommes. Du simple troufion du contingent à l'encadrement, ils le suivaient tous aveuglément. Et le journaliste de passage n'a pas été laissé pour compte, tu peux me croire.

» Je l'ai retrouvé longtemps après, dans les années soixante-dix, en Allemagne. Il était lieutenant-colonel. Toujours aussi pète-sec dans le service et aussi fêtard une fois l'heure passée. Je l'ai revu plusieurs fois. A l'époque, j'étais souvent en Allemagne. On a fait de ces bringues ensemble ! Tu ne peux pas t'imaginer. Et puis, la dernière fois que je suis passé par là, j'apprends par ses collègues, qui en étaient pliés en quatre de rire, qu'en passant colonel, il avait, dans la foulée, convolé en justes noces.

» Ils m'ont raconté qu'il s'était dégotté une fille à papa bourrée de fric, une Française vivant en Allemagne. Si j'ai bien compris, ledit papa avait filé à la Libération de peur d'avoir des ennuis. Depuis, il traficotait sec avec les armées d'occupation et il avait amassé une belle fortune. Or, la donzelle était fille unique. Tu entends d'ici les commentaires, au mess ! C'est là qu'entre deux apéros on a pris des paris. Et j'étais de ceux qui ne lui donnaient pas plus de six mois à tenir. J'ai eu tort. Comme quoi...

Le verre à whisky était sec. Marc héla le garçon qui passait par là.

— Vous m'en remettrez un. Tu prends quelque chose ?

Distraitement, Pierre accepta un autre café. Il avait la tête ailleurs. Il y avait bien sûr beaucoup de points qui laissaient penser qu'il s'agissait bien de Thérèse Guérande et du même colonel Lardret. Mais la description qu'en faisait Marc cadrait si peu avec l'image que Pierre s'était faite de son voisin qu'il en restait quelque peu perplexe.

— Il a tout de même de drôles de manières, ton copain Lardret, risqua-t-il.

— C'est-à-dire ? s'enquit Marc en réceptionnant son troisième whisky.

— C'est-à-dire qu'il court de drôles de bruits sur lui dans le pays.

— Oh, les bruits, tu sais… Surtout dans un pays comme le tiens. Dis voir quand même.

Pierre raconta la lucarne, Carmen et ce que lui en avait dit Georges Drimont.

— Je sais, dit-il, ce ne sont que des ragots. Il y a pourtant une chose certaine, c'est que cette lucarne est éclairée toutes les nuits. Il y a quelqu'un là-derrière.

— Et tu finis par y croire ?

Pierre haussa les épaules.

— Je ne sais plus, avoua-t-il. Il y a une telle atmosphère de mystère là-dessous que je n'arrive plus à démêler le vrai du faux.

Marc eut une moue sceptique. Il but une gorgée de son whisky, reposa le verre.

— Ça ne cadre pas, dit-il enfin. Fêtard, bambocheur autant que tu veux, le père Lardret, mais pas vicelard. Un type droit, honnête. S'il en avait eu assez de sa bonne femme, comme je l'ai connu, il se serait barré. Voilà tout. Non, vraiment, ce n'est pas le genre de bonhomme à monter une telle embrouille. Ou alors, il faudrait qu'il ait drôlement changé. Et pour qu'un type comme ça change à ce point… A bien y réfléchir, tu vois, je n'arrive pas à y croire, à ton histoire.

— C'est bon, admit Pierre.

A tout prendre, il aurait aimé pouvoir se convaincre qu'il en était ainsi.

Il préféra changer de sujet.

— Mais, dis donc, toi qui es si calé sur toutes ces histoires-là, tu ne saurais pas me dire où et comment je vais trouver des documents sur ce qui s'est passé dans mon coin au moment de la Libération ?

Marc considéra un long moment son ancien collègue d'un œil pour le moins critique. Il but encore un peu de son whisky.

— Toi, au moins, dit-il, quand tu remontes de ta cambrouse, il n'y a pas à dire, tu le rentabilises, ton déplacement. S'il te faut autre chose, tu ne te gênes pas, tu le dis. Je ne sais pas, moi : les derniers mois de la guerre d'Indochine, l'affaire de Suez, le Biafra. C'est toi qui vois, tu choisis !

Pierre avait l'air tellement embarrassé qu'il éclata de rire.

— Laisse donc, tu veux. Je te faisais marcher. Qu'est-ce que tu cherches ? L'avancée des troupes du débarquement de Provence ? Non, bien sûr. C'est le maquis qui t'intéresse. Ce sera plus difficile. C'est plus flou, ces histoires-là. Mais ne t'inquiète pas. Je vais m'y mettre. Ça m'occupera. Bien rare si je ne te trouve pas quelque chose.

18

Pour les fêtes, la maison fut pleine. Sitôt la porte de l'école passée, enfants et beaux-enfants, selon un accord passé de longue date avec Jeanne, avaient enfourné leur progéniture dans les voitures. Et on avait pris la route du Morvan, à la découverte de la nouvelle maison de Papi et de Mami.

Bien sûr, cela avait été l'aventure. Plus peut-être encore pour Jeanne et pour Pierre que pour leurs petits-enfants, tant ils étaient heureux de les recevoir dans ce cadre si bien approprié. Et, sans avoir à se le dire, l'un comme l'autre goûtaient cette diversion qui leur était offerte avec infiniment de bonheur.

De l'instant où tout ce petit monde fut là, on oublia tout, même ce pauvre Modem à qui personne n'eut le mauvais goût de faire allusion.

Dans ce pays dont ils sont devenus l'une des principales productions, Pierre n'eut aucun mal à se procurer un superbe arbre de Noël. C'était un épicéa de plus de deux mètres de haut qui fit pousser des hurlements à Jeanne lorsque, Pierre se dissimulant derrière son épaisse toison d'aiguilles, elle le vit faire irruption dans sa maison.

Le dresser ne fut pas une mince affaire. Sa pointe sommitale atteignait presque les solives de châtaignier du plafond. Sa décoration fut une fête d'autant plus joyeuse qu'ils s'y consacrèrent en même temps qu'ils attendaient l'arrivée de la première voiture.

Les enfants tombèrent en arrêt devant ce géant illuminé auprès duquel les arbrisseaux qu'ils avaient laissés à Paris n'étaient que des nains chétifs.

— Tu vois ! dit triomphalement Pierre à Jeanne.

Elle admit sans fausse honte.

La veillée de toute la famille réunie autour de la grande table, dans la compagnie scintillante de cet arbre vers lequel se tournaient sans cesse les regards émerveillés des petits et des grands, fut un moment de pur bonheur.

Et, pour couronner le tout, il se mit à neiger dans la nuit. Lorsque, le lendemain matin, les enfants, excités comme des puces, se précipitèrent vers l'arbre au pied duquel avaient été rangés leurs cadeaux, ils eurent tous un temps d'arrêt. Que fallait-il admirer le plus ? Le sapin et les beaux paquets aux papiers multicolores qui les y attendaient, ou le fabuleux spectacle du jardin sous la neige ?

S'ensuivit une indescriptible bousculade au cours de laquelle il fallut tout à la fois ouvrir les paquets, s'extasier devant leur contenu, s'habiller, déjeuner et se précipiter vers la neige. Au milieu de tout cela, même s'ils se sentaient un peu dépassés, Jeanne et Pierre exultaient de bonheur.

La pente du verger fut consacrée piste de luge dont les troncs des arbres fruitiers étaient les piquets de slalom. Dans la cour, on érigea un superbe bonhomme de neige dont une carotte fit le nez bien rouge, qu'on habilla d'un vieux cache-col et auquel le feutre tout cabossé dont Pierre se coiffait quand il jardinait donna la touche finale.

Puis on alla se promener. Puis on revint. Il y eut encore des repas en commun, des heures entières à se repaître du spectacle des enfants jouant sur les tapis, bien calé dans le fauteuil à ne rien faire d'autre qu'à déguster son bonheur.

Il y eut bien sûr l'inévitable visite de monsieur Armand, que tout ce remue-ménage ne pouvait pas laisser indifférent et qui se devait de venir aux nouvelles. L'étrange bonhomme, toujours affublé de sa grande blouse grise au-dessus de laquelle il avait enfilé un vieux paletot élimé, eut sur les enfants un effet pour le moins contrasté.

Les plus petits et les moins délurés eurent tôt fait de se réfugier dans les jupes de leur mère d'où ils observèrent de loin et sans admettre d'abandonner cette prudente protection. Les deux aînés, eux, se montrèrent au contraire littéralement captivés par le personnage. Ils lui décochèrent sans la moindre gêne quelques-unes de ces salves de questions dont les enfants ont le secret et dont bien peu d'adultes savent sortir vainqueurs.

Monsieur Armand, lui, parfaitement à l'aise, installé par Jeanne au bout de la table, devant une part de bûche de Noël, sut parfaitement se montrer à la hauteur. Stupéfiant Pierre, il transforma sa morne vie de vieux gars solitaire en un conte merveilleux qui faisait béer les enfants et allumait dans leurs yeux des étincelles de rêves.

— Tu nous montreras, dis ?

Il s'agissait du clapier et du poulailler. Avant de

s'engager, le vieux bonhomme leva tout de même un regard interrogateur sur Pierre. Celui-ci acquiesça d'un geste.

— Quand vous voulez, s'empressa monsieur Armand. Ce sont les poules et les lapins qui vont être contents de vous voir.

Il n'eut pas sitôt le dos tourné que commença le harcèlement.

— Dis, maman, quand c'est qu'on va voir les poules et les lapins ?

— Grand-père, tu nous emmènes voir les poules et les lapins ?

Il fallut s'y résoudre. Un après-midi, pendant que les plus petits dormaient, Pierre se désigna comme volontaire pour emmener les deux plus grands chez leur voisin.

Il faisait un froid vif et sec qui rosit tout de suite les jeunes joues émergeant des cols épais et des écharpes soigneusement nouées dont on les avait équipés. Une menotte emmitouflée bien calée dans chacune des mains du grand-père, ils gambadaient autour de lui, très excités, et ne craignaient pas d'esquisser de grandes glissades sur la neige tassée en se raccrochant à ce point d'appui si grand et si fort. Du coin de son rideau, Jeanne, attendrie, se délecta du spectacle jusqu'à ce qu'ils aient disparu derrière la haie.

Depuis sa cour où, fagoté dans son grand paletot et coiffé d'un petit bonnet de laine à la couleur indéfinissable, il s'activait en trottinant, monsieur Armand les vit venir. Ses bras se mirent instantanément à imiter le sémaphore, comme il savait si bien le faire, et, de sa voix de crécelle, il émit une série de bruits étranges qui, selon toute vraisemblance, devaient s'apparenter à des mots de bienvenue.

Dès qu'ils l'eurent rejoint, les petites mains, sans la moindre hésitation, changèrent d'asile. Et Pierre ne fut plus que le témoin amusé de leur émerveillement. Monsieur Armand, fébrile et attentionné, les fit défiler devant chaque cage du clapier, leur présentant cérémonieusement son ou ses habitants. Il en ouvrit une, en sortit sans ménagement deux lapereaux qu'il installa dans les bras des enfants extasiés.

On passa ainsi au poulailler.

— Vous pouvez les emmener, dit-il aux enfants qui se demandaient ce qu'ils devaient faire des lapereaux.

Les deux petites boules de poils, bien au chaud dans leurs bras, n'avaient nullement l'intention d'aller voir ailleurs ce qui s'y passait.

— On les remettra avec leur mère en revenant, commenta monsieur Armand. Comme ça, eux aussi feront la connaissance des poules.

La forte odeur du poulailler fit faire la grimace aux deux jeunes visiteurs. Les poules, qui ne se laissaient pas caresser, et le coq, qui, avec ses grands airs, leur faisait un peu peur, ne purent ravir la préférence qu'ils gardaient pour les lapins. Les trois œufs que monsieur Armand récolta dans les nids parvinrent malgré tout à les émerveiller. Même s'ils étaient un peu sales, c'était tout de même autre chose que six coquilles bêtement alignées dans les alvéoles de carton qu'on rapportait de la crémerie.

Ils retrouvèrent l'air vif de la cour avec plaisir. On alla rendre les lapereaux à leur mère.

— Tiens, Pierrot, je vais te montrer quelque chose, dit monsieur Armand. Viens donc.

Il les entraîna au fond d'une remise sombre qu'encombrait un invraisemblable capharnaüm de vieux outils, de bicyclettes sans pneus et de vieilles lessiveuses au milieu duquel trônait même une motocyclette qui avait dû faire fureur, dans les rues locales, à l'époque du Front populaire.

— Regarde, dit-il.

— C'est quoi ? s'étonna une jeune voix en découvrant, dans la pénombre, une étrange machine faite de grosses cuves et de tuyaux de cuivre en serpentin.

— L'alambic ! dit fièrement monsieur Armand. Je suis en train de le préparer. Quand je m'y mettrai, je te le dirai.

— Ça sert à quoi ?

— C'est pas pour les petits enfants. On t'expliquera ça plus tard, répondit bêtement monsieur Armand sans se soucier de la baisse soudaine de sa popularité.

Pierre, pourtant, que ce genre de réponse ne satisfaisait nullement, se trouva bien embarrassé. Que dire de plus ? Il préféra couper court.

— C'est ça, dit-il, vous me préviendrez. C'est une machine très compliquée avec laquelle on va travailler, un de ces jours, monsieur Armand et moi, ajouta-t-il tout de même à l'intention des questionneurs.

Le sujet ne les intéressait d'ailleurs que très moyennement. Et, plutôt que d'insister, ils préférèrent opter, l'un et l'autre, pour une dernière visite aux lapins. On se rendit donc au clapier dont ils connaissaient maintenant le chemin. Et Pierre les laissa tenir de longs discours à ses habitants à qui ils passaient des brins de foin au travers du grillage des portes en s'amusant follement du mouvement incessant de leurs petites mâchoires.

Monsieur Armand, sans cesser de glousser, se tenait légèrement en retrait. Et Pierre eut tout à coup la certitude que le vieux avait à parler. Leurs regards se croisèrent. Il y avait quelque chose de fuyant et en même temps d'interrogateur dans celui du vieil épicier, qui dut se sentir découvert.

— Je... Je voulais te demander, bafouilla-t-il. Pour le chat, et pour le cambriolage, tu as du nouveau ?

Que lui prenait-il de s'intéresser ainsi à ses affaires ? Jamais, jusque-là, il n'avait marqué une telle curiosité. Pierre, surpris, s'en fit la remarque.

— Non, rien de nouveau, préféra-t-il éluder.

Et il estima que la visite avait suffisamment duré.

— Allez, les enfants, dit-il, il faut rentrer. Monsieur Armand a du travail et grand-mère va s'inquiéter.

Il fallut bien sûr insister. Tout en se défendant d'avoir plus urgent à faire que de s'occuper d'eux, monsieur Armand donna tout de même raison au grand-père.

— Vous allez prendre froid à rester là. Vous reviendrez à l'occasion. Ils seront encore là, soyez sans crainte. Et puis tenez, tendez-moi votre main.

Et, sous le regard extasié des enfants, il déposa soigneusement un des œufs qu'il venait de récolter dans chacune des petites moufles multicolores qui se tendaient vers lui.

— Voilà, dit-il. Chez nous, c'est ce qu'on fait aux petits enfants qui viennent pour la première fois dans une maison. On leur donne un œuf en leur souhaitant comme je vous le souhaite que leur vie soit aussi remplie de bonheur que ces œufs sont pleins et aussi parfaite qu'ils le sont. Vous les mangerez à ma santé !

19

La neige tint jusqu'à la nouvelle année. Puis, dans les premiers jours de janvier, alors que la maison avait retrouvé son calme et qu'on y entendait à nouveau le tic-tac grave de la grande comtoise rythmant le temps, une nuit, il ne gela plus. Au petit matin, Pierre fut réveillé par le chant des gouttières que parcouraient d'incessantes petites débâcles.

Lorsqu'un jour gris, triste et humide succéda à la nuit, les forêts, encore grisonnantes, la veille, de neige et de givre, plaquaient au flanc des collines leurs vastes draps brun et noir en vastes plis macabres dont s'écoulaient, au versant des prés, dans les vallées, de longues traînées grisâtres et suintantes. Avec l'heure qui passait, elles mangèrent peu à peu le grand manteau de neige dont le blanc, sous la chape sans faille des nuées plombées, avait viré au gris sale.

La route du Cra portait encore d'abondantes traces de cette neige que le rustique attelage communal d'un traîneau de bois remorqué par un tracteur glissant et patinant n'avait pu dégager que très imparfaitement. Il est vrai que les rares utilisateurs de la petite vicinale, en cette saison, étaient des habitués ne craignant pas d'engager leur voiture sur la patinoire garnie de traîtres ornières que quelques-uns de leurs passages avaient solidement ancrées au bitume de la route. Celles-là résisteraient bien après que la moindre trace de neige eut disparu des bois et des prés environnants.

Pierre, encore peu aguerri à ce genre de conduite, aurait bien renoncé. Après tout, la visite à Tonin pouvait attendre. Jusqu'au carrefour dans le col, il ne rencontra pourtant pas un seul endroit où pouvoir faire demi-tour sans risquer de s'enliser dans la boue et la neige à demi fondue. Une fois là-haut, il était presque rendu. Il était trop tard pour rebrousser chemin.

Tonin Blanchot, cette fois, était bien chez lui.

— Entrez, entrez seulement ! cria-t-il du plus fort qu'il le put lorsque Pierre frappa à sa porte.

Confortablement installé à sa table, le dos à la vieille cuisinière dont la fonte du foyer rougeoyait, d'antiques lunettes cerclées de fer posées sur le bout du nez, il lisait son journal. C'est à peine s'il en détourna le regard pour découvrir, au-dessus de ses vénérables bésicles, qui venait lui rendre visite.

— C'est donc toi, le Pierrot. Cheurte-toi[1] donc que je finisse de lire cette affaire-là. Des garnements qui ont dévalisé la maison d'un vieux comme moi, dans un pays pas bien loin d'ici. Si c'est pas un

1. Assieds-toi.

malheur. Et quoi faire ? Qu'est-ce qu'on va leur dire ? Si jamais on les prend. Et qu'est-ce que tu veux leur dire ? La prison ? On va les y mettre. Ils vont y rester huit jours. Et puis ils vont recommencer. La prison, c'est pas ce qui va arranger qu'ils n'ont pas de boulot, qu'ils ne savent pas ce que c'est que le travail, qu'ils ne croient plus en rien et qu'ils n'ont plus le respect de rien. C'est pas eux qu'il faudrait mettre en prison. C'est tout le bastringue de notre société qui ne leur laisse pas de quoi espérer.

Il parlait sans lever le nez de son article, qu'il continuait de lire. Et Pierre fut sidéré des idées qu'il exprimait ainsi, sans même y prendre garde, comme des évidences dont il ne se doutait peut-être pas de la largeur d'esprit qu'elles révélaient.

Enfin, il eut fini. Il plia soigneusement son journal, le poussa bien à plat sur le coin de la table, ôta ses lunettes, les rangea dans leur étui et posa le tout sur le journal, prêt pour une autre séance de lecture.

— Tu parles d'un temps de chien, dit-il. Et tu viens me voir par ces routes-là ? C'est que t'as quelque chose à me demander, toi.

Toute sa vieille face de pomme ridée disait le plaisir qu'il avait à recevoir une visite. Et ses yeux pétillaient déjà à l'idée des questions qu'il attendait.

— J'ai surtout quelque chose à vous montrer, dit Pierre en tirant une liasse de documents de la grande enveloppe en papier kraft qu'il avait apportée.

Il l'avait reçue la veille. Ce brave Marc Thévenot avait fait du bon travail. Sur les états de service du colonel Lardret, mais surtout sur les combats qui avaient marqué la libération de la région de Messangy, il avait trouvé plusieurs choses très intéressantes qu'il avait soigneusement photocopiées et qu'il avait envoyées à Pierre. Celui-ci choisit une pièce et la fit glisser sur la toile cirée devant les yeux de Tonin.

— Tenez, lisez, dit-il.

Le vieux considéra le document en fronçant les sourcils.

— C'est quoi, ça ? Pourquoi tu ne me l'as pas dit avant, que t'allais me faire faire de la lecture ? J'aurais pas rangé mes lunettes.

Il les ressortit de leur étui, se les réajusta sur le bout du nez et, le sourcil toujours froncé, entreprit la lecture de l'extrait d'une étude sur l'action des maquis tout au long de l'avancée des armées alliées, et surtout françaises, qui avaient participé au débarquement de Provence. Il y était explicitement fait mention de l'opération montée par le maquis de Messangy, qui avait délibérément attiré une colonne allemande au plus profond des forêts morvandelles pour mieux la piéger et l'anéantir.

— Ben quoi, fit Tonin en reposant le papier. Ça ne m'apprend rien, ton truc. C'est tout pareil ce que je t'ai dit.

— C'est vrai, admit Pierre. Ce n'est jamais qu'une confirmation officielle.

— Ah bon ? s'étonna Tonin. Et t'as fait tout ce chemin, avec des routes pareilles, rien que pour me dire ça ?

— Ça a tout de même son importance.

— Et laquelle ?

Tonin commençait à se douter. Il avait perdu son sourire et posait sur Pierre un regard grave qui ne demandait qu'à devenir sévère.

— Ça confirme simplement que Philippe Guérande n'a pas trahi, lâcha Pierre.

— Et alors ?

— Eh bien, s'il n'a pas trahi et s'il s'est sauvé malgré tout, c'est qu'il y a une autre raison.

— P'têt ben.

— Laquelle ?

Tonin se redressa sur sa chaise. Posément, il retira ses lunettes et les glissa à nouveau dans leur étui qu'il reposa exactement à la même place, sur le journal.

— J't'ai même pas demandé, tu bois quelque chose ?

Ce n'était certes pas dans les préoccupations de Pierre. Mais il trouva judicieux de ne pas refuser.

— Un café. Si vous en avez de fait.

— Y en a, justement. Et j'en prendrai bien un aussi.

Il fallut que se déroulât le cérémonial des tasses, des petites cuillères, du sucrier, et que le café soit enfin versé pour qu'il vînt se rasseoir et que l'on puisse raisonnablement envisager de reprendre la conversation là où elle avait été si brutalement abandonnée.

— Je n'arrive pas à comprendre... commença Pierre.

— Qu'est-ce que tu n'arrives pas à comprendre ?

Comme s'il ne savait pas ! La déception commençait déjà à gagner Pierre. Naïvement, il avait espéré que cette espèce de reconnaissance officielle de ce qui s'était passé en forêt, à la Libération, parviendrait à délier les langues.

Il fallait tout de même aller jusqu'au bout.

— Vous le savez bien, dit-il d'un ton désabusé. Je

n'arrive pas à comprendre comment des gens qui n'avaient rien à se reprocher, du moins pas ce dont on les accusait, ont filé comme ça en abandonnant tout. Il y a autre chose, insista-t-il en tapotant du doigt sur le document resté sur la table. Il y a autre chose dont je suis convaincu qu'il faut que je le découvre pour comprendre ce qu'on cherchait dans la maison d'Antoinette Billaud, après sa mort.

Très droit sur sa chaise, tenant solidement le bord de la table à deux mains, le vieux le considérait sans la moindre aménité.

— Peut-être, dit-il simplement.

Et il se tut. Le silence se fit pesant. Pierre, déçu, attira à lui la feuille de papier dont les mots avaient eu si peu d'effet sur Tonin. Soigneusement, il la rangea dans sa grande enveloppe kraft.

— Il faudra pourtant bien que je trouve, dit-il enfin.

— Pourquoi ? T'es pas aussi bien comme ça ?

Ah ! Si Tonin Blanchot s'y mettait aussi ! Qu'avaient-ils donc tous à vouloir le décourager de savoir ?

— Allons, fit Tonin. On va pas en rester là-dessus. Une petite goutte, derrière le café ? Ça ne se refuse pas. Tu la connais, celle-là. C'est de la bonne. Elle sort de ton quartier.

— Monsieur Armand ?

— Qui veux-tu ?

Ils dégustèrent l'eau-de-vie de prune en silence.

— Vrai qu'elle est bonne, dit enfin Tonin.

— C'est vrai, confirma simplement Pierre.

Et le silence se refit. Il fallait partir, renoncer. Pierre ne parvenait pas à s'y résoudre. Gêné, ne sachant pas trop quelle contenance prendre, il tripotait alternativement sa tasse et la grande enveloppe.

— Bon, finit-il par admettre. Il faut que j'y aille. La route n'est pas trop bonne.

Ils se levèrent. Tonin, d'un geste instinctif, se coiffa de sa casquette.

— Sois donc prudent, en t'en retournant. Manquerait plus que ça que t'ailles te mettre au fossé.

Debout au coin de sa table, la main encore au dossier de sa chaise, il semblait pourtant hésiter.

— Et puis... commença-t-il.

Pierre, qui tenait déjà la poignée de porte, fut pris d'un fol espoir. Il se retourna vivement.

— Oui ? dit-il.

— Ah ! fit Tonin d'un ton découragé. C'est trop compliqué, tout ça. On peut pas te dire. Il faut que tu admettes. Te dire, ce serait... Ce serait pire que tout, ce serait réveiller tout ça, les vieilles querelles, les rancunes. Il faut que le temps passe, tu comprends ? Et toi, à vouloir trop savoir...

Pierre, sèchement, l'interrompit.

— Trop savoir ? C'est vous, Tonin, qui dites que je veux trop savoir ? On a cambriolé la maison de l'Antoinette, on veut m'intimider en empoisonnant notre chat, je découvre qu'on porte de fausses accusations et vous dites que je veux trop savoir ?

Le brave vieux avait l'air sincèrement ennuyé.

— C'est pas ce que je voulais dire, s'embrouilla-t-il. Toi, simplement, tu réveilles toutes ces choses-là. Et nous, on veut que le temps les efface, tu comprends ? On s'est trop battus, là-dessus. Il y a eu trop de malheurs. On n'en veut plus. C'est pour ça que tu ne sauras pas. Et crois-moi bien, Pierrot, ça vaut peut-être aussi bien comme ça.

Il fallut se quitter. Tonin insista pour que Pierre lui promette qu'il reviendrait le voir. Il promit. Après tout, le vieux drôle ne l'avait pas envoyé paître, comme les autres. Il avait au moins tenté de justifier son silence. Et, au fond, à ne rien nier, faute d'avoir expliqué, il avait conforté Pierre dans sa conviction que tout cela était étroitement lié.

Il y avait juste la lucarne dont ils n'avaient pas parlé. Mais comment, depuis le Cra, pouvait-il savoir ce qui se passait chez les Guérande autrement que par des ragots similaires à ceux qu'avait entendus Pierre ?

Au retour, la route lui parut plus difficile et dangereuse encore qu'à l'aller.

La déception et la colère qui grondaient en lui n'y étaient peut-être pas tout à fait étrangères.

20

Rien n'y fit.

Pierre eut beau mettre le document trouvé par Marc Thévenot sous le nez de tous ceux qui lui avaient donné leur petite version des faits, aucun ne céda. Philippe Guérande n'était pas coupable d'avoir trahi le maquis, ils en convinrent. Quant à admettre qu'il avait bien fallu qu'existe une autre raison pour qu'il disparaisse en une nuit avec toute sa famille, c'était une autre affaire, dont personne ne voulut entendre parler.

Jeanne, que tout cela inquiétait vaguement, eut la mauvaise idée de se mettre elle aussi à prêcher pour l'abandon pur et simple. C'était un matin, tôt. Ils prenaient leur petit déjeuner en tête à tête.

— Ils ne te diront jamais rien. Pourquoi insistes-tu ? s'étonna-t-elle. Maintenant, tant de temps après, qu'est-ce que ça fait de savoir ?

Pour Pierre, ce fut comme une trahison. Il s'emporta, céda à la colère.

— Alors, toi aussi, tu t'y mets ? Toi, toi, Jeanne, tu voudrais que j'abandonne ? Tu trouves qu'il n'y a pas assez de questions à résoudre ? Le cambriolage, la lucarne, Modem, tout ça par pertes et profits ? Tu y penses ou quoi ?

Surprise, elle le considérait avec beaucoup de tristesse dans les yeux.

— Qu'est-ce qui te prend, Pierre ? demanda-t-elle très doucement. Ça ne te ressemble pas de te mettre en colère comme ça.

Il en fut tout penaud. Mais au lieu, raisonnablement, d'admettre qu'il s'était laissé emporter, il prétendit ne rien céder.

— Mais c'est vrai, à la fin, reprit-il de plus belle. Je commence à en avoir assez. Je me bats pour le bon droit et tout le monde, même toi, surtout toi, se ligue contre moi. Mais enfin quoi ? On va se déculotter devant les malfrats qui dévalisent la maison d'une pauvre vieille à peine enterrée ? Devant des empoisonneurs qui ne connaissent que la menace et l'intimidation ? Désolé, vois-tu, ce n'est pas mon genre. Tu le sais. Toi mieux que quiconque devrais le savoir. Alors, que toi aussi tu me désavoues, je suis désolé, mais je ne peux pas l'admettre.

Elle n'était pas femme à se laisser impressionner par de tels propos, il aurait dû le savoir.

— Eh bien, mon petit vieux, si tu le prends sur ce ton, dit-elle sèchement en le toisant d'un œil noir, c'est ton affaire. Ne compte plus sur moi pour m'en mêler. Mais ne viens plus me casser les oreilles avec tout ça. Et débrouille-toi pour que ça ne nous attire pas de nouveaux ennuis. Parce que j'aime autant te dire que je ne suis pas disposée à en subir les conséquences.

Il en resta pantois. Elle se détourna vivement de lui et alla se plonger dans quelques travaux urgents dans la toute nouvelle salle d'eau. Il ne lui restait plus qu'à assimiler tout ça. Il alla se réfugier dans son bureau.

Que lui arrivait-il ? Fallait-il qu'il atteigne l'âge de la retraite pour connaître le goût amer de l'échec ? Tout le monde, même Jeanne, s'opposait à lui alors qu'il ressentait profondément la justesse de son entreprise. Il lui aurait semblé déchoir à ses propres yeux, et, par conséquent, plus encore à ceux de Jeanne, s'il avait toléré que, dès lors qu'un acte aussi abject que le cambriolage de la maison d'Antoinette avait été commis, la vérité ne soit pas recherchée. Cela lui paraissait aller de soi. Comme il ne pouvait pas admettre que l'on ne recherchât pas activement l'auteur sordide de l'empoisonnement de Modem. Il en allait de sa droiture naturelle et de l'ardente conscience qu'il avait toujours entretenue du bon droit qu'en toutes choses il voulait voir triompher.

« C'est ton côté boy-scout ! » disait Jeanne pour le taquiner lorsque, du temps qu'il était journaliste, il se lançait ainsi à corps perdu dans de formidables enquêtes à seule fin qu'il ne soit pas dit qu'il avait laissé dans l'ombre la moindre particule de vérité.

Il n'était alors qu'observateur. Tout avait changé de l'instant où, en découvrant ce qui s'était passé dans la maison de sa mère adoptive, les mêmes réflexes avaient joué chez l'acteur qu'il devenait sans même y prendre garde.

Debout devant la fenêtre de son bureau, les mains au fond des poches, profondément malheureux, Pierre ruminait tout ça en regardant le paysage d'hiver sans le voir. Loin, au fond de la vallée, juste avant le coude qu'elle formait en quittant la cuvette de Messangy, l'arrière-garde de la brume qui enveloppait le pays, au petit matin, continuait de flâner en longs voiles arachnéens sur les prés et les haies. Quelques escouades plus serrees, encore opaques, patrouillaient en lisière des bois, s'éloignant lentement. La journée serait belle, lumineuse. A l'heure de midi, des envies viendraient de boire l'air du jardin adouci par un soleil vaillant bien qu'un peu pâle.

Puis, l'ombre, peu à peu, reprendrait ses droits saisonniers. La brume, libérée de la tyrannie solaire, remonterait du fond de la vallée aussi lentement qu'elle s'y était repliée. Il faudrait rentrer du bois, tisonner le feu. Et tirer les rideaux serait un autre plaisir, celui du cocon que l'on referme sur l'avènement d'une douce soirée.

Et tout ça, tout ce remugle qui serait là pour continuer, inexorablement, de lui gâcher la vie...

En se calmant, il finissait par trouver de bonnes raisons aux propos de Jeanne. Bien sûr que ce serait si simple de vivre sans toutes ces obsédantes questions. Seulement, voilà, elles étaient là. Et Pierre ne trouvait pas en lui le voile assez épais dont il aurait fallu les couvrir pour qu'elles cessent de l'importuner.

« Allons, se raisonna-t-il enfin, il faut en sortir. C'est l'heure des courses. Allons faire la paix. »

Comme il s'y attendait, Jeanne l'accueillit avec un large sourire.

— Ça va mieux ? demanda-t-elle doucement. Tu

sais, je te comprends. Mais ce que j'en disais, c'est parce que j'ai peur que tu te fasses mal avec tout ça. On n'est pas venus ici pour ça, tu ne penses pas ?

Bien sûr, qu'il pensait. Il fit le ronchon, par principe. Elle ne fut pas dupe.

— Fais attention tout de même, glissa-t-elle encore.

— Bien sûr, bien sûr, éluda-t-il.

Elle lui avait préparé une liste de courses. Il l'enfouit dans la poche de son manteau, lui déposa un baiser furtif sur la joue et s'enfuit.

En sortant de la supérette, ses emplettes à bout de bras, Pierre tomba nez à nez avec le colonel Lardret qui venait faire les siennes. Il ne réfléchit pas à son geste.

— Colonel Lardret ? l'interpella-t-il.

L'autre se retourna vivement et, sans la moindre aménité, le détailla des pieds à la tête.

— Je suis votre nouveau voisin, s'empressa Pierre. Nous n'avons pas encore eu l'occasion de faire connaissance. Pierre Guédeloffe, dit-il en posant ses paquets pour tendre la main.

Celle du colonel était ferme mais glacée.

— Enchanté, concéda-t-il sur un ton qui démentait totalement l'affirmation.

Pierre n'y prit pas garde.

— J'ai sur moi quelque chose que je voulais vous montrer. Je pense que ça peut vous intéresser.

Il extirpa de sa poche le document faisant état des conditions dans lesquelles s'était déroulée la bataille de la forêt de Messangy, le déplia et le tendit au colonel.

Sans qu'un seul trait de son visage se détende et surtout puisse évoquer le bon vivant décrit par Marc Thévenot, il prit le temps qu'il fallait pour tout lire.

— Merci, dit-il simplement, lecture faite, en tendant la feuille de papier à Pierre.

— Je pense que vous saisissez ce que cela signifie, insista celui-ci. Monsieur Guérande était innocent...

— C'est là une affaire qui nous concerne, monsieur, l'interrompit sèchement le colonel Lardret. Et je vous prie de ne pas vous en mêler. Bonsoir, monsieur.

Son papier à la main, Pierre en resta pétrifié de surprise. L'autre le dépassa et disparut dans le magasin.

Décidément, ce n'était pas son jour. Penaud, Pierre ramassa ses sacs et s'éloigna. Un profond sentiment d'impuissance lui faisait le dos rond et les épaules voûtées.

Ils avaient donc tous raison. Il ne s'en sortirait pas. Il n'apprendrait jamais la vérité. La vieille Antoinette et même le chat Modem n'auraient pas droit à la plus élémentaire des justices.

Que lui restait-il à faire ? Oublier ? Evidemment pas. Il ne s'en sentait ni la capacité ni l'envie. Et cette lucarne dont, hier soir encore, filtrait le rai de lumière que, bien malgré lui, il ne pouvait plus s'empêcher d'épier. Et si la seule chose qui lui ait complaisamment été racontée, cette sordide histoire de maîtresse séquestrée, était vraie ? Si ne lui restait que ce seul fil d'Ariane pour remonter jusqu'à la vérité ?

Il s'en voulut d'avoir abordé ainsi le colonel Lardret en pleine rue, aux su et vu de tout le monde. « J'aurais dû aller chez eux, sonner à leur porte », se reprochait-il.

Il n'avait jamais osé. Avant même que Thérèse se détourne si ostensiblement de lui, dans le jardin, quelque chose l'avait toujours empêché d'entreprendre cette démarche.

Et ce n'était évidemment plus aujourd'hui, après ce qui venait de se passer, qu'il pouvait envisager de s'y résoudre.

Il était tellement absorbé par ses pensées que, descendant vers chez eux, ses sacs à bout de bras, il ne vit pas la silhouette grise de monsieur Armand qui frétillait devant sa porte en l'attendant. Il sursauta quand le vieux bonhomme l'appela.

— Pierrot ! C'est cet après-midi que je commence. Tu viens me donner la main ?

Il parut si éberlué que l'autre se crut obligé de préciser :

— Je bous, dit-il frénétiquement. Je commence à bouillir cet après-midi. Si tu pouvais venir me donner un coup de main, ça m'arrangerait bien. Monter les fûts tout seul, déjà que c'est pas facile pour un jeune, pour moi, c'est plus de mon âge.

— Ah bon, fit simplement Pierre qui avait beaucoup de mal à se sortir de ses réflexions.

Monsieur Armand prit ça pour une dérobade. Son visage de fouine prit instantanément un air désolé.

— Bon, ben, si tu ne peux pas, je me débrouillerai tout seul, dit-il avec du reproche dans la voix.

Ce fut ce qui finit de ramener Pierre à la réalité.

— Mais non, monsieur Armand, je n'ai jamais dit que je ne pouvais pas. Vous m'avez surpris, voilà tout. J'étais ailleurs, je pensais à autre chose.

— Voilà ce que c'est que de trop en avoir dans la tête ! Alors, tu viens ?

— Bien sûr que je viens. Je vous l'avais promis. Et puis, ça m'intéresse de voir comment ça se passe.

— T'as jamais vu ça ?

— Eh non.

— Quand je te le disais que ce n'est pas la peine d'être si savant !

21

Au fond de la remise, qu'éclairait chichement une baladeuse suspendue par son fil aux solives, la flamme bleue d'un gros réchaud à trépied scintillait doucement sous la grosse cuve de l'alambic. Monsieur Armand s'activait, plus fébrile que jamais. Il brouettait les fûts dans lesquels il avait mis à fermenter toutes les cerises, toutes les prunes et toutes les poires qu'il avait pu trouver. Il les sortait de sa cave et les alignait contre le mur de la remise.

Pierre s'inquiéta de la quantité.

— Eh, c'est qu'il faut ce qu'il faut, mon gars. Il faut en bouillir pour en avoir suffisamment.

— Et vous buvez tout ça ?

— Moi ? J'en bois pas. Ça me donne mal à l'estomac.

— Ben alors ?

— Eh ! Voilà ce que c'est que d'avoir beaucoup d'amis ! Aide-moi donc.

Ils versèrent le premier fût de la rangée dans la cuve, et monsieur Armand s'empressa de la refermer.

— Voilà, dit-il. Il n'y a plus qu'à surveiller.

Il fallut de longues minutes avant que, du

serpentin de cuivre, que refroidissait son passage dans une autre cuve emplie d'eau froide, commençât de couler à tout petit filet un liquide incolore et légèrement brillant.

— Touche pas ! s'exclama monsieur Armand alors que Pierre, curieux, se baissait sur le seau au fond duquel chantait le jet du précieux distillat. C'est le premier jus. Si ça tombe, il titre plus de cinquante degrés.

Il fallut attendre la dernière eau pour goutter. « Ma foi ! »

Puis ce fut la routine. Attendre en surveillant, couper le feu au bon moment, laisser refroidir, vider le moût de la cuve, le remplacer par des fruits fermentés, fermer, recommencer. Entre-temps, sans perdre de vue le filet d'eau-de-vie qui coulait presque sans discontinuer, ils versaient les seaux avec mille précautions dans des fûts propres que monsieur Armand avait préparés à l'avance.

— Après, je mettrai en bouteilles. Mais ça, disait-il, c'est mon affaire.

— Vous faites ça depuis longtemps ?

— Mon père déjà. Mais, lui, en ce temps-là, c'était autorisé. Chut ! Faut pas le dire !

Et il égrenait son rire de crécelle qui résonnait entre les murs étroits de la petite remise et se répandait sur les environs en même temps que les puissants fumets de la distillation.

— On faisait débit de tabac, à l'épicerie, se souvenait-il. On était donc recette buraliste. C'est-à-dire qu'on percevait les taxes, quoi. Pour l'acquit, c'était à nous qu'on venait demander. Pour nous, c'était simple : on n'avait pas besoin de courir bien loin !

Il gloussait en hochant la tête énergiquement.

— C'était un temps, mon pauvre ami. Au moins, on savait ce qu'on faisait. C'était pas comme maintenant. Sûr qu'on faisait déjà de la goutte. On avait un droit de bouilleur, comme on disait. Et crois-moi que ça y allait. On nous en apportait de partout, des fruits. Quand mon père est mort, ça a été fini, tout ça. Alors, moi, tu penses, j'ai continué l'épicerie pendant quelques années, parce qu'il fallait bien vivre. Et puis après, ouste ! J'ai envoyé tout ça sur les roses. J'ai vendu le stock. J'avais trois sous de côté. J'ai mis la clef sous la porte. Il a bien fallu qu'ils se débrouillent sans moi.

— Ils se sont débrouillés ?

— Marche, ils se débrouillent toujours quand c'est de leur intérêt. T'as vu les bêtises qu'ils t'ont racontées, sur le maquis ? Pourquoi tu crois qu'ils t'ont dit des mentiries ? Parce que ça les arrange, voilà tout.

A franchement parler, ce n'était pas le sentiment de Pierre, qui ne voyait pas ce que pouvait rapporter aux uns et aux autres l'obstination bornée avec laquelle ils s'accrochaient à leurs différentes et incomplètes versions. Monsieur Armand avait pourtant trop envie qu'on en vienne peu à peu à tout cela, c'était tellement évident ! Il laissa faire.

— Vous croyez ? se contenta-t-il de relancer.

— Si je crois ! Tiens, c'est comme le cambriolage, ils le savent bien qui a fait le coup, tu peux me croire. Si ils ne disent rien, c'est parce qu'ils sont bêtes comme leurs pieds. Ils ont la trouille, voilà tout.

— De quoi ?

— De quoi ? Tu demandes de quoi ? De qui, plutôt, oui. De la fille Guérande, pardi, de la Thérèse.

— Qu'est-ce qu'elle vient faire là-dedans, celle-là ?

— T'as donc rien compris ? Maintenant qu'elle est rentrée, les bois, tu piges ?

Non, manifestement, Pierre ne « pigeait » pas.

— Les bois, mon gars, puisqu'il faut tout te dire, ils sont à elle. Même si c'est le colonel qui s'en occupe. Et eux, c'est dans les bois qu'ils travaillent. T'as compris, ce coup-ci ?

Non, Pierre n'avait toujours pas compris !

— C'est-y que t'es bouché à l'émeri ? faisait semblant de s'emporter monsieur Armand sans perdre des yeux le débit tranquille de l'alambic.

Il savait pourtant très bien où il allait. Pierre en était convaincu. Même si lui ne saisissait pas encore très bien le sens de ce soudain bavardage, il laissait venir en se contentant de rentrer le plus possible dans le jeu du vieux bonhomme.

— C'est bien la peine d'être allé aux écoles et d'être savant comme t'es, reprenait monsieur Armand, presque méprisant. Tout ça, c'est pour dire, puisqu'il faut t'expliquer, qu'ils raconteraient n'importe quoi plutôt qu'un mot que pourrait leur reprocher la Thérèse ou son grand sifflet de colonel. Parce que, le bois, ce sont eux qui le tiennent. Et tous les autres, le maire, l'Amédé, même l'Alfred et tous les autres, eh bien, ils en ont besoin, du bois.

— Et quel rapport avec le cambriolage ?

Pour le coup, monsieur Armand se redressa

brutalement comme un coq et, oubliant quelques instants le flot léger de son précieux liquide, il planta un regard résolu dans celui de Pierre.

— Parce que ce sont eux qui ont fait le coup, pardi.

Pierre en resta bouche bée. Puis, il haussa les épaules.

— Allons ! Qu'est-ce que vous me racontez là, monsieur Armand ? Ça s'est passé bien avant que le colonel et Thérèse reviennent à Messangy.

— Qui te parle de ces deux-là ? Viens donc m'aider.

Il était temps d'ouvrir la cuve, de la vider, de la nettoyer et de recommencer une nouvelle cuisson. Ils s'y employèrent en silence. L'opération avait quelque chose d'un rite qu'on ne perturbe que des mots qui la concernent et que l'on dit comme on psalmodie.

Enfin, le petit filet clairet naquit à nouveau et se remit à chanter sur le fond du seau.

— Qui alors ? demanda Pierre.

— Les parents à la Thérèse, bien sûr. Le Philippe Guérande.

— Il était en Allemagne. Et puis d'ailleurs, pourquoi ?

— Parce que tu crois que ça le gênait, d'être en Allemagne ? Oh, bien sûr, ce n'est pas lui qui a fait directement le coup. Il aurait été ici, ça aurait été la même chose. Il ne se salissait pas les mains, le monsieur. Il l'a fait faire, le coup. Il a payé pour ça, voilà tout.

— Pourquoi voulez-vous qu'il se donne la peine de faire cambrioler la maison de cette pauvre Antoinette ? Ça ne tient pas debout, votre truc.

La remarque n'eut pas l'heur de plaire à monsieur Armand. Il lança brièvement un œil noir à Pierre qui tenait délicatement l'entonnoir dans la bonde du fût.

— Ce qui ne tient pas debout, monsieur le savant, c'est tout ce que tu ne sais pas encore. Imagine-toi qu'il avait de bonnes raisons pour la faire visiter, le Philippe Guérande, ta maison. Ce que tu ne sais pas, c'est que le Joseph, ton père adoptif, quoi, il en faisait partie du maquis, et pas le dernier, tu peux me croire...

— Si, je le savais.

— Bon, admettons. Seulement, il avait des preuves contre Philippe Guérande. Me dis pas que tu la savais, celle-là ! Et c'est ça, ces preuves-là, que le Guérande ne voulait pas voir tomber entre les mains des héritiers, après la mort d'Antoinette. Tu comprends, maintenant ? L'affaire était tassée, oubliée. Il n'avait pas envie qu'elle ressorte, voilà tout.

L'explication, somme toute, en valait une autre. Elle laissait pourtant un arrière-goût de trop bien ficelé pour être tout à fait crédible. Pierre s'abîma dans la contemplation de la pisserote d'eau-de-vie en confrontant mentalement l'hypothèse que venait d'émettre monsieur Armand à tous les éléments qu'il détenait.

— Attendez voir, reprit-il enfin. Il y a quelque chose qui ne va pas, dans votre truc. Je n'accuse pas Philippe Guérande. Bien au contraire, je mets en doute le fait qu'il ait trahi le maquis, j'en apporte même la preuve.

— Quelle preuve ?

— Le papier que je vous ai montré, il y a deux jours.

— Ça ne vaut rien.

— Vous voyez bien. Ce n'est pas moi, c'est vous qui accusez. Alors, pourquoi on continue d'avoir peur de ce que je pourrais bien trouver quand, apparemment, selon ce que vous dites, je m'éloigne de la vérité ?

Cette fois, monsieur Armand ne riait plus. A la plus grande surprise de Pierre, il lut dans son regard la lueur presque méchante que peut faire naître la peur.

— Si tu ne crois pas ce que je te raconte... grinça-t-il d'un ton acerbe.

— Ce n'est pas ce que je dis, monsieur Armand. Ne le prenez pas mal. Mais enfin, il y a là-dedans des contradictions dont vous admettrez qu'elles sont étonnantes. Tenez, le chat, ce pauvre Modem. Pourquoi l'a-t-on empoisonné ? J'ai fait du tort à qui en écoutant simplement ce que me disaient les gens ? Vous pouvez me le dire, vous ?

Monsieur Armand levait les bras au ciel.

— Mélange pas tout, tu veux ? Le chat, c'est autre chose. Ça n'a rien à voir.

— Alors quoi ?

— T'as pas deviné ? Faut pourtant pas être bien malin. C'est le Lardret, bien sûr, qui a fait le coup. D'abord, parce qu'il n'aime pas les bêtes. T'as pas remarqué ? Ils n'ont pas un chien, pas un chat, rien. Tu sais, les gens qui ne sont même pas capables d'aimer les bêtes... Enfin. Mais, surtout, s'il a fait le coup, c'est pas pour la Libération et toute cette histoire de son beau-père. Il s'en fout comme de sa première chemise, de tout ça. N'empêche que d'avoir un curieux à côté de chez lui, ça l'embête bien. Si jamais ça ressortait, tout ça, ça attirerait le regard sur lui. Et vu ce qu'il trafique avec la Carmen, sous les toits, ça ne l'arrangerait pas de trop qu'on vienne farfouiller dans ses petites affaires. Ça pourrait même l'emmener loin. Polygamie et séquestration, pour un colonel à la retraite, ça pourrait laisser des traces, tu ne penses pas ?

Tiens donc ! C'était tellement évident. Un peu sordide, mais tellement évident. Et ça cadrait si peu avec le portrait que Marc Thévenot avait brossé du colonel. Sans parler de cette trahison dont Pierre continuait à être persuadé qu'elle n'avait pas eu lieu, ce qui obligeait à chercher une autre raison à la fuite des Guérande.

Ils travaillèrent encore plusieurs heures autour de l'alambic qui livrait toujours aussi paisiblement son petit filet d'eau-de-vie.

Ni l'un ni l'autre ne chercha à aborder à nouveau l'horripilant sujet. Pierre savait qu'il ne tirerait rien d'autre d'un monsieur Armand qui, visiblement, avait profité de l'occasion pour placer ce qu'il avait à dire.

Et, comme on avait toujours à tuer le temps, entre deux remplissages de la cuve, on parla de choses et d'autres, du bon vieux temps de l'épicerie, des poules et des lapins, de l'émerveillement des petits-enfants, lorsqu'ils étaient venus leur rendre visite.

Il faisait nuit depuis longtemps lorsque monsieur

Armand consentit à remettre au lendemain la distillation des fûts restants.

— Tu viendras m'aider à finir ? s'inquiéta-t-il tout de même.

Pierre promit malgré sa fatigue et ses bras rompus.

— Viens donc, reprit le vieux, rassuré. On l'a bien mérité.

Et, éteignant la baladeuse, il plongea la remise dans l'obscurité.

— Suis-moi.

C'était la première fois qu'il invitait Pierre à entrer dans sa maison. Il lui emboîta le pas avec curiosité. Sans façon, monsieur Armand le fit entrer par la porte du jardin qui ouvrait sur une sorte de buanderie un peu crasseuse et encombrée d'un invraisemblable désordre d'outils, de cageots, de seaux et d'objets dépareillés dont le plus grand nombre aurait mérité la poubelle depuis bien longtemps.

— Fais pas attention. Je te fais passer par la petite entrée. Mais dans l'état où on est... Entre nous, on ne fait pas de manières, pas vrai ?

C'était vrai que, après tout un après-midi passé à manipuler les fûts de fruits fermentés, ils n'étaient pas plus brillants à voir l'un que l'autre. Pierre, amusé, traversa la buanderie et suivit monsieur Armand dans une sorte de corridor obscur.

— Attends voir que j'allume.

Pierre se serait cru chez Tonin. Sauf que, cette fois, il faisait si sombre que c'était à peine s'il devinait les mouvements de monsieur Armand, devant lui.

« Pourquoi donc, eut-il le temps de penser, faut-il toujours qu'ils aillent et viennent avant de trouver le bouton ? »

Enfin, une pâle lumière jaune jaillit. Monsieur Armand avait quitté son vieux paletot élimé.

— Viens donc.

Il fallut que recommençât le même manège dans la salle. Mais il y faisait bon. Pierre allait en faire la remarque lorsque, après quelques éclairs fugitifs, un tube au néon projeta brutalement sa vilaine lumière blanche sur un décor qui le laissa sans voix.

De toute la grande pièce, il n'y avait pas un centimètre de mur disponible. De beaux vieux meubles, armoires, bahuts, secrétaires, patinés par le temps et passablement poussiéreux, y étaient entassés les uns contre les autres. Il y en avait même sous les fenêtres, où l'on avait réussi à caser deux très belles commodes. Tout le centre de la salle, sous le vilain néon, était occupé par une superbe table ronde en noyer dont la tranche et le piètement étaient délicatement ouvragés. Pour sa surface, Pierre imagina qu'elle devait être marquetée bien qu'elle fût ensevelie sous un tel désordre qu'il ne put rien en voir. Elle était entourée d'une demi-douzaine de chaises pareillement ouvragées.

— Cheurte-toi donc, dit monsieur Armand en s'affairant déjà à sortir verres et bouteille. Tu vas me goûter celle-là. Et tu m'en donneras des nouvelles.

Il repoussa d'un revers de main juste ce qu'il fallait des papiers et des vieux journaux qui encombraient la table. Elle était bien marquetée. Ignorant les reproches supposés de son estomac, il se versa, comme à Pierre, une belle mesure d'un liquide si transparent que c'était à peine si on le voyait, dans le verre. Ils trinquèrent et burent en silence, religieusement.

— Hein ! Qu’est-ce que t’en dis, de celle-là ?

C’était bien un vrai nectar. Pierre l’admit.

— Elle vient de mon père. C’est lui qui l’a distillée. Je ne la sors que dans les grandes occasions. Parce que des comme celle-là, t’en rencontreras pas beaucoup.

— Tu pues l’alcool ! s’écria Jeanne, horrifiée, lorsque Pierre rentra.

Avant de l’envoyer sans ménagement mettre tous ses vêtements au sale et se doucher, elle rit tout de même et de bon cœur au récit de la « grande occasion » !

22

— Regarde, dit Jeanne. Là-bas, au bout du chemin, il y a un feu.

Ils marchèrent dans sa direction. La nuit était noire, sans lune. On n'y voyait pas à trois pas. Et pourtant, en levant les yeux, on pouvait suivre la marche échevelée et chaotique des épaisses masses de nuages qui franchissaient le ciel. De grandes lames de lumière y couraient comme de gigantesques frissons. Et les lourdes nuées prises dans leur scintillement semblaient sursauter avant de tenter de s'échapper en se tordant de douleur, peut-être.

Et puis, il y avait ce feu. Maintenant qu'ils en approchaient, ils voyaient les grandes lueurs rougeâtres qu'il lançait furieusement vers le ciel. Et c'était comme la danse apocalyptique des blanches lumières du ciel et du feu de la terre, les unes esquivant les salves rageuses de l'autre, les contournant, les enveloppant et revenant sans cesse, complices de l'obscurité qui ne parvenait pas à vaincre l'immense brasier.

Le long du chemin, dans la haie, des têtards chevelus sporadiquement illuminés grimaçaient dans leur direction. Pierre se figea tout à coup, debout sur l'étroite bande d'herbe qui séparait les deux profondes ornières. Une grande brassée d'incandescences rouges parut le frapper. « Ce qu'il est grand », pensa Jeanne.

— Tu vois ce que je vois ? demanda-t-il sur un ton un peu théâtral en désignant les arbres d'un geste ample.

— Je crois, répondit prudemment Jeanne.

Au premier têtard, ils n'y avaient pas attaché trop d'importance. Il ressemblait à monsieur Armand. Mais avec ce vieux drôle, il fallait s'attendre à tout.

Au second, Jeanne vit bien une bonne figure toute fripée de rides qui paraissait leur adresser un large sourire. Pierre, lui, n'eut aucun mal à le reconnaître.

— Tiens, dit-il, c'est Tonin Blanchot. Qu'est-ce qu'il peut bien faire là ?

Au troisième, l'air hautain et quelque peu méprisant du colonel Lardret leur fit presser le pas.

Le quatrième n'était autre que Célestin Perlerot, le maire de Messangy.

Ce fut là que Pierre s'immobilisa. On entendait le feu crépiter rageusement. Pierre parlait. Ses lèvres bougeaient. Mais Jeanne, malgré tous ses efforts, n'entendait rien...

— Pierre, vite, réveille-toi. Le feu !

La réalité avait brutalement fait irruption dans le rêve de Jeanne et l'avait arrachée à son sommeil. Elle s'était vivement dressée dans le lit. De sinistres lueurs rouges dansaient derrière le volet dont elles révélaient le moindre interstice. Et le crépitement était si violent que c'était probablement ce qui l'avait sortie de son sommeil.

Avant que Pierre, réveillé en sursaut, reprenne tous ses esprits, Jeanne, pieds nus sur le carrelage glacé, était à la fenêtre et repoussait violemment les volets.

— C'est la cabane à outils. Vite. Elle brûle complètement.

C'était le moins qu'on pouvait en dire. C'était à peine si on pouvait encore discerner le petit bâtiment au milieu du brasier. Pierre se précipita... En vain. Il ne put qu'assister, consterné, à l'effondrement de la vieille cabane, dans d'énormes gerbes d'étincelles et dans un dégagement de chaleur si violent qu'il dut reculer.

En quelques minutes, le feu décrut dans de telles proportions que Pierre put enfin s'approcher. Il était vrai que, hormis la charpente passablement vermoulue, il n'y avait pas grand-chose à brûler. D'autant plus qu'il rangeait ses outils dans l'étable, promue au rang d'atelier.

Alors pourquoi ce feu ? Comment avait-il bien pu prendre et se développer avec une telle violence ?

Encore quelques minutes, et il n'y avait plus que des braises. Ce n'était même pas la peine de déranger les pompiers. Pierre alla brancher son tuyau d'arrosage et souleva un énorme panache de vapeur. Au-dessus du rouge encore vif du foyer, le blanc de la colonne qui montait droit dans les airs, tranchait étonnamment avec le noir tourmenté du ciel.

Personne, alentour, ne s'était manifesté. La lucarne ne laissait filtrer aucune lumière et rien n'avait bougé dans le jardin voisin de monsieur Armand. Pierre s'en fit la remarque.

« Etonnant », pensa-t-il pendant qu'il rangeait son tuyau d'arrosage devenu inutile.

Après s'être habillée, Jeanne était venue le rejoindre au fond du jardin. Pierre l'avait rassurée. Elle était rentrée, avait fait du café, et l'attendait, assise à la table, dans la salle.

— Que s'est-il passé ? s'inquiéta-t-elle alors qu'il n'avait pas encore refermé la porte.

Il empestait la fumée et était couvert de cendre. Il haussa les épaules.

— Ce que j'en sais, grogna-t-il. Mais enfin, je me doute.

— Tu crois ?

— Quelle autre raison ? Pas d'électricité, pas de liquides inflammables stockés. Même pas mes outils. Et ça brûle comme de l'étoupe. Tu vois une autre explication, toi ?

Les traits de Jeanne se durcirent. Elle blêmit légèrement. Il eut une grande envie de la prendre dans ses bras et de la rassurer en même temps que remuaient en lui une sorte de mauvaise conscience, un drôle de sentiment de culpabilité qui le poussaient à se faire tout petit.

D'ailleurs, dans l'état où il était, les gestes de tendresse n'étaient vraiment pas de mise.

— Va te recoucher, dit-il. Je vais prendre une douche et j'irai jeter un coup d'œil, par acquit de conscience, avant de venir te rejoindre.

Elle ne répliqua pas et disparut dans leur chambre

sans un mot. Cela lui ressemblait si peu que Pierre s'en sentit la gorge nouée.

Il se força à agir pour ne pas céder à l'obsession des mots et des idées qui lui tournaient dans la tête. La douche lui fit du bien. Il se rinça abondamment, se frictionna avec énergie comme si les gestes pouvaient effacer à tout jamais le souvenir même de cette cendre et de cette odeur.

Puis, en pyjama et en robe de chambre, il traversa le jardin, une lampe de poche à la main. La cabane à outils de ses souvenirs n'était plus qu'un tas de cendres d'une dizaine de centimètres de haut sous lequel on voyait encore rougeoyer doucement quelques braises.

Il n'y avait plus aucun risque. Pierre se résolut à aller se recoucher. Jeanne dormait. Ou du moins elle semblait s'être assoupie. Pierre se glissa à ses côtés et s'allongea sur le dos. Il croisa les mains sous sa nuque. Le sommeil, il le savait bien, n'était pas près de le rattraper.

Ce fut la première chose qu'il vit en ouvrant les volets des fenêtres de la salle qui donnaient sur la rue.

Un jour gris et triste se levait sous un ciel toujours aussi plombé et véhément. Il bruinait légèrement et cela rassura Pierre. Cette fois, le feu de la cabane à outils devait être bien éteint.

Du moins, dans ses braises. Car il y avait fort à craindre qu'il ne soit pas prêt à s'apaiser dans les têtes.

Il n'avait quasiment pas réussi à fermer l'œil depuis qu'il s'était recouché. Il se sentait lourd, épais, mal dans sa peau. Et, à voir les traits tirés et le regard vide de Jeanne, sans oser le lui demander, il supposait qu'il devait en être de même pour elle.

Elle n'avait pas desserré les lèvres depuis qu'ils s'étaient levés. Leurs gestes, bien rodés, étaient ceux de tous les matins. Pendant qu'elle préparait le café et les tartines de pain grillé, il disposait les bols, les cuillères, les couteaux, le beurrier, la confiture, et allait ouvrir les volets.

Et le couvercle de la boîte à lettres qui était légèrement entrouvert.

Elle le suivit des yeux lorsque, n'y tenant plus, il se précipita sur son trousseau de clefs et sortit. Il y avait bien sûr une enveloppe dans la boîte aux lettres. Il rentra en la tournant dans ses doigts.

C'était une enveloppe banale, sans adresse et néanmoins soigneusement cachetée. Sans prendre le temps d'aller chercher son canif, il se saisit d'un des couteaux du petit déjeuner et l'ouvrit. Elle contenait une feuille de papier pliée en quatre.

Jeanne, un torchon en main, rigoureusement immobile, fixait les mains de Pierre avec une telle intensité qu'il hésita un bref instant avant de déplier la lettre.

— Vas-y, dit-elle d'une voix sourde.

Il l'ouvrit, il la lut et la lui tendit. C'était écrit en gros caractères maladroits, visiblement déformés. Et ça disait :

La mort de ton chat ne t'ayant apparemment pas suffi, c'est ta maison qui y passera, comme ta cabane à outils, si tu continues à fourrer ton nez dans les affaires qui ne te regardent pas.

Ce n'était évidemment pas signé.

— Cette fois, je te le demande, tu vas me promettre de ne plus te mêler de ça.

Il avait fallu longtemps pour que viennent les mots. Installés face à face, comme tous les matins, ils avaient pris leur petit déjeuner sans échanger une parole. Et la force de l'habitude avait rendu leurs gestes presque naturels.

La lettre anonyme était restée là où Jeanne l'avait posée, au bout de la table, comme un reproche.

Les coudes sur la table, enserrant son bol de ses deux mains qui en captaient la douce chaleur, Pierre buvait son café au lait à petites gorgées, le regard perdu au fond de ses pensées.

— Promets-moi, insista Jeanne.

Les traits de son visage, ses yeux étaient étonnamment graves. Elle avait raison, bien sûr. Il fallait promettre. Jeanne avait toujours raison. Il fallait toujours faire ce que Jeanne demandait. Il le savait, l'admettait parfaitement bien, mais ne parvenait pas à s'y résoudre. Comment la raison pouvait-elle aller à l'encontre de la justice ? Comment pouvait-il être « raisonnable » de renoncer à rendre justice à Antoinette et même à ce pauvre Modem ?

Comment faire autrement ?

Le bol était vide. Pierre resta pourtant longuement encore immobile. Puis, tout doucement, il le reposa sur la table. Et il tourna un visage décomposé vers Jeanne.

— Tu peux être tranquille, dit-il d'une voix blanche. J'abandonne tout, je te le promets.

23

Il dut s'y faire. Il lui fallut apprendre à vivre avec la mauvaise conscience d'avoir cédé et d'avoir abandonné le souvenir d'Antoinette à l'injustice.

Il se jeta à corps perdu dans tous les travaux qu'il put trouver. Son nom fut plus présent, dans les journaux, qu'aux plus beaux temps de son activité. Tout lui était bon à sujet d'articles, de tribunes, de reportages, d'enquêtes, qu'il réalisait en se plongeant des jours entiers dans une documentation et une bibliographie foisonnantes qui encombraient son bureau, débordaient dans la salle et jusque sur sa table de nuit. Il ne se passait pas de jour sans qu'il ne télécopie le résultat de tout cela à quelques rédactions amies qui, en général, lui réservaient le meilleur accueil. Et il puisait un réel réconfort à se sentir encore « dans le coup ».

Allons, il n'était pas totalement oublié !

Il trouvait encore le temps d'entreprendre des tas de choses dans la maison. Et ses outils, qu'il avait la manie de laisser traîner, ajoutaient encore au laisser-aller dans lequel il semblait se complaire.

Jeanne, qui, en temps normal, n'aurait pas toléré

tout ce désordre dans son intérieur, se taisait. Elle laissait faire. Elle voyait bien qu'il lui fallait toute cette activité pour s'occuper l'esprit et ne pas céder à la tentation.

Ainsi passèrent de longues semaines d'hiver froides et tristes.

La neige ne revint pas. A tout prendre, pourtant, ils auraient préféré sa rude présence, ses dentelles de glace et ses lumières bleutées à la triste grisaille qui n'en finissait pas de traîner sa langueur sur le pays. Gorgé d'eau, le jardin était inabordable. Et le spectacle de la vallée, qui s'étirait au-delà du verger et de la maison des Lardret, n'avait plus d'attirant que sa mélancolie.

Il leur arrivait de plus en plus souvent de s'immobiliser devant une fenêtre de la salle et de se laisser prendre au rêve de longues promenades dans une nature enfin revenue de sa désespérance hivernale. A la forme des haies, au trait légèrement plus soutenu d'un talus, ils devinaient les chemins au long desquels l'envie d'aller montait en eux.

Puis, imperceptiblement, le réveil vint. Il leur fallut de longs jours pour réaliser enfin que les couleurs avaient changé. C'était à peine visible. Peut-être même n'était-ce que la lumière dont les tons, guère plus chauds, parvenaient enfin à souligner la folle envie de vivre qui reprenait le monde sans trop oser encore se montrer.

Les prétextes à mettre le nez dehors se firent de plus en plus nombreux. Méfiante, Jeanne fronça les sourcils lorsque, depuis la fenêtre de la salle, elle vit

Pierre tourner autour des ruines de la cabane à outils. Et elle se reprocha ses soupçons lorsqu'elle le vit rentrer arborant un large sourire.

— Tu sais, annonça-t-il triomphalement, je sais ce que je vais faire à la place de la cabane à outils. Au moins, ça servira à quelque chose.

— Ah bon ? dit-elle prudemment.

— Ouais, poursuivit-il, visiblement très satisfait de son idée. Je vais y construire une cabane pour les enfants. Ce sera leur domaine.

Les vacances de printemps approchaient. Et les deux familles, celle d'Eric comme celle d'Anne, avaient annoncé leur intention de venir passer quelques jours à Messangy. C'était la fête !

Il fallut encore que Pierre patiente quelques jours avant de pouvoir s'attaquer à son grand projet. Chaque matin, son premier soin, en se levant, était de consulter le ciel. Il s'obstinait à accumuler de lourdes nuées grises qui n'en finissaient pas de larmoyer de froides ondées sur la vallée.

Pourtant, sûre de son fait, la nature frémissait. Dans les creux abrités du vent et qu'irriguaient d'infimes ruisselets, la triste et pâle pelade des prés reculait devant de longues pelouses d'un beau vert soutenu qui se faisaient plus entreprenantes de jour en jour. Le jardin s'émaillait du semis désordonné des primevères et des perce-neiges. Et, chaque matin, Pierre, le nez au sol, l'arpentait méticuleusement, faisant le compte des crocus qu'il voyait pointer le bout de leurs feuilles charnues.

Au loin, au flanc des collines, une imperceptible

moisissure semblait gagner les futaies dont les bruns et les noirs marbrés de mauve laissaient leur grave nudité s'encanailler de reflets si tendres, si frais, qu'on hésitait encore à leur reconnaître une véritable existence. En lisière, l'or des genêts se mêlait déjà de quelques touches blanches de prunelliers ou d'aubépines risquant leurs premières fleurs.

Enfin, un matin, Pierre, en ouvrant les volets, poussa un cri de joie.

— Le beau temps ! s'exclama-t-il.

Il alla tapoter sur la vitre du baromètre : l'aiguille fit un petit bond sympathique dans le bon sens. Il revint à la fenêtre, observa le léger panache de fumée qui montait de la cheminée des Lardret : le vent avait tourné. Il était à l'est.

— Il va faire frisquet, mais sec, annonça-t-il triomphalement.

Et, se retournant vers Jeanne qui s'activait déjà à la préparation du petit déjeuner, avec un large sourire de gosse comblé, il ajouta :

— Aujourd'hui, je m'y mets !

Ce n'était pas une mince affaire. Il fallait d'abord dégager les ruines de la cabane à outils. A la pelle, à la fourche et au crochet, il en sortit des brouettes de cendres détrempées, de gravats et de poutres à demi calcinées qu'il dut transporter au fond du jardin, sur un dépotoir où tout cela et bien d'autres déchets finiraient bien de se consumer, le jour où il pourrait y allumer un grand feu purificateur.

Pour l'heure, tout était tellement imbibé d'eau qu'il n'en était évidemment pas question. Suant et soufflant, Pierre fut bientôt aussi sale qu'un chiffonnier. Mais il n'en avait cure. Totalement pris par son travail, il y mettait une ardeur un peu fébrile tout en tirant mentalement les plans de sa future construction.

Sous les ruines commençait d'apparaître la dalle de pierres cimentées qui avait servi de soubassement à la cabane à outils. Lavée des traces qu'avait pu y laisser le feu, elle ferait un sol superbe pour les jeux de ses petits-enfants. Il en jubilait d'avance et imaginait déjà ce qu'il faudrait de poutres, de planches, de chevrons et d'ardoises pour réaliser le nid douillet qu'il leur destinait.

« Tant qu'à faire, se disait-il, j'achète un bon lot de frisette et je leur double tout ça. Un peu de laine de verre entre les deux, ils y seront comme des rois pour jouer, été comme hiver. »

Pour un peu, il y aurait prévu le chauffage central.

Il était tellement absorbé par ce qu'il faisait et par ses projets que la voix de Jeanne le fit sursauter.

— Pierre ! Tu as de la visite.

Debout sur le perron, elle s'essuyait les mains à son torchon. Du menton et en fronçant les sourcils, il l'interrogea. « C'est qui ? » Elle haussa légèrement les épaules et eut une moue d'ignorance.

« Zut, pensa Pierre en abandonnant ses outils à regret. Un gêneur. C'est bien le moment. »

Il revint en maugréant et passa un nez prudent au coin de la porte.

— Eh bien, ça alors, Tonin ! En voilà une surprise.

Debout de l'autre côté de la pièce, triturant des deux mains sa casquette, le vieux bonhomme dansait d'un pied sur l'autre, manifestement très mal à l'aise. Un large sourire de soulagement illumina sa face ridée lorsqu'il vit apparaître Pierre.

— J'te l'avais bien dit, lança-t-il comme on se cramponne à une bouée de sauvetage. T'as pas voulu me l'amener, ta dame. Alors, je suis venu faire connaissance.

Jeanne, qui se tenait légèrement à l'écart, souriait doucement. Entre cet étrange visiteur, qui s'était trouvé bien embarrassé de la trouver seule à la maison, et son mari, qui, crotté comme un griffon, redoutait visiblement ses foudres s'il débarquait ainsi sur son beau carrelage bien propre, elle s'amusait beaucoup.

— Attendez, décida enfin Pierre. J'ôte mes bottes et je suis à vous.

— Je dérange... J'vois bien que je dérange. Je repasserai, si tu veux.

— Mais non, vous ne dérangez pas. Ça m'est bien arrivé, à moi, d'arriver chez vous quand vous n'y étiez pas.

L'allusion fit sourire Tonin et le mit un peu plus à l'aise. Il consentit enfin à accepter la chaise que lui proposait Jeanne.

— Alors, comme ça, vous êtes venue vivre dans notre pays ? dit-il pour oublier la gêne.

— Eh oui, confirma Jeanne.

— C'est pas trop dur ? Vous vous y faites ?

— Ma foi ! Vous voyez.

Elle eut de la main un large geste qui exposait tout son intérieur propret et désormais bien installé.

Pierre, en chaussons, revenait de son atelier où les bottes étaient consignées. Il voulut faire les présentations en bonne et due forme.

— Mon épouse, Jeanne ; Tonin, Blanchot, du Cra.

Il n'obtint pour seul résultat que de figer à nouveau le vieux bonhomme, que ces façons déboussolaient complètement. Il y eut un long silence gêné. C'en fut de trop pour Jeanne, qui finit par éclater de rire. Tonin ne savait plus où se mettre. Et Pierre, éberlué, demandait visiblement à comprendre.

— Tu ne vois pas que tu arrives un peu tard, avec tes présentations ? finit par expliquer Jeanne. On ne t'a pas attendu pour faire connaissance, ton ami Tonin et moi. Pas vrai, monsieur Blanchot ?

— Oh là ! Il n'y a pas de monsieur, ici. Il y a Tonin. On avait bien commencé. Continuons donc.

Ce fut au tour de Pierre de rire. La glace, décidément, n'avait pas été longue à être rompue.

— Qu'est-ce qu'on vous offre, Tonin ?

— Bah, c'est pas trop l'heure, mais enfin, un petit café, avec une petite goutte de votre voisin, ce ne serait pas de refus.

Puis, se tournant vers Pierre :

— J'ai profité de la voiture du boucher pour descendre. Tu me remonteras bien.

Il faudrait bien que la cabane des petits-enfants attende.

— Et alors, quoi de neuf ? embrayait-il aussi vite en s'accoudant sans façon à la table. A ce qu'on m'a dit, t'as eu le feu ?

Elle était bonne, celle-là ! Et Pierre en restait sans voix. Personne n'avait bougé, personne n'avait réagi autour d'eux. Et le pays était tout de même tellement au courant que la nouvelle en avait couru jusqu'au Cra.

— Eh ben ! s'exclama Tonin. Ça t'étonne, toi ? Faut bien que tu sois un naïf de la ville. Ils t'attendaient tous au virage, mon petit gars. Ils étaient tous là à l'affût, chez l'Alfred ou ailleurs, à attendre que tu viennes te plaindre ou réclamer, comme tu l'as trop fait jusque-là, c'est moi qui te le dis.

— Seulement, je n'y suis pas allé.

— Et, pour une fois, t'as bien fait. Mais moi, je peux te dire que les langues vont bon train, tu peux me croire.

Pierre, obstinément, s'appliquait à ne pas rencontrer le regard de Jeanne dont il devinait pourtant qu'il le cherchait avidement.

— Et qu'est-ce qu'elles disent, les langues ? demanda-t-il sans hésitation, malgré sa promesse.

— Elles disent que te voilà renseigné. Maintenant tu sais.

— Ah bon ?

— Et je pense comme elles.

— Ah bon ?

— Fais pas la bête, tu veux. Qui veux-tu ? Il t'a menacé en pleine rue, devant tout le monde. Dis pas le contraire, je le sais.

— Il ne m'a pas menacé.

— Quoi alors ?

— Il m'a prié de ne pas m'occuper de ses affaires.

— C'est du pareil au même.

Les tasses, le sucre et les cuillères, en arrivant sur la table, s'y entrechoquèrent plus bruyamment que de coutume. Et la cafetière, comme par hasard, vint même frôler d'un peu trop près la main de Pierre. Il la retira vivement.

— Oh ! Ça brûle.

— Ah bon ?

Il lui avait bien fallu rencontrer, cette fois, le regard de Jeanne. Il était résolument à l'orage. Pierre, pourtant, était lancé. Il voulut l'ignorer.

— Alors, comme ça, pour vous, c'est le Lardret qui a fait le coup ?

— Et alors, fit Tonin en se sucrant. Remarque, ajouta-t-il aussitôt, à la réflexion, c'est pas si invraisemblable que ça. Je sais ce que tu penses de l'affaire de la Libération. Bien sûr qu'on n'a pas été surpris par l'attaque des Boches. On était prévenus. Je te l'ai dit, c'est Vulcain lui-même qui avait monté le coup. Mais, ce que je t'ai dit aussi, c'est qu'il n'a pas voulu nous expliquer comment il s'y était pris pour les attirer dans ce guêpier-là. Qui te dit qu'il n'a pas utilisé le Guérande ? Qui te dit que ce n'est pas sur ordre de Vulcain qu'il est allé faire celui qui trahissait auprès de ses copains de la Kommandantur ?

— Si c'était sur ses ordres, il ne risquait rien.

— Qu'est-ce que t'en sais ? D'abord, le Guérande, il n'avait pas les mains tout à fait propres non plus, faut pas dire. Il avait trafiqué tant et plus, pendant toute la guerre. Bien sûr qu'il a rendu des services au maquis. Mais ça n'empêchait rien. Et puis, tant que c'était entre eux, entre le Vulcain et lui, bon, ça allait. Mais quand il a vu que l'Armand s'en mêlait, qu'il était au courant, c'est qu'il a eu des raisons de paniquer, notre homme. Tu sais, quand c'est sur la place publique, ces choses-là, surtout en des temps pareils…

Pierre, perplexe, contemplait le vieux d'un œil dubitatif. Alors, ainsi, les thèses se retrouvaient ? Et Tonin, en somme, lui tenait un discours bien près de concorder avec celui de monsieur Armand. Plus rien, dans tout cela, ne venait en contradiction avec ce que rapportait Georges Drimont ou avec les affirmations d'Amédé. Philippe Guérande avait tant mangé à tous les râteliers qu'il avait fini par se faire prendre à ses propres embrouilles. En fin de compte, un triste petit magouilleur de village comme il y en avait tant eu.

Et le cambriolage ? Après tout, au point où on en était, la thèse de monsieur Armand, pour tirée par les cheveux qu'elle ait pu lui paraître au premier abord, finissait par prendre du poids, sinon toute sa crédibilité.

Restait la lucarne…

— Oh, jamais tu mets la goutte, après le café ?

C'était que le Tonin, il ne l'oubliait pas comme ça, la prune à monsieur Armand. Et ce grand breulot de Pierre qui restait planté là devant lui à rêvasser ! « J'm'en vas te le réveiller, moi ! »

— Bien sûr ! Excusez-moi, s'empressa Pierre en se levant.

Il faillit buter dans Jeanne qui, sachant très bien où il allait, s'était plantée en travers de son chemin.

— Tu m'avais promis, dit-elle dans un souffle.

Il l'offusqua en se contentant de lui répondre par un clin d'œil qui se voulait espiègle et en la contournant, une main posée sur son épaule.

Il servit la goutte. On en dégusta quelques brèves lichettes en silence.

— Vrai qu'elle est bonne, dit Tonin. Presque autant que celle de son père.

— Presque, confirma Pierre.

— T'as essayé celle à l'Arsène ?

— Il m'a fait goûter.

— C'est quelque chose, hein ?

— C'est vrai, admit Pierre.

Tonin tournait vivement sa tasse pour bien dissoudre le sucre restant dans l'eau-de-vie.

— Eh ben, dit-il tout à coup. Te voilà tranquille, à cette heure. Et Madame aussi. Pas vrai, Madame, que vous voilà tranquille ?

Ils le dévisageaient tous les deux sans bien comprendre. Légèrement de biais sur sa chaise, un coude sur la table et une main solidement plantée sur les genoux, il adressait à Jeanne le sourire le plus éclatant qu'il ait pu trouver.

— Ben oui, quoi, vit-il la nécessité d'expliquer. Maintenant, plus besoin de chercher. Vous savez à quoi vous en tenir. Ah, sûr, on préférerait avoir des voisins plus rutilants. Mais, quoi, on ne choisit pas, pas vrai ? Faut faire avec. Remarque, Pierrot, t'as voulu savoir. Moi, je te comprends. C'est normal, il n'y a pas à en revenir. Mais, maintenant que tu es au courant, tu sais ce qu'il te reste à faire.

— Dites voir ?

— Eh ben, gamin, c'est pourtant pas compliqué. Tu les ignores, tu fais comme s'ils n'étaient pas là, voilà tout. Comme ça, vous aurez la paix. N'est-ce pas, Madame, que c'est ce qu'il faut faire ? C'est que c'est pas des affaires drôles, tout ce qui vous est arrivé. Moi, pour tout dire, je vous trouve bien courageuse. J'en connais plus d'une qui n'aurait pas tenu. Maintenant, il est temps que vous ayez la paix. T'entends, Pierrot ? C'est fini, toutes ces histoires-là.

T'as rien d'autre à faire qu'à laisser courir. Qu'est-ce que tu veux faire d'autre ?

Jeanne aurait embrassé le vieux bonhomme. C'était donc pour ça qu'il avait ainsi débarqué.

— D'abord, dit-elle, il n'y a pas plus de Madame que de Monsieur. Il y a Jeanne, un point c'est tout. Ensuite, Jeanne, elle vous dit un grand merci. C'est vous qui avez raison. Et, puisque vous le lui dites, peut-être bien que vous arriverez mieux que moi à lui faire entendre raison.

Pierre n'avait pas bougé. Lui aussi faisait tourner sa tasse pour dissoudre le sucre du café dans le restant d'alcool, mais son geste était machinal.

— Et la lucarne ? demanda-t-il soudain.

Cette fois, Jeanne se sentait forte de la présence d'un allié. Elle tapa sèchement du pied sur le carreau.

— Tu nous embêtes, avec ta lucarne. Tu n'as pas à t'en mêler. Tu ne peux pas empêcher les gens de faire ce qu'ils veulent chez eux.

— Quitte à te rendre complice d'une séquestration ?

— Qu'est-ce que tu en sais ?

Il ne put que se taire.

— Remets-en donc une lichette, fit Tonin en tendant sa tasse vers la bouteille.

Pierre le servit, s'en reversa une goutte.

— Tu ne veux pas goûter ? demanda-t-il à Jeanne.

Elle eut une grimace horrifiée.

— Tu sais bien que non.

Tonin trempa ses lèvres dans la tasse et la reposa doucement sur la table.

— Jeanne a raison, dit-il. Tu ne sais rien de ce qui se passe derrière cette lucarne. Et ce n'est pas ton affaire. Tu sais, ces gens-là… Comment dire ? Ils ne sont pas comme nous, voilà tout. Laisse-les donc vivre comme ils l'entendent et ne t'en occupe pas. Tu seras bien plus tranquille. Et ce sera mieux comme ça, crois-en le vieux Tonin.

Ils finirent de déguster leur prune en silence. Jeanne était devant ses fourneaux, silencieuse elle aussi.

Allons, qu'y avait-il encore à dire ? L'affaire était entendue.

— Bon, s'exclama enfin Tonin, c'est pas de tout ça, mais moi, je ne suis pas d'ici. Tu me remmènes ?

Jeanne tint à lui faire la bise. Ses vieilles rides en furent rouges de confusion. Il fallut encore lui promettre de venir le visiter au Cra.

— Au printemps, bien sûr, quand il fera meilleur, je vous attends, insista-t-il. Je compte sur vous.

Il n'oublia pas son bâton qu'il avait laissé au coin de la porte et le coinça entre ses jambes en s'installant dans la voiture.

— J'ai laissé mes sacs à la supérette. Tu m'y arrêtes ?

Lorsque Pierre revint, Jeanne tricotait au coin de la table en l'attendant.

— Quelqu'un de bien, ton copain Tonin, dit-elle en rangeant son tricot.

24

La cabane des petits-enfants dut attendre.

Monsieur Armand avait pourtant prévenu. Il faisait bien trop doux à la Chandeleur pour que l'hiver persiste encore longtemps. Et, en quelques jours, tout fut à faire dans le jardin.

Ce n'était pas tout d'avoir décrété que le potager d'Antoinette serait rendu à son ancienne vocation. Encore fallait-il, avant de pouvoir prétendre le bêcher, le débroussailler et extirper du sol bon nombre de souches aussi sauvages que teigneusement agrippées à la terre qu'elles avaient squattée.

Et puis, dans le même temps ou presque, il devint urgent de tailler les arbres. Depuis le temps qu'ils n'avaient pas connu pareil émondage, c'était un indispensable service à leur rendre si l'on voulait que leur présence puisse encore justifier le terme de verger par lequel on désignait la longue bande de terrain pentu qu'ils occupaient sous le jardin.

Jeanne prit les rosiers en charge. Il y avait, là aussi, fort à faire, mais la première urgence était de ramener à la raison la haie qui longeait la rue. Seule la tronçonneuse pouvait y parvenir. Et Pierre se refusait catégoriquement à laisser son épouse manipuler cet engin dont il avait décrété une fois pour toutes qu'il était dangereux.

Il lui fallut donc faire face à tous ces travaux tout à coup indispensables. Et ses journées n'y suffisaient plus. Jeanne ne le voyait plus qu'aux heures des repas. Il réapparaissait alors crotté comme un barbet, le teint cuivré et l'œil vif. Car, malgré ses hauts cris et son inquiétude, dont il lui rebattait les oreilles, de ne pas venir à bout de tout cet ouvrage, il était heureux comme un roi et n'aurait pas cédé pour tout l'or du monde la fatigue qu'il ramenait de toute cette débordante activité.

Ses articles et sa chronique hebdomadaire en souffrirent bien un peu. Etonnés, ses correspondants parisiens durent lui rappeler ses engagements. C'était bien la première fois que cela lui arrivait. Grognant et pestant, vexé d'être pris en faute comme un écolier qui a négligé ses devoirs, il fut bien obligé de s'y mettre.

Et le retard qu'il prenait alors ne faisait que reporter encore à un avenir de plus en plus incertain le jour où il pourrait enfin se remettre à l'édification de cette fameuse cabane. Il y tenait, pourtant. Et ce n'était pas sans appréhension qu'il voyait approcher la date des vacances de printemps.

— Tu te rends compte, disait-il à Jeanne. Si je n'arrive pas à m'y mettre à temps…

— Et alors ? tentait-elle de temporiser.

— Mais je leur ai promis.

— Tu ne leur as rien promis du tout. C'est dans ta tête que tu leur as promis.

— Ça revient au même, affirmait-il avec la plus parfaite mauvaise foi.

Imperturbablement, pourtant, le printemps venait, parfaitement insensible à son impatience qui montait.

Il arrivait encore qu'il gèle durant la nuit. Et les journées restaient fraîches. L'hiver, c'était évident, livrait son dernier combat. Il parvenait à maintenir sur le pays une grisaille triste et sale dont débordaient parfois des averses glacées. L'air était sans cesse brassé de vents contraires. Parfois, en grandes gifles froides et humides, ils semblaient fondre des collines dont ils agitaient les épaisses frondaisons qu'on entendait geindre et se plaindre.

Puis, sans transition ou presque, de grandes caresses tièdes remontaient la vallée. Alors s'élevait une formidable vibration de vie. L'instant d'avant ployés sous la bourrasque, les arbres paraissaient s'épanouir en palpitantes corolles aspirant déjà au lourd bonheur des fruits de l'été. Dans les haies, couraient des frissons, et le chant des oiseaux devenait impérieux, au diapason de l'ardeur d'aimer qui les saisissait.

C'était comme une lave de vie qui, quoi que fassent les dernières défenses de l'hiver, s'épanchait lentement, à son rythme, sûre de son fait, sur toute la vallée.

Un court instant, Pierre suspendait ses gestes. Où qu'il soit, bataillant ferme contre les souches du potager, perché dans un arbre fruitier ou s'échinant à rendre à la haie une forme civilisée, il s'octroyait quelques instants de ravissement. Tournant la tête au vent, il humait l'air à pleins poumons. Lui aussi sentait son sang bouillonner de toute cette vie renaissante.

Ses inquiétudes étaient loin. Tonin, en somme, était intervenu au bon moment. En quelques mots, il avait fourni à Pierre la cohérence qui lui manquait pour que deviennent compatibles les points de vue des uns et des autres. Ah, bien sûr, il n'avait pas eu le plaisir de mettre la main au collet de ceux qui avaient cambriolé la maison d'Antoinette comme de l'immonde empoisonneur de Modem.

Il pensait pourtant avoir assez de solides présomptions pour pouvoir accepter, en fin de compte, que les gens du pays n'étaient pas allés trop vite en besogne en accusant les Guérande puis le colonel Lardret de toutes les vilenies. N'en déplaise à son ami Marc Thévenot, il devait y avoir, derrière les apparences de cet homme, une personnalité d'une rare complexité. A moins que le fait d'épouser Thérèse l'ait contraint, pour des raisons aussi sombres que toute cette affaire, à épouser du même coup le comportement des Guérande.

Tortueux sinon tordu ! Pierre en convenait, mais il n'avait pas d'autre explication. Et dès lors que celles que lui avaient proposées les gens du pays se retrouvaient contenues dans un faisceau suffisant de vraisemblances, il n'avait plus d'autre choix que de s'en satisfaire.

Même si demeurait l'énigme de la lucarne.

A plusieurs reprises, alors qu'il travaillait à son bureau tard le soir pour compenser les journées passées au jardin, il avait encore surpris le rai de lumière s'échappant du rideau mal tiré. Depuis que Tonin lui avait fait admettre qu'il n'y avait pas de réelle contradiction entre les différents récits qui lui avaient été faits de l'affaire Guérande, il parvenait mieux à se ranger au point de vue de Jeanne. Rien d'autre que des ragots sans fondement lui permettait de soupçonner une séquestration qu'en tout état de cause il n'avait pas les moyens de vérifier. Alors...

Le jardin lui donnait bien assez d'occupations pour que son esprit puisse se libérer quelque peu de l'obsession dans laquelle il s'était laissé progressivement enfermer depuis que s'étaient accumulés autour de lui tous ces petits mystères.

Enfin, un matin, deux semaines avant les vacances de printemps et l'arrivée des petits-enfants, Pierre décréta :

— Cette fois-ci, je m'y mets !

Dans l'intimité paisible de la grande salle dont ils avaient laissé les volets et les rideaux clos et au fond de laquelle le feu ronflait gaiement, ils en étaient à partager leur petit déjeuner, en tête à tête, comme tous les jours. Encore en robe de chambre, Jeanne se prélassait, pas du tout pressée de quitter un état de demi-sommeil dont rien ne justifiait qu'elle ait à en abandonner trop vite le douillet confort.

— Tu te mets à quoi ? demanda-t-elle machinalement.

— Eh bien, à la cabane des enfants, voyons. A quoi veux-tu que je me mette ?

Elle éclata d'un rire un peu nonchalant.

— Bien sûr ! A quoi je pense ? La cabane des enfants. J'allais oublier.

— J'y tiens, insista-t-il, vaguement ulcéré par le ton taquin qu'elle avait pris.

— Mais tu as tout à fait raison, admit-elle. Tes arbres sont finis ?

— Oui. Le verger est taillé. La haie aussi. Reste le potager. Mais il peut attendre. Je préfère la cabane des enfants.

— Eh bien, va pour la cabane des enfants. Si tu veux, je viendrai t'aider tout à l'heure.

— C'est ça, tout à l'heure.

Il était déjà debout, pliait à peine sa serviette et se sauvait.

— Bon courage ! lui lança-t-elle.

S'il entendit, la porte fermée à la volée mangea sa réponse.

Une fois totalement débarrassée des ruines de la cabane à outils, la dalle sur laquelle elle s'appuyait confirma à Pierre qu'elle ferait un sol parfait pour accueillir les jeux de ses petits-enfants. Elle était faite d'épaisses pierres de granit grossièrement taillées, que liait entre elles un solide mortier.

Lorsqu'il l'eut lavée puis énergiquement brossée, il put constater qu'une seule de ces pierres, au fond à gauche de ce qui était jadis la cabane à outils, était descellée.

« J'aurai bien l'occasion de faire du ciment un de ces jours, se dit-il. Je viendrai lui refaire un joint. »

Il fallut dresser un plan, faire l'inventaire précis des matériaux nécessaires, rassembler ceux dont il disposait, atteler la remorque derrière la voiture pour aller faire l'emplette, en ville, de ceux qui lui manquaient. C'était à peine si suffisait son énergie pourtant débordante à l'accumulation de toutes ces tâches. Elles l'accaparaient plus encore, si faire se pouvait, que les travaux de jardinage que lui avaient imposés les prémices du printemps.

Celui-ci, d'ailleurs, se confirmait. Il ne faisait pas encore bien chaud, mais couraient dans l'air et dans la lumière d'étranges flux vaguement enivrants qui faisaient naître parfois l'envie folle d'ignorer le thermomètre, de tomber la veste, de retrousser les manches et de s'abandonner à la jouissance qu'il y avait à sentir bouillonner de toute part et en soi-même le réveil de la vie.

En quelques jours, la charpente de la cabane fut dressée. Monter alors ses murs en solide bardage de planches d'épicéa fut l'affaire de deux autres journées. Et lorsque la dernière ardoise eut trouvé sa place sur le toit, Pierre, que le retour de la pluie n'inquiétait plus, put paisiblement s'attaquer aux finitions qui sont, comme chacun le sait, ce qui prend le plus de temps.

Il perça deux fenêtres sur les murs de côté, monta une porte solide, tira une ligne d'alimentation électrique depuis la maison et, enfin installé dans un espace clos et sec, s'attaqua à l'isolation et aux cloisons de frisette.

— Ils auront leur cabane en arrivant ! put-il

annoncer triomphalement à Jeanne, deux jours avant les vacances.

— Tiens, dit-elle. Tu accrocheras ça aux fenêtres.

Elle avait préparé d'adorables petits rideaux de vichy rouge bordés de délicates dentelles.

— Superbes ! Ils vont être comme des rois.

Un pouf, quelques coussins, deux ou trois tapis compléteraient encore le confort des enfants et avaient surtout, pour l'heure, l'inappréciable avantage de combler d'aise les grands-parents.

Restait pourtant cette pierre descellée. Pierre, à vrai dire, l'avait un peu oubliée. Et c'est en installant les tapis qu'il la remarqua à nouveau.

« J'ai encore le temps », se dit-il. Et il alla vite chercher les outils nécessaires. La pierre ne fit aucune difficulté pour sortir de son logement. Pierre la posa à côté de lui et, à genoux sur le dallage rustique, il se mit en devoir de nettoyer soigneusement la cavité pour que le joint de ciment, par lequel il comptait la refixer, trouve un support suffisamment ferme.

Il avait posé un seau près de lui et y vidait soigneusement les gravas et les poussières qu'il sortait du trou. Tout à coup, la petite pelle de jardin dont il s'aidait heurta quelque chose de dur. Elle glissa sur une surface plane en émettant un étrange grincement. Surpris, il resta quelques instants l'outil en l'air, tentant de discerner au fond de l'excavation ce qui pouvait bien avoir rendu ce son. Il vida sa pelle dans son seau et refit le même geste. Cette fois, il n'y eut plus de doute. Quelque chose de métallique et de lisse se cachait sous les débris. Il posa la pelle et continua son travail à la main.

Il ne lui fallut pas longtemps pour mettre au jour le

couvercle à peine rouillé d'une de ces grandes boîtes métalliques dans lesquelles, jadis, à l'invitation des grands-mères, les enfants plongeaient des mains gourmandes à la recherche des croustillantes galettes qu'elles avaient pour mission de tenir à l'abri de l'humidité et de toutes les convoitises.

Pierre, étonné, dégagea méticuleusement la boîte. Il eut tôt fait de la sortir de sa gangue de poussière et de débris de toutes sortes et de l'attirer à lui. Il la posa précautionneusement sur le dallage, devant lui, l'épousseta encore une fois, et souleva son couvercle.

Elle contenait plusieurs liasses de lettres soigneusement attachées de petits cordons roses à la couleur défraîchie. Il les identifia pourtant immédiatement. Il n'avait eu aucune hésitation. Le souvenir s'était imposé à lui avec une effrayante netteté. Il les revoyait dans les mains d'Antoinette, alors qu'il n'était encore que son « petit Paris ».

Ses mains tremblaient lorsqu'il se saisit du premier paquet de lettres et qu'il le sortit de la boîte. Il était intact. Et si l'écriture des enveloppes avait légèrement passé, pas une seule trace d'humidité ne venait en brouiller la lecture. Il lui fallut un long moment avant d'oser dénouer le cordon rose.

Jeanne crut un instant à un accident en voyant Pierre revenir. Elle ne l'attendait pas si tôt. Et puis, cet air grave, ces traits tirés, cette pâleur...

— Pierre ! Qu'est-ce qui se passe ? Ça ne va pas ? Tu ne te sens pas bien ?

Silencieux, debout sur le paillasson dont il n'osait

pas faire déborder ses bottes crottées, il tendait à bout de bras la boîte à galettes bretonnes.

— Tiens, dit-il. Prends ça.

Il y avait tant d'émotion dans sa voix qu'elle en paraissait tout éraillée. Jeanne vint prendre la boîte.

— Qu'est-ce que c'est ?

Il bataillait avec le tire-botte.

— Ouvre. Regarde. J'ai trouvé ça sous une pierre de la dalle de la cabane à outils.

Les lettres du paquet dont il avait dénoué le cordon se répandirent sur la table. Debout côte à côte, ils contemplaient sans oser toucher. Il fallut à Pierre un réel effort de volonté pour se pencher vers la table et prendre délicatement une des enveloppes, au hasard.

Elles étaient toutes strictement identiques et toutes ouvertes du même couteau qui avait laissé, sur chacune des lèvres de sa coupure, d'infimes friselis de papier. Toutes étaient adressées à Antoinette Billaud, à Messangy, France. Et toutes les adresses étaient rédigées de la même écriture assez ample, un peu molle, mais non dénuée d'élégance. Toutes venaient d'Allemagne.

— Madeleine Guérande, dit Pierre d'une voix blanche.

25

Pourquoi donc Antoinette Billaud avait-elle éprouvé le besoin de cacher ainsi les lettres que lui avait adressées Madeleine Guérande ?

La question était venue tout de suite à l'esprit de Pierre. Mais, de longtemps, il n'eut pas le loisir de lui chercher une réponse. Jeanne, d'ailleurs, à qui cette découverte n'avait évidemment pas l'heur de plaire, y veilla.

Le joint en ciment qui scellait à nouveau la pierre, au fond à gauche de la cabane des enfants, était à peine sec lorsque leurs cris de joie emplirent le petit édifice construit par le grand-père. Celui-ci était aux anges, même si, bien malgré lui, ne le quittait pas la brûlure soudain ravivée des questions et des angoisses.

Jeanne avait obtenu qu'il range la boîte dans son bureau, au plus haut de ses étagères, et qu'il n'y touche pas de toutes les vacances.

— On a autre chose à faire, répétait-elle.

Et elle concédait :

— Tu reprendras tout ça quand les enfants seront repartis.

Bien sûr qu'elle avait raison. Jeanne, d'ailleurs, avait toujours raison. Alors Pierre était allé percher la boîte à galettes de Pont-Aven sur la plus haute de ses étagères. Il n'en avait plus parlé et il avait honnêtement tâché de ne plus y penser.

Cela, pourtant, était au-dessus de ses forces. Et la question persistait à le tarabuster : pourquoi donc Antoinette Billaud avait-elle éprouvé le besoin de cacher ainsi les lettres de Madeleine Guérande ?

Avant même de l'avoir lu, la seule existence de cet abondant courrier lui indiquait plusieurs choses sans le moindre risque d'erreur. Madeleine Guérande et Antoinette, malgré ce qui s'était passé, avaient gardé d'excellentes relations. Sinon, comment expliquer toutes ces enveloppes soigneusement rangées et n'existant en si grand nombre que parce que chacune d'entre elles était, à l'évidence, une réponse à la missive correspondante d'Antoinette.

Ce seul fait détruisait déjà presque totalement la thèse de la culpabilité de Philippe Guérande dans l'affaire du maquis. Joseph Billaud, qui en était, n'aurait pas toléré que s'éternise ainsi cette correspondance. D'ailleurs, Antoinette n'aurait pas attendu qu'il s'en mêle pour rompre tout rapport, s'il s'était avéré qu'une quelconque crédibilité pouvait être attachée à cette accusation de trahison. Cela rendait aussi plus que douteuse l'hypothèse du cambriolage monté par les Guérande depuis l'Allemagne, à la mort d'Antoinette.

A moins que ces lettres fassent mention de ce qui pouvait revêtir une telle importance qu'il fallait à tout prix les récupérer avant qu'elles ne tombent entre les mains des héritiers. Et si c'était pour cela qu'Antoinette était venue les cacher sous la pierre descellée de la cabane à outils ?

Pierre n'en pouvait plus de toutes ces questions qui se heurtaient en lui. Il ne parvenait pas à leur échapper. Et il s'exaspérait d'en savoir les réponses probablement là, à portée de sa main, sur ses étagères, et de ne pas pouvoir partir à leur recherche.

Au point que, bien entendu, cela se ressentait dans son comportement.

— Oh, grand-père, qu'est-ce qui se passe ? Tu t'es levé du mauvais pied, ce matin ? osa même lui lancer Anne, un jour qu'il s'était montré un peu trop bourru avec ses petits-enfants.

Sur l'instant, Jeanne ne dit rien. Mais dès qu'ils furent en tête à tête, elle revint à la charge.

— Ecoute, Pierre, l'entreprit-elle, tu es insupportable. Tu ne peux pas oublier toute cette affaire durant quelques jours, pendant que les enfants sont là ? Tu en deviens grincheux. Vraiment, ce n'est pas agréable. Ce n'est pourtant pas ton genre.

Il ne put se résoudre à faire amende honorable.

— Ce n'est pas mon genre non plus de me trouver confronté à pareille affaire. Tu devrais le comprendre.

— Alors, tu vas nous mener une vie impossible comme ça pendant tout le temps où ils seront là ?

— N'exagère pas, tu veux. Je ne vous mène pas une vie impossible. Je suis préoccupé, je l'admets, mais ça arrive à tout le monde, non ?

Pour Jeanne, il était évident que ça ne devait pas

arriver pendant qu'enfants et petits-enfants égayaient la maison.

— Ils sont tout le temps à me demander ce qui t'arrive. Que veux-tu que je leur réponde, moi ?

Il eut un geste exaspéré de la main.

— Dis-leur ce que tu veux, que je suis fatigué, que j'ai des problèmes de travail, je ne sais pas, moi. Débrouille-toi pour trouver quelque chose.

Elle en resta bouche bée. Jamais Pierre n'avait été comme ça. Du même coup, elle mesurait toute l'importance qu'il attachait à cette affaire. Et elle connaissait trop sa clairvoyance pour douter des bonnes raisons qu'il avait à cela.

— Je me débrouillerai, dit-elle. Mais toi, de ton côté, tâche de faire un petit effort.

Elle lui avait pris la main et l'avait fortement serrée dans la sienne. Il se tourna vers elle et lui sourit.

— Je tâcherai, promit-il.

Il tint parole.

Par chance, le temps persistait à être supportable. Il lui arrivait bien de céder, une fois ou deux par jour, au malicieux plaisir de laisser une ondée traverser la vallée, mais c'était sans la moindre méchanceté.

Tout juste un prétexte, pour les enfants, à se réfugier dans le petit univers bien sec et douillet que Pierre leur avait construit. Il faisait mine de les y suivre. Ils se récriaient. C'était chez eux et chez personne d'autre, même pas grand-père. Et il n'avait plus qu'à traverser le jardin au pas de course, sous la pluie, pour venir rejoindre Jeanne, ses enfants et ses beaux-enfants dans la grande salle.

Et la pluie passait. Le soleil ne revenait pas pour autant. Le ciel restait obstinément bouché. D'un gris laiteux, il semblait tenir fermée sur la vallée une épaisse couverture sous laquelle, dans une chaleur encore discrète, mais un peu moite, bouillonnaient toutes les ardeurs du printemps et s'exhalaient toutes les puissantes senteurs de la vie.

— Et si on allait se promener ? lançait Pierre du haut du perron lorsque s'ouvrait à nouveau la porte de la cabane.

On allait se promener. C'était d'ailleurs là sa nouvelle découverte. Trop pris par son travail de bureau, par le jardin et la maison, il n'avait jamais pu entreprendre les expéditions que lui suggéraient les innombrables chemins qu'il voyait s'ouvrir au bord des routes. Les haies et les talus qui les bordaient semblaient avoir un malin plaisir à en dissimuler la continuité derrière le premier virage. Vers où allaient-ils ? Quels hameaux perdus se révéleraient, au bout de leur enchantement ? Sur quels paysages à couper le souffle s'ouvriraient-ils ?

Les enfants, qu'il fallait bien occuper, étaient la plus belle raison qu'il puisse trouver pour entreprendre enfin ce qui lui apparaissait comme une nouvelle conquête de son pays. Certes, lorsqu'il était enfant, il avait dû les courir, tous ces chemins qu'il brûlait de redécouvrir. Curieusement, il lui semblait pourtant ne pas les reconnaître.

Les haies avaient tellement poussé, tant de champs, jadis soigneusement cultivés, étaient désormais ensevelis sous de tristes, froides et sombres futaies de sapins de Douglas. Les attelées de vaches tirant les rustiques chars à ridelles avaient disparu. Et ce qu'on avait le plus de chances d'y rencontrer étaient de monstrueux engins forestiers dont les pneus gigantesques labouraient les chemins et y creusaient des ornières en forme de fondrières. Des pistes accessibles aux lourds camions grumiers barraient les versants de leurs tristes rubans gris, embrouillant le vieux schéma des chemins de toujours que gagnait peu à peu la broussaille.

Pierre savait tout cela. Il n'en brûlait pas moins de repartir à la conquête de cette immensité de prés et de forêts tant il lui semblait qu'il ne retrouverait jamais totalement son pays s'il n'en reprenait pas l'exacte mesure.

Bien sûr, avec les enfants, plus occupés à jouer ou à cueillir des fleurs qu'à marcher, on ne s'éloignait guère de la maison. On ne dépassait pas les prés bordés de haies dont les troupeaux de lourdes charolaises blanches reprenaient possession après la longue claustration hivernale.

Il s'étonnait de ne plus trouver les minuscules enclos bordés de murets de pierre dans lesquels les paysans de l'époque tenaient leurs trois ou quatre vaches. C'était maintenant d'immenses étendues d'herbe que maculaient de larges touffes de ronces et les lambeaux brunâtres des fougères brûlées par le gel. Dans les fonds, les bêtes pataugeaient souvent dans de véritables marécages qu'aucune rigole ne venait plus drainer. Jeanne s'en offusquait.

— Les pauvres bêtes, disait-elle. Tu te rends compte ? Ils pourraient tout de même sécher tout ça.

Pierre, qui revoyait Joseph peinant à longeur de journée sur son large tranchoir dégoulinant de boue, au long des rigoles qu'il nettoyait ainsi tous les ans, prenait la défense des agriculteurs.

— Ils ne sont plus assez nombreux, disait-il. C'est un travail de Romain que d'entretenir ces rigoles. Ça pouvait aller quand il y avait suffisamment de bras sur des exploitations toutes petites. Mais maintenant, tu penses ! Ils sont seuls sur des surfaces immenses. Comment veux-tu qu'ils s'en sortent ?

— Ils ont des tracteurs.

Pierre éclatait de rire.

— Bien sûr, mais les tracteurs ne remplacent pas les bras. Et surtout ils ne passent pas toujours là où un homme passait. Dans des fonds comme ceux-là, ils s'enliseraient, les tracteurs. Et puis, dans les travers les plus raides, ils ne fauchent plus les ronces. Tes tracteurs, ils s'y retourneraient. Il y a souvent des accidents, d'ailleurs. Il y a des choses auxquelles ils ont dû renoncer. Je ne pense pas qu'ils s'y soient résolus de gaieté de cœur.

Jeanne, qui marchait à ses côtés, tourna vers Pierre un regard étonné.

— Tu les défends ?

Il marqua un temps d'hésitation.

— Peut-être, dit-il enfin.

— Et pourtant tu t'opposes à eux.

— Ils ont tellement changé.

— Toi aussi, tu as changé.

Il opina gravement de la tête.

— C'est vrai. Nous avons tous changé. Mais il reste entre nous des choses qui se moquent de ces changements et qui continuent de nous diviser. A croire même qu'avec le temps elles divisent de plus en plus.

Elle fronça les sourcils.

— Qu'est-ce que tu veux dire ?

Les enfants couraient devant. Leurs parents étaient restés à la maison. Pierre et Jeanne allaient côte à côte, les mains dans les poches de leurs vestes ouvertes sur la douceur d'un après-midi d'avril. Elle le surveillait du coin de l'œil, et lui marchait le nez au vent, le regard planté dans les lointains.

— Tu vois, dit-il enfin, ces pays-là, ces pays trop pauvres pour avoir jamais intéressé qui que ce soit, aussi loin que tu remontes dans le temps, ils n'ont jamais pris d'importance que durant les périodes de plus grande insécurité. Ah, mais alors, là, qu'est-ce qu'on était content de les trouver, nos collines et nos forêts, quand il s'agissait de se cacher ou de se retrancher. Et puis le temps passait. On oubliait la guerre et la nécessité des positions stratégiques. Le goût de l'enrichissement reprenait le dessus. Et on oubliait les montagnes à leur pauvreté pour aller faire fortune dans les riches plaines limoneuses. La vie redevenait comme avant. Les Morvandiaux se retrouvaient entre eux. Ils étaient habitués. Et, ma foi, à force, ça ne leur faisait plus ni chaud ni froid.

» C'est encore ce qui s'est passé durant la dernière guerre. L'exode d'abord, puis les réfractaires, ceux qui avaient tout perdu dans les bombardements du Creusot, les maquisards enfin ; tout le monde est venu s'y mettre à l'abri, dans le Morvan, à l'abri de la guerre comme de la faim. Exactement comme ça se passait aussi bien à l'époque de la guerre des Gaules que durant tout le Moyen Age.

» Et puis, tout a basculé dans les derniers jours. On s'est battu ici. On s'y est même battu très dur. Et on a cru y avoir gagné un droit légitime à la reconnaissance. On a même cru qu'allait venir le jour où on pourrait le faire valoir. Ça n'a pas duré. Parce que, très vite, on s'est aperçu qu'on avait gagné quoi ? L'entrée dans des temps nouveaux qui n'avaient que faire du Morvan et de ses petits paysans. Que disparaissent dans la nature, une fois la paix revenue, tous ceux qui avaient trouvé refuge par ici, rien en somme que de très prévisible et de très semblable à ce qui s'est toujours passé.

» Mais, cette fois-ci, ce sont les Morvandiaux eux-mêmes qui ont recommencé à partir. Oh, bien sûr, l'exode rural n'a pas attendu la fin de la guerre pour sévir par ici. C'est au lendemain de l'autre, la Grande, celle qui devait être "la der des der", que ça a repris, cette fois dans d'énormes proportions. Et l'effet le plus paradoxal de la dernière, celle de 40-45, c'est qu'elle a fait naître l'espoir fou que le mouvement allait s'inverser. D'abord, il y a eu le Maréchal, avec son retour à la terre. "Seule la terre ne ment pas", disait-il. Bien sûr, ça a été un échec presque total. Les citadins qu'il entendait renvoyer aux champs n'ont pas marché dans la combine. Mais les paysans, eux, au fond, ils ont été flattés de ce discours qui semblait leur reconnaître une légitimité à laquelle, depuis les années vingt, ils ne croyaient plus.

» Et puis voilà qu'ils parviennent à libérer leurs pays. Et puis voilà que, dans les semaines qui suivent, on leur dit qu'il va falloir nourrir l'Europe et que c'est sur eux qu'on compte pour y arriver. Tu vois, c'est tout un faisceau de petites choses qui se sont rassemblées pour leur faire croire, pendant un temps, qu'on avait vraiment besoin d'eux, qu'ils étaient importants. On a même vu, après la Libération, le rapport de l'agriculture dépasser celui de l'industrie. Tu imagines l'euphorie.

» Bien sûr, ça n'a pas duré. Et la chute n'en a été que plus douloureuse. Du plus fol espoir, en quelques années, voire en quelques mois, on est passé à l'amertume la plus noire. Et pendant que nous tournions avec frénésie les pages de notre vie totalement accaparée par le modernisme triomphant, eux en sont restés là où on les a abandonnés. Plus rien ne s'est passé ici. Et comme l'esprit humain est ainsi fait qu'il ne tolère pas le vide, ils ont continué inlassablement à ressasser les ultimes événements d'une quelconque importance auxquels ils ont été mêlés. Ils les ressassent toujours.

» Seulement, le temps a fait son œuvre. A la simple réalité se sont juxtaposées tant d'autres choses ! Des ressentiments personnels, des divergences d'opinions, les inévitables séquelles des élections municipales, voire des rivalités de voisinage. Les générations sont passées. Mais on continue de raconter les mêmes histoires, puisque nulle autre n'est venue rafraîchir le répertoire. Même si, en l'état actuel, elles n'ont plus grand-chose à voir avec ce qu'ont vraiment été les événements de l'époque.

Il se tut. Ils marchèrent quelques instants en silence. Devant, les enfants menaient grand tapage en jouant d'un bord à l'autre du chemin.

— Et c'est ça qui t'intéresse ? demanda Jeanne en scrutant avidement le visage de Pierre.

Il parut se réveiller d'un long songe.

— Hein ? Ce qui m'intéresse ? Qu'est-ce que tu entends par là ?

Elle eut un bref haussement d'épaules.

— Ben, je ne sais pas, moi : cette évolution, ce qui les a amenés à être comme ils sont aujourd'hui.

— En quelque sorte. Jamais ils n'auraient agi comme ça, à l'époque. On sent quelque chose de cassé dans leur comportement. J'aimerais savoir.

Il parlait lentement, avec de la nostalgie dans la voix.

— Tu regrettes ce temps-là ?

— Non. Ce serait trop bête. Il n'y a pas de regrets à avoir. La société a tellement changé, depuis la guerre. Pourquoi regretter ? Ce qui me désole, c'est qu'ils ne soient plus eux-mêmes. Rien ne s'est bâti en eux à la place de tout ce que ces désillusions et le temps ont cassé. Je ne regrette pas qu'ils ne soient plus ce qu'ils étaient. Je regrette qu'ils ne soient plus rien.

— C'est dur.

Il eut un haussement d'épaules fataliste.

— Avoue que je n'ai pas tort. Ou alors, c'est que je n'ai pas encore compris. Après tout…

Elle glissa vivement la main dans la poche de sa veste, trouva la sienne et la serra très fort.

— Avec le temps…, dit-elle.

— Oui, peut-être. C'est ça, avec le temps.

26

Ma pauvre Antoinette, que dois-tu penser de nous ? Je t'en supplie, ne nous condamne pas trop vite. Pas toi. Pour juger, attends au moins de savoir…

— Va donc te plonger dans tes lettres ! Tu en meurs d'envie, avait dit Jeanne.

Les enfants venaient de repartir, et Pierre, consciencieusement, lui offrait de l'aider à ranger.

Il ne se l'était pas fait dire deux fois. Malgré tout le plaisir qu'il avait eu à jouir de la présence de ses petits-enfants durant près d'une semaine, c'était avec ravissement qu'il avait retrouvé le calme paisible de son bureau.

Son premier geste avait été d'aller rechercher la boîte à galettes, sur la plus haute de ses étagères. Il l'avait posée sur son bureau et l'avait ouverte. Il avait lentement feuilleté les petites liasses fermées de leurs rubans roses, les avait soigneusement rangées par ordre de date et avait fini par se décider à prendre délicatement la première. Un long moment, il l'avait tournée dans ses doigts sans parvenir à se résoudre à ouvrir le nœud en cocarde qui fermait le ruban. Il lui semblait qu'il allait profaner quelque chose. Il avait tant attendu ce moment que, à l'instant d'en accomplir le premier geste, une sorte de grande gêne, de timidité, se saisissait de lui. Lorsqu'il aurait ouvert la première lettre, lorsque ses yeux se seraient posés sur ses premières lignes, ce serait comme s'il pénétrait sans la moindre pudeur dans l'intimité de ces deux femmes.

Il y a, dans la feuille de papier qu'on a pris soin de plier en quatre et d'introduire dans le secret d'une enveloppe, une force d'évocation qu'aucune autre forme de communication ne pourra jamais revêtir. Le dialogue que l'on entretient, seul, la tête penchée sur les mots que libèrent les gestes rapides de la main, confère un tel poids moral à cet objet, pourtant éminemment léger et fragile, que le plaisir qu'éprouve son destinataire en l'ouvrant n'a d'égal que la gêne ressentie par celui qui le découvre sans qu'il lui soit adressé.

Que Madeleine Guérande et Antoinette Billaud soient décédées depuis de nombreuses années n'y changeait rien. Pierre, la première lettre de cette longue série en main, se tenait debout devant la fenêtre de son bureau et n'osait pas abaisser le regard sur le feuillet qu'il avait à demi sorti de l'enveloppe.

« Il va falloir penser à tondre la pelouse », se dit-il.

Elle était, il est vrai, d'un beau vert épais que marbraient encore, par place, les repousses des mauvaises herbes à qui elle avait si longtemps été abandonnée.

Plus loin, le verger étalait complaisamment ses jeunes feuillages qui ne parvenaient pas encore à cacher le brun fatigué des branches trop longtemps soumises, dans leur nudité, aux rigueurs de l'hiver.

Plus loin encore, au-delà de la maison des Lardret et des prés, à flanc de coteau, la forêt frissonnait sous les effets d'une douce brise qui faisait courir d'étranges vagues immobiles sur l'étonnante palette de pastels dont elle s'était habillée. Sans qu'on puisse, de si loin, distinguer les différentes essences, elles semblaient s'être accordées pour mêler les bruns, les mauves, les blancs, les verts si tendres qu'il suffisait d'un pâle rayon de soleil pour qu'ils paraissent transparents, en une composition d'un tel équilibre qu'aucun peintre, jamais, aussi talentueux soit-il, ne pourra l'égaler.

Et puis, en lisière, en touffes ou en fins liserés, les genêts laissaient éclater leur foisonnement d'or à peine mêlé, par places, de la délicate pigmentation laiteuse des aubépines.

Sur la bande de prés que Pierre pouvait voir, au-delà du toit des Lardret, quelques vaches, en broutant, déplaçaient lentement leurs puissantes silhouettes blanches.

Et il était là, debout, immobile, une lettre entre les doigts, incapable de la lire. Face à l'immuable perfection du paysage, tout cela lui paraissait tout à coup si dérisoire. Toute la misère des hommes, toutes leurs guerres, la lente déchéance de ce pays qu'abandonnaient de plus en plus ses habitants, tout cela était passé sans que rien ne change à la paix du lieu.

Il lui parut complètement absurde de donner tant d'importance à ces lettres, à tous ces mystères que les hommes se donnaient un malin et malsain plaisir à entretenir, alors que l'essentiel était là, sous ses yeux, dans la paisible et si forte permanence des choses de la nature.

Le soir venait doucement. Les contours s'adoucissaient avant de se fondre dans une même pénombre qui semblait les ravir à l'œil plutôt que de les effacer. Pour la première fois, Pierre ressentit comme une frustration. Le soir lui volait le monde. Le soir l'isolait et le laissait seul face aux chimères et aux petitesses des hommes.

Lorsqu'il se résolut enfin à baisser les yeux sur la première lettre de Madeleine Guérande à Antoinette Billaud, lorsqu'il eut fini de la sortir de son enveloppe et qu'il l'eut dépliée, l'obscurité avait tant gagné qu'il ne put la déchiffrer.

Il alla allumer et revint s'asseoir à son bureau.

Ma pauvre Antoinette, que dois-tu penser de nous ? Je t'en supplie, ne nous condamne pas trop vite. Pas toi. Pour juger, attends au moins de savoir…

Madeleine Guérande formait bien ses lettres. Et ce que son écriture, ample et un peu molle, perdait en caractère, elle le gagnait en lisibilité.

Nous sommes arrivés en Allemagne non sans difficultés, tu t'en doutes, poursuivait-elle. *Nous ne savons évidemment pas très bien de quoi demain sera fait. Nous espérons. C'est tout ce qui nous reste.*

Elle n'en disait pas plus, laissant simplement entendre que d'autres missives suivraient. Il avait fallu, en fait, attendre les derniers jours de 1944 pour que parvienne une nouvelle lettre à Messangy. Celle-là paraissait inquiète, sur la défensive.

Nous sommes installés, pour l'instant, à Francfort, disait-elle. *J'espère que nous pourrons y rester quelque temps.* Et elle indiquait à Antoinette l'adresse d'un hôtel.

M'écriras-tu ? demandait-elle. *J'aimerais tant avoir de vos nouvelles, lire des mots de chez nous. M'écriras-tu ?* répétait-elle comme on implore.

Antoinette ne dut pas hésiter longtemps, si jamais elle hésita. Car la lettre suivante de Madeleine Guérande était une réponse pleine de joie et de soulagement.

Tu ne peux pas savoir, disait-elle, *le bonheur que j'ai ressenti à la lecture de ta lettre. Tes mots, bien sûr, les nouvelles que tu me donnes de toi, de vous, du pays. Mais plus encore de savoir que tu ne m'as pas totalement abandonnée, que Madeleine Guérande vaut encore que l'on se donne la peine de prendre la plume pour lui écrire.*

Elle parlait ensuite de choses et d'autres, relevant un détail donné par Antoinette, en faisant le motif d'une digression sur la vie qui était la sienne, en Allemagne, et dont il semblait surtout qu'elle n'avait encore rien de bien stable et de bien sûr. Et ses mots étaient trop légers, trop badins pour ne pas laisser transparaître, entre les lignes, l'inquiétude du quotidien et, surtout, la terrible douleur de l'humiliation.

Il ne fallut pas moins de deux autres lettres, que Pierre, enfin pris par l'étonnante découverte de cette vie d'instabilité et d'errances, lisait fiévreusement, penché sous la lampe de bureau, pour que Madeleine Guérande ose enfin aborder la question des raisons de leur fuite. Elle semblait surtout plus apaisée, plus sûre d'elle-même et de leurs lendemains.

Nous sommes revenus à Francfort, écrivait-elle. *Et, cette fois, j'ai toutes les raisons de penser que nous allons nous y installer. Philippe a retrouvé du travail. Et les choses évoluent de telle façon que nous ne redoutons plus d'être inquiétés.*

Pourtant, ma pauvre Antoinette, depuis cette nuit effroyable qui a vu notre départ, tu ne peux pas savoir à quel point j'ai vécu dans l'angoisse. Tout ça probablement parce que j'ai paniqué.

D'abord, il faut bien que tu saches et que tu croies que Philippe n'a jamais trahi. Cette histoire est totalement fausse. Ce n'est qu'une ignoble machination de l'abject monsieur Arsène. En fait, Philippe et moi avons fait, c'est vrai, une énorme erreur. Nous nous sommes liés d'amitié avec le kommandant Altmaier. Tu sais, parce que nous ne nous en sommes jamais cachés, qu'il s'agissait d'une véritable amitié, sans le moindre rapport avec la guerre, la Résistance et le reste. Le kommandant Altmaier nous a d'ailleurs amplement démontré le prix qu'il y attachait en nous aidant énormément, ici, pour que nous puissions nous installer et pour que Philippe retrouve du travail.

Seulement, c'était la guerre. Et ce genre de rapport entre un Allemand, officier de l'armée occupante, et des Français était intolérable. Nous aurions dû y penser. Mais refuse-t-on l'amitié sincère ?

Cela n'a pas empêché Philippe d'aider grandement le maquis. Tu le sais. A chaque fois qu'il l'a pu, il n'a pas hésité. Il a même pris de gros risques, en usant de ses contacts professionnels fréquents avec les Allemands, pour obtenir des renseignements qu'il communiquait à Vulcain.

Ses rapports avec ce dernier étaient fort éloignés de ceux que nous entretenions avec le kommandant Altmaier... Philippe et lui se témoignaient une sorte d'estime réciproque, mais ça n'allait pas plus loin. Je crois qu'ils se sont toujours un peu méfiés l'un de l'autre. Ce qui, d'ailleurs, expliquerait assez bien la façon dont tout ça s'est terminé.

Tu sais à quel point Vulcain était retors. Cet homme était en acier. Il savait très bien – et l'on imagine qui pouvait le renseigner – que Philippe était en affaire avec les Allemands. Là encore, peut-être n'a-t-il pas été assez prudent. Peut-être est-il allé trop loin. Mais les affaires sont les affaires. Et tu sais à quel point Philippe y tenait.

Toujours est-il que, début juillet 44, Vulcain est venu trouver Philippe. Je n'ai évidemment pas assisté à leur entretien. Philippe me l'a raconté au cours de cette effroyable nuit, juste avant notre départ. C'était au moment où la débâcle allemande se précisait et où on voyait des troupes commencer de remonter en plein désordre du sud-ouest. Le kommandant Altmaier n'était déjà plus à Autun depuis un certain temps.

Vulcain a exigé de Philippe qu'il aille à la Kommandantur et qu'il joue le jeu de la dénonciation. Sans détour, il lui a expliqué avec un certain cynisme que c'était pour tendre un piège aux troupes allemandes qu'il espérait attirer ainsi en forêt. C'était là jouer à un jeu terriblement dangereux. Philippe savait très bien qu'il pouvait se retourner contre lui. Il a commencé par refuser. Vulcain lui a alors clairement exposé les ennuis qui pourraient être les siens, pour peu qu'il y veille, lorsque la Libération arriverait.

Comme celle-ci n'était déjà plus qu'une question de jours, Philippe n'avait plus le choix. Il y est allé. C'est donc bien vrai qu'il a donné le maquis. Mais il l'a fait sur ordre, et sur ordre de Vulcain lui-même, non pas dans le but de trahir les maquisards, mais, bien au contraire, de les aider.

Tu sais ce qu'il en est advenu. Le plan de Vulcain a marché aussi bien que possible. Les Allemands sont tombés dans le piège. Et comme Vulcain avait donné sa parole à Philippe que cela resterait entre eux si tout se passait bien, nous n'avions aucune raison de nous inquiéter.

Jusqu'à ce que cet avorton d'Armand vienne frapper à notre porte, en pleine nuit. Philippe n'allait évidemment pas lui expliquer pourquoi il pensait n'avoir rien à craindre. Il l'a fichu dehors. C'est après coup qu'il s'est inquiété. Nous avons longtemps parlé à voix basse, dans notre chambre, de peur de réveiller Thérèse. Quand j'y repense, j'en ai encore des sueurs froides dans le dos.

Tu comprends, tant que cette histoire restait entre Vulcain et Philippe, il n'y avait rien à craindre. Le chef du maquis était un homme terriblement dur et sans beaucoup de scrupules. Mais il était honnête et sa parole valait de l'or. Les choses changeaient du tout au tout dès lors qu'une langue de vipère comme cet Armand entrait dans le jeu. Lui et plus encore son père. Je n'ai pas d'explication à te donner. Tu sais bien tout ce qui, de leur part, pouvait nous inquiéter.

J'ai paniqué. C'est moi qui n'ai plus eu de cesse que nous partions. Philippe, au début, était hésitant. J'ai tellement insisté qu'il a fini par céder.

Nous ne pensions pas partir définitivement. Notre idée était de gagner Paris et d'y séjourner suffisamment longtemps pour que toute cette affaire se tasse. Durant ces jours-là, c'était de la folie pure et simple, je le reconnais maintenant. Tu ne peux pas t'imaginer ce qu'a été ce voyage, d'abord parmi les troupes allemandes en pleine débâcle, puis talonnés par les troupes françaises qui remontaient la vallée de la Saône.

Je ne sais pas très bien ce qu'il serait advenu de nous si, un beau matin, dans la région de Langres, Philippe n'avait pas été reconnu par un officier allemand qui se trouvait à la Kommandantur d'Autun lorsque, sur ordre de Vulcain, il est allé « donner » le maquis. Cet officier a absolument voulu nous rendre service. Pour lui, il ne faisait pas de doute que nous fuyions l'avancée alliée et que nous étions de son bord.

Tu vois, malgré nous, et quoi que nous fassions, nous nous retrouvions rejetés de leur côté.

Il nous a donné un laissez-passer pour l'Allemagne. C'était notre seule chance de nous échapper de la zone des combats. Sans plus réfléchir, nous nous sommes raccrochés à ce fil d'Ariane.

Et voilà, ma pauvre Antoinette, où nous en sommes.

Ce soir-là, Pierre n'alla pas plus loin. Ce froid récit de Madeleine Guérande forçait son admiration. Il imaginait l'émotion contenue, le refus systématique d'y céder, la volonté de dire, simplement, sans détour, pour que son amie Antoinette sache, sans plus, sans plaider.

Et puis quelques mots, quelques phrases, très courtes, par endroits, révélant la parfaite connivence entre les deux femmes et le laissant dans l'expectative.

« Je n'ai pas d'explication à te donner. Tu sais bien tout ce qui, de leur part, pouvait nous inquiéter »…

Il semblait à Pierre qu'il n'avait rien appris, à la lecture de ces lignes, mais qu'il avait suffi de ces quelques mots pour que le mystère s'épaississe encore. En même temps qu'il parcourait les phrases de Madeleine Guérande, le souvenir lui était revenu de cette grande femme brune qu'il allait souvent visiter avec Antoinette Billaud. Elle lui paraissait alors un peu redoutable, parlant haut et ne tolérant guère la contradiction. Elle était de ces femmes que rien ni personne ne peut prendre au dépourvu et qui ont toujours, en quelque circonstance que ce soit, l'avis définitif auquel tous doivent se rallier.

Et cette femme avait paniqué au point de partir ainsi en abandonnant tout ? Il fallait que ce qui pouvait les inquiéter de la part de monsieur Arsène et de son fils Armand soit de taille pour que la résolution qu'elle avait prise, à ce moment-là, soit de cette nature.

Debout devant son bureau, Pierre feuilleta encore une fois d'une main distraite les petites liasses de lettres. Contenaient-elles la révélation de ce qui pouvait à ce point inquiéter les Guérande ?

Il n'eut plus envie, ce soir-là, d'aller plus loin. Tout cela était trop lourd. Il lui fallait y aller par doses raisonnables. Il lui fallait assimiler. Il éteignit et sortit.

— Alors ? demanda Jeanne.

Le front barré d'un pli soucieux, il haussa les épaules.

— Pas simple, éluda-t-il.

Elle n'insista pas.

27

A la nouvelle lune, le temps se mit à la pluie. Elle dura, drue, froide et triste, jusqu'à la mi-mai. Certains jours, il semblait que l'hiver se vengeait, qu'il mordait à pleins crocs, quand on l'avait cru un peu vite vaincu par le printemps.

Et puis, un beau matin, sans transition, ce fut presque l'été. En quelques heures, la nature, chassant jusqu'au souvenir des souffrances sous la morsure desquelles elle faisait encore le dos rond la veille, fut prête pour que viennent les prémices de la grande fête annoncée des foins et des moissons.

Le soleil en était encore à escalader le ciel que les arbres du verger bruissaient déjà de la ronde frénétique par laquelle des milliers d'insectes saluaient l'éclosion de leurs fleurs. Leurs lourds parfums rôdaient sous les jeunes feuillages et se mêlaient aux senteurs épaisses et fortes qui montaient de la terre.

Encore invisibles la veille, des bergeronnettes arpentaient les allées du jardin en dansant au rythme souple de leur longue queue sans cesse hochée. Des couples de rossignols des murailles passaient la revue de leurs nids depuis un an à l'abandon. Et le ciel réapprenait l'étonnant concert dont les martinets, par centaines, allaient l'emplir, matin et soir, jusqu'à l'automne.

Loin au-dessus des prés tournaient deux milans noirs. Nonchalants, ils se laissaient porter par les puissants souffles tièdes qu'exhalait la profonde respiration de la terre.

Pierre, debout sur le perron du jardin, suivit longuement des yeux les longues spirales que les deux oiseaux de proie décrivaient en plein azur. Il n'en avait pas encore conscience, mais déjà brûlait en lui la même soif d'espace et de communion avec le foisonnement de la terre. Toute la vie en était saisie. Les profondes senteurs de la terre et des arbres, ces souffles tièdes qui tournaient lentement dans l'air, dans les têtes et jusqu'au plus intime des êtres étaient une provocation. Ils intimaient l'ordre de partir, d'aller, d'agir.

Un des deux milans noirs glissa sur l'aile, sortit sans se presser de l'ascendance sur laquelle, jusque-là, il somnolait, et, brassant paresseusement l'air, il s'éloigna vers le vallon de Mouille-Longue que l'on devinait, entaillant les bois, tout au fond de la vallée. Lorsque Pierre entendit l'appel strident qu'il avait lancé, le second avait déjà plongé du sommet de la tour d'air tiède, d'où il surveillait le monde. Il disparut de sa vue dans Mouille-Longue, à la suite de son congénère.

— Jeanne, tu viens avec moi ? Je vais me promener.

C'était venu comme ça, spontanément. L'instant

d'avant, il n'avait pas le projet de partir à la découverte. Et déjà il sortait ses chaussures de marche.

Jeanne hésita. Elle aussi ressentait cette profonde envie d'aller, d'agir, qui remuait le monde. Quelque chose lui disait pourtant qu'il valait mieux laisser Pierre aller seul. On réfléchit tellement mieux en marchant. Elle prétexta un travail urgent. Et elle sut qu'elle avait vu juste à la facilité avec laquelle il se fit une raison.

Forêt à droite, prés à gauche, le chemin suivait longuement la vallée. Depuis que la route, sur l'autre rive, tendait ses tentacules bitumés vers les hameaux, le vieux chemin que seuls les troupeaux et quelques tracteurs empruntaient encore semblait les atteindre par la petite porte, celle de derrière, celle par laquelle on entre et on est reçu sans façon.

On abordait aux jardins, à une arrière-cour de ferme, pas toujours trop bien tenue, mais qu'importait ? La vie y grouillait, sans retenue, sans fard. On longeait le long mur aveugle de l'étable et de la grange. Puis c'était la maison à la porte de laquelle il était bien rare que le pas solitaire de Pierre n'attire pas une ou deux silhouettes curieuses qui lui souhaitaient le bonjour. On échangeait quelques considérations sur le temps qu'il faisait, celui qu'il avait fait et celui qu'il ferait, et on se séparait avec un geste de la main comme si on se connaissait de toujours.

Pierre adorait. Il s'était taillé un solide bâton dans la première touffe de noisetier qu'il avait trouvée et il allait bon pas avec le seul regret de ne pas pouvoir se divertir des courses et des allées et venues rapides d'un chien devant lui.

Un chien ! C'était une idée, ça. Pourquoi n'avait-il pas pensé plus tôt à avoir un chien ? Il faudrait en parler à Jeanne. Elle ne devrait pas élever trop d'objections. D'ailleurs, un chat, un remplaçant de Modem, irait très bien avec le chien. Dans une maison comme la leur, il s'étonnait que l'idée ne lui en soit pas venue plus tôt.

Et son pas se faisait plus vif, déjà réjoui par la perspective d'être escorté d'un chien. Ah oui, mais quel chien ? Un de ces griffons un peu hirsutes qui habitaient chaque cour de ferme ou presque ? Ils avaient un bon regard plein de sympathie, sous leurs sourcils en bataille, mais décidément trop de poil. L'entretien n'en serait pas une mince affaire. Et puis d'ailleurs, c'était des chiens de chasse. Surtout pas de chien de chasse. Ça vous fausse compagnie comme un rien, sur la moindre coulée, et il faut s'égosiller des heures avant d'espérer les voir revenir.

Un chien de berger, alors ? Oui, mais c'est gros et un peu brouillon. A moins qu'un modeste chien de compagnie… Tiendra-t-il le coup en randonnée ?

Pierre allait ainsi en rêvant du compagnon à quatre pattes qu'il imaginait déjà battant tout le pays en sa compagnie. Insouciant. C'était le mot, il se sentait parfaitement insouciant et léger comme l'air.

Rythmant son pas de son bâton, il allait si bon train qu'il faillit manquer l'entrée du chemin de Mouille-Longue. Il avait heureusement repéré, sur sa carte, qu'il prenait à droite juste avant que celui qu'il suivait franchisse un ruisseau. C'est en voyant scintiller entre les pierres l'eau vive de ce dernier qu'il se souvint juste à temps qu'il lui fallait bifurquer.

Etroit et pentu, le vallon de Mouille-Longue s'enfonçait comme une brèche dans l'épaisseur de la colline. Des prés étroits semblaient défendre le ruisseau qui serpentait en leur milieu, entre deux rangées d'aulnes, de l'assaut que la forêt paraissait toujours prête à lui donner. Le chemin continuait de s'insinuer entre bois et clôtures. Mais, à l'empierrage régulier de celui qu'il venait de quitter succédait l'herbe folle et les ornières d'un cheminement laborieux et de plus en plus étroit au fur et à mesure qu'il montait.

Bientôt le bâton n'eut plus pour seul usage de rythmer le pas. Pierre y appuyait sans vergogne une marche que la pente et les irrégularités du sol rendaient de plus en plus ardue. Sur sa gauche, l'étroite langue d'herbe des prés se réduisait peu à peu à quelques escarpements embroussaillés entre lesquels de jeunes bovins trouvaient encore une herbe à leur goût.

Puis il dépassa l'angle de la dernière clôture. Cette fois, il montait en suivant le bord du ruisseau dont il arrivait que l'écume, levée par quelques grosses pierres sur lesquelles s'énervait le flot, vînt lui rincer les chaussures. La forêt s'était refermée sur lui. Le soleil et les jeunes feuillages y jouaient une féerie de lumières tamisées et d'ombres irisées. Il y faisait délicieusement frais, mais pas assez cependant pour éteindre le puissant fumet de vie qui montait de l'humus.

Dans la pente de plus en plus raide, Pierre suait et soufflait, mais il ne ralentissait pas sa marche, comme si l'attirait là-haut quelque chose d'urgent et d'essentiel.

A plusieurs reprises, il dut s'arrêter pour s'assurer qu'il était toujours sur le bon chemin. Celui qu'il suivait s'écartait insidieusement du ruisseau et s'élevait progressivement par le biais de la pente. Or, Pierre savait qu'il lui fallait remonter le petit torrent pratiquement jusqu'à sa source. A deux reprises, il dut même faire demi-tour et chercher laborieusement, dans le fouillis du sous-bois, la discrète amorce de sentier qui le ramènerait au bord de l'eau.

Et puis, tout à coup, il fut devant un véritable mur de déblais. C'était à peine si, sur sa gauche, on avait laissé un étroit passage au lit du torrent, d'ailleurs totalement chaviré. Des souches entières, des branches cassées émergeaient encore de cet énorme talus, effet incontestable du travail brutal et sans soin d'un bulldozer. La minuscule sente qu'il suivait avait, elle, totalement disparue.

Perplexe, appuyé sur son bâton, le souffle encore court, Pierre considéra longuement ce hideux tas de terre, de rochers et de branchages mêlés. A en juger par la nudité triste du chantier que n'avaient pas encore colonisé les ronces, les fougères et les genêts, ce saccage ne devait pas dater de bien longtemps. Donc, logiquement, le sentier sans âge qu'il suivait, et que les bulldozers n'avaient peut-être même pas vu, devait se retrouver de l'autre côté de ce qui devait être une piste.

S'aidant de son bâton, Pierre entreprit d'escalader l'abrupte paroi de gravats. Les pierres instables et la terre encore friable l'obligèrent à s'y reprendre à plusieurs reprises. Et lorsqu'il atteignit enfin le bord de ce qui était effectivement une large piste au revêtement bien compacté, il était à bout de souffle et couvert de boue.

Il traversa cette étrange plaie largement ouverte au travers de la forêt et vint s'asseoir sur un bloc de rocher, à l'ombre de la futaie. Il faisait de plus en plus chaud et la fatigue commençait à se faire sentir.

« Je souffle un moment », décida Pierre.

Sans même y prendre garde, il tourna la tête vers l'amont, d'où lui provenait le grondement régulier d'un moteur. Aux plaintes qu'il émettait parfois et au lent cadencement de son roulement, on devinait qu'il descendait la pente lourdement chargé.

« Un forestier », pensa Pierre.

Malgré le spectacle affligeant de cette longue balafre béante au travers de la forêt, il eut la curiosité d'attendre pour voir passer un de ces engins pour la commodité desquels elle avait été ouverte.

Il apparut enfin. C'était un énorme tracteur agricole dont la couleur rouge vif n'était qu'une agression de plus à l'égard de la forêt. Il était attelé d'une longue remorque lourdement chargée de grumes. Il descendait en cahotant lentement, retenant de toute sa puissance son lourd chargement.

A la plus grande surprise de Pierre, il s'arrêta à sa hauteur. Pendant que s'apaisait le bruit du moteur, la porte de la cabine s'ouvrit.

— Vous êtes perdu ?

C'était Raymond Deroche.

— Non, non, merci, dit Pierre en se levant et en s'approchant de l'énorme engin. Il lui fallut lever haut la main pour rencontrer celle que lui tendait son livreur de bois de chauffage.

— Si je m'attendais à vous trouver là ! Vous êtes venu à pied ?

— Bien sûr.

L'autre, depuis son fauteuil si haut placé, semblait tenir pour proprement stupéfiant qu'on puisse encore marcher en forêt autrement, peut-être, que pour la chasse.

— Eh ben ! fit-il, mi-admiratif, mi-goguenard. Et vous allez loin, comme ça ?

— Mouille-Longue au moins, peut-être plus loin, selon l'heure.

— C'est bon pour la forme, proclama le gros Raymond sans en penser un mot.

— Je me demandais tout de même, tenta Pierre. Le chemin qui monte en longeant le ruisseau, qu'est-ce qu'il est devenu ?

D'un geste instinctif, le forestier si bien motorisé repoussa sa casquette sur ses yeux pour mieux se gratter la nuque.

— Le chemin qui longe le ruisseau, répéta-t-il, manifestement sidéré. Vous êtes monté par là ?

— Bien sûr. Par où voulez-vous ?

— Vous n'aviez qu'à suivre la piste. Votre chemin, plus personne n'y passe.

— Moi, si, répliqua sèchement Pierre, que commençait d'exaspérer la suffisance mécanique de l'autre. Vous savez où il reprend ?

— Sûr, fit Raymond Deroche. Vous êtes dessus.

— Comment ça ?

— Eh ben, c'est simple, maintenant, c'est la piste.

La piste ! Il n'avait que ce mot-là à la bouche. Pierre préféra ne pas insister.

— C'est bon, dit-il, je me débrouillerai.

— Bon, ben, à la prochaine.

— C'est ça, à la prochaine.

Et il se recula pour laisser le lourd engin continuer son chemin. La portière claqua. Le moteur rugit à nouveau. L'ensemble s'ébranla doucement, mais s'immobilisa presque aussitôt. La portière se rouvrit et la casquette de Raymond apparut dans son entrebâillement.

— Au fait, cria-t-il pour dominer le bruit du moteur qu'il n'avait pas ralenti, avec votre voisin, ça va toujours ?

Et, sans attendre la réponse, il embraya.

— Bien sûr que ça va toujours, hurla Pierre.

Derrière la vitre de la portière reclaquée, il eut le temps de voir le sourire goguenard du forestier qui alla même jusqu'à lui adresser un dernier signe de la main. Et le convoi s'éloigna en se dandinant lentement, au rythme des irrégularités du chemin.

Pierre, perplexe, le regarda s'éloigner quelques instants. Puis il haussa les épaules, se détourna et se mit à la recherche de son chemin. En longeant le bord de la piste, il ne tarda pas à le retrouver. Derrière un léger talus laissé par les niveleuses, il le devina plus qu'il le vit, enfonçant son long serpent d'ombre au plus profond de la futaie. Quittant sans regret la piste trop large, trop neuve, et la balafre de clarté sans nuance qu'elle avait creusée dans la forêt, il reprit avec plaisir sa marche dans la fraîcheur du sous-bois et parmi les jeux que s'y livraient ombres et lumières.

Malgré les vieilles ornières, les pierres et la broussaille qui l'encombraient, le rythme revint vite. Une main à la bretelle de son sac, l'autre allant et venant avec le bâton, il allait à nouveau du même pas rapide qu'il avait tenu durant toute la montée. Celle-ci s'était d'ailleurs faite plus raisonnable. Et, à une nouvelle lumière qu'il devinait, venant à sa rencontre, il sentait la proximité du plateau.

Il lui fallut pourtant bien admettre que le plaisir n'était plus le même. Pourquoi avait-il fallu que ce gros Raymond Deroche vienne à passer au moment précis où il se trouvait sur la piste ?

« Ça m'apprendra à être curieux, se reprochait-il. Si je n'avais pas voulu voir comment était fait cet attelage forestier, je ne l'aurais pas rencontré. Il ne m'aurait même pas vu. Et surtout, il ne m'aurait pas posé cette question idiote. »

Car, bien sûr, elle lui trottait dans la tête. Qu'avait-il voulu dire ? Quels sous-entendus y avait-il dans les mots comme dans le sourire un peu trop satisfait de lui-même, derrière la vitre, alors que le tracteur redémarrait ?

Et Pierre, dont le plus grand plaisir, depuis qu'il marchait, était d'avoir su se détacher totalement de l'obsession des questions qu'il rabâchait, ne parvenait plus à s'opposer à leur soudaine réapparition.

Enfin, la lisière fut proche. Elle formait, devant lui, un large écran de lumière vive sur lequel les arbres et leurs feuillages se découpaient en ombres chinoises. Il parvint à franchir les derniers mètres en sifflotant. Les souvenirs prenaient le dessus.

Le cri perçant d'un oiseau de proie l'accueillit lorsqu'il déboucha dans la vaste clairière. Il leva les yeux, dut mettre la main en visière sur son front. Deux milans noirs tournaient avec nonchalance au-dessus de lui. « Ceux de ce matin ? » Peut-être.

Il posa son sac et s'assit sur une grosse pierre. Sur le contrefort de l'ancienne digue, elle semblait n'avoir jamais eu d'autre rôle que celui de servir de siège à ceux dont le regard se posait sur le triangle presque parfait de l'ancien « port ».

28

Peut-être était-ce sur cette même pierre. Peut-être était-ce sur une autre. A tant d'années, allez savoir. Et d'ailleurs, quelle importance ?

On avait fait les foins, ce jour-là, dans le port de Mouille-Longue. Toute la journée, Joseph avait tourné devant ses bœufs, autour de la longue clairière triangulaire, en chantonnant inlassablement la paisible mélopée des bouviers qui apaisait les bêtes et leur donnait du cœur à l'ouvrage. Dans le bruit saccadé de la faucheuse dont Antoinette n'avait pas quitté le siège, seuls les deux bœufs blancs l'entendaient. C'était bien suffisant.

Pierrot, avec ses frères et sa sœur, tout le jour, de leurs longs râteaux de bois, avaient fané l'herbe. Eux chantaient. Ils chantaient pour ne plus entendre le bruit lancinant de la machine, pour se persuader qu'était intacte leur gaieté d'enfants, pour oublier la brûlure du soleil et de la poussière, leurs reins, leurs bras et leurs jambes douloureux. Ils chantaient parce qu'il fallait bien que les foins se fassent et qu'on avait choisi de préférer, à la peine qu'ils donnaient, la joie de savoir que les bêtes, cet hiver, seraient bien nourries. Ils chantaient parce que le temps des foins était celui de la fête, bien plus forte que la fatigue.

On s'était arrêté une petite heure, au plus chaud de la journée. A l'ombre de la lisière de la forêt, peut-être autour de cette même pierre, Antoinette avait ôté de dessus le panier le grand torchon en vichy rouge qui, depuis le matin, protégeait le pain, le jambon et les terrines de la voracité des mouches. Joseph était allé chercher la bouteille, dans le ruisseau sous les pierres duquel il l'avait soigneusement calée, le matin, en arrivant, avant de se mettre au travail.

On avait mangé en silence. Le chemin était long de la ferme à Mouille-Longue. Pour y être à temps, on s'était levé à la nuit encore noire. Et les yeux, après une longue matinée d'ouvrage, avaient du mal à se tenir ouverts. Ce n'était pas le moment des paroles. On avait mangé côte à côte, assis par terre et le regard perdu dans le lointain d'herbe et de bois.

Puis Antoinette et la sœur avaient rangé le panier et tendu à nouveau dessus le grand torchon de vichy rouge. Joseph avait bu un coup, au goulot de la bouteille, l'avait essuyée d'un revers de manche et l'avait passée à ses fils. Chacun à leur tour, ils avaient fait comme lui. Joseph s'était allongé dans l'herbe et tous s'étaient laissés tomber, couchés, pour la sieste. Il fallait bien récupérer. L'après-midi serait long.

Le sommeil pourtant ne vint pas. Alors que l'air surchauffé résonnait depuis longtemps des ronflements sonores du père, Pierrot ne parvenait pas à s'assoupir. Il avait fini par se mettre sur le dos. Il s'était fait un coussin de ses deux bras croisés sous sa nuque et, entre ses pieds légèrement écartés, il s'était perdu dans la contemplation du paisible vallon de Mouille-Longue.

Lorsque Joseph se redressa et donna le signal de la reprise du travail, Pierrot, éberlué, se frotta énergiquement les yeux. S'était-il donc tout de même endormi ? Il aurait pourtant juré que non. Au point qu'il ne savait plus très bien où était le vrai. Avait-il rêvé ou était-il en train de rêver ?

— Oh, Pierrot. C'est plus temps de rêvasser. Faut y aller, mon gars, disait Joseph.

Le gosse se redressa.

— C'est vrai ce que tu m'as dit, qu'il y avait un lac, ici, avant ? demanda-t-il.

Joseph, qui avait, pour l'heure, d'autres préoccupations, marchait déjà vers son attelée de bœufs.

— Puisque je te l'ai dit.

Pierrot reprit son long râteau et, en le traînant derrière lui, partit à la suite de ses frères et de sa sœur.

« L'hiver, ici, dans le temps, ils faisaient un lac, lui avait expliqué Joseph la première fois qu'il l'avait accompagné à Mouille-Longue. C'est pour ça que c'est triangulaire. Le petit côté, c'était la digue. Regarde : on voit encore les levées de terre sur lesquelles ils l'appuyaient. Les deux autres côtés, c'étaient les berges. Et, sur ces berges-là, de novembre à mars, ils empilaient le bois qu'ils coupaient dans la forêt. A une date donnée, ils jetaient tout ce bois-là dans le lac. Bois de moule, bois d'œuvre, tout, ils jetaient tout. Avant ça, il y avait le maître, le propriétaire de la coupe, qui avait fait marquer la moindre petite bûche par son commis.

» Alors, tout ça fait, au jour et à l'heure dits, on faisait sauter la digue. Ah, mon gars, il fallait voir ça ! Toute l'eau libérée, d'un coup, qui entraînait les bûches. Un bruit de tonnerre. Et tout le monde sur les rives du ruisseau, avec des grands crocs, qui poussait, qui rejetait vers le milieu tout ce bois qui serait bien resté au pays. C'était le flot qu'on appelait ça. Quand ça commençait d'arriver dans l'étang du dessous, ceux d'en bas, ils faisaient sauter leur digue à leur tour. Et ça partait, plus fort encore, jusqu'au prochain port qu'on ouvrait à son tour, et ainsi de suite, jusqu'en Aringette, là-bas, sur l'Yonne, où la rivière, sur des kilomètres et des kilomètres, elle était couverte de bûches et de grumes pour le bois d'œuvre.

» Ça coulait comme ça jusqu'à Clamecy. Là, ils ressortaient tout de l'eau, c'était rangé, empilé, séché. Il y avait des marchands de Paris qui venaient. C'est que, en ce temps-là, c'était le bois du Morvan qui chauffait Paris. Ils achetaient. On en faisait des grands trains, comme des radeaux immenses. Et il y avait des gars de par là-haut qui les conduisaient jusqu'à Bercy, dans la capitale. »

Tel avait été le récit que Joseph avait fait au petit Pierrot qui arrivait de son orphelinat, qui montait pour la première fois à Mouille-Longue, qui n'avait pas assez de ses yeux pour tout admirer et pas assez de ses oreilles pour tout écouter.

Et voilà que, à quelques bien courtes années de là, le Pierrot à l'Antoinette et au Joseph, au bord de Mouille-Longue, ne savait plus très bien s'il avait rêvé le lac décrit par son père adoptif ou si c'était dans son rêve que celui-là avait fait place au foin odoriférant qu'il foulait en traînant à sa suite un râteau plus grand que lui.

Pierrot avait chanté tout l'après-midi. Comme ses frères et comme sa sœur dont la mélodieuse voix de tête, qui faisait merveille le dimanche, à la messe, les entraînait et ne leur laissait guère de répit. Il s'était laissé conduire. Il s'était contenté de suivre, s'appliquant à travailler autant que les autres sans rien perdre du charme un peu vaporeux de l'ambiguïté de ces deux rêves superposés.

Le soir venu, lorsque, recrus de fatigue, d'un même mouvement, ils laissèrent tomber leurs râteaux au signal que donna Joseph de la fin du travail, il en était à s'imaginer qu'il évoluait doucement, à gestes amples et doux, au fond d'un lac dont les oiseaux, pourchassant les insectes levés par leur fenaison, étaient les poissons.

C'est à ce moment précis, Pierre s'en souvenait comme si c'était de la veille, qu'il l'avait vu. Il était grand et mince, la figure mangée d'une moustache noire et d'une barbe de huit jours, le regard brillant et aussi sombre que le poil. Il était coiffé d'un drôle de petit chapeau dont Pierrot ne pouvait évidemment pas savoir qu'on le nommait un bonnet de police. Et ses vêtements de toile n'avaient plus ni forme ni couleur.

Et il était là, assis précisément sur cette pierre, à moins que ce ne soit une autre, sur la levée de terre de la digue, à attendre, paisiblement, le dos rond, avec son fusil entre les jambes.

Alors, là, ce fusil, il était dans le souvenir de Pierre comme un grand hurlement, quelque chose qui avait explosé, qui s'était déchiré en lui, le projetant avec infiniment de douleur hors de son rêve. Il y avait quelque chose de si grand, de si dur, de si contraire au rêve, dans ce fusil-là, que Pierre en avait eu peur.

Il ne voyait plus que lui. Et lorsque, tout à coup, la silhouette de Joseph s'interposa, l'envie le prit de crier. « Non, non, papa Joseph, c'est trop dangereux ! » Au lieu de quoi il resta figé au milieu du champ, là où l'avait cueilli la vision effrayante de cet homme avec son fusil entre les jambes.

Joseph et l'homme échangèrent quelques mots. Puis Joseph se retourna.

— Faut que j'y aille, dit-il comme si ça allait de soi. Tu sauras rentrer les bœufs et la faucheuse ?

Antoinette, à deux pas de Pierrot, parut vouloir parler. Elle ouvrit même la bouche. Mais il n'y avait rien à dire. Lentement, de la tête, elle acquiesça.

— C'est bon, dit Joseph. Les enfants, vous suivrez. Tâchez d'être sages.

Et il partit avec l'homme au fusil. Pierrot les vit s'éloigner à grandes enjambées décidées, ignorantes de la fatigue du jour. La forêt les eut vite mangés.

Suivant l'attelée de bœufs que conduisait Antoinette, ils atteignaient à peine la vallée lorsque retentirent, loin là-haut, au-delà de Mouille-Longue, les premières détonations et les hoquets rageurs des mitrailleuses.

29

Pierre sortit de son sac les sandwichs que Jeanne lui avait préparés. Il mangea assis sur la pierre, peut-être à la place même où était assis l'homme au fusil. Puis, quand il eut fini, il s'allongea dans l'herbe.

Mais le sommeil ne vint pas plus qu'au temps où il était Pierrot. Il finit par se mettre sur le dos et, les bras croisés sous la nuque en guise d'oreiller, entre ses pieds écartés, il se perdit dans la contemplation du port de Mouille-Longue.

Le pré, que Joseph fauchait soigneusement chaque printemps, avait été rendu à la friche. Il s'était couvert d'une vilaine bourre d'herbes grises, qu'en ce début de printemps rien ne dissimulait encore. Par places, quelques touffes de ronces et de sureaux commençaient leur œuvre de récupération.

Ensuite viendraient les noisetiers, puis les frênes au pied desquels des fientes d'oiseaux finiraient bien par apporter les faines et les glands dont naîtrait, dans bien des années, l'épais couvert forestier sous lequel les premières broussailles, après avoir tué l'herbe, seraient elles-mêmes condamnées à dépérir.

Pour l'heure, cette espèce de savane cernée de

forêt avait quelque chose de primitif. Il semblait que le premier soin de la nature avait été, après le renoncement de l'homme, d'y semer et d'y faire prospérer tout ce qu'il y avait de plus étrange et de plus hostile à sa présence.

Seules subsistaient les deux levées de terre sur lesquelles s'appuyait jadis la digue des flotteurs de bois. Pierre ne parvint pourtant pas à faire renaître en lui le rêve du lac. Son esprit était ailleurs. Il fallait bien qu'il finisse par l'admettre.

Depuis la surprenante question de Raymond Deroche, et quoi qu'il fasse, derrière les souvenirs qui refaisaient surface et auxquels il tentait désespérément d'accrocher toute son attention, réapparaissaient immanquablement l'image de Madeleine Guérande et l'obsédante pensée de toutes ces lettres.

Il les avait lues jusqu'à la dernière. Et, peu à peu, en même temps que se forgeait l'image de cette forte femme installant progressivement sa famille dans une nouvelle existence, il s'était rendu compte qu'aux certitudes qu'il acquérait répondaient presque autant de questions.

C'était comme si les intuitions, les bribes de vérité, les contradictions, les déductions plus ou moins hasardeuses qui l'embrouillaient jusque-là se rangeaient peu à peu selon un ordre logique, tout en laissant planer assez de flou pour que rien ne soit jamais définitif.

Il n'y avait évidemment maintenant plus de doute : Philippe Guérande n'avait jamais trahi. Il avait bien joué le rôle que Vulcain avait exigé de lui. Il n'en avait pas moins fui, comme s'il était coupable. Et Pierre ne parvenait pas à admettre que la seule peur que tout cela se sache ait pu justifier un tel geste. Bien sûr, il y avait cette phrase énigmatique de Madeleine Guérande à propos de monsieur Arsène et de son fils Armand : « Tu sais bien tout ce qui, de leur part, pouvait nous inquiéter. »

Pierre n'en avait pas la moindre idée. Et cela l'horripilait copieusement. Car, évidemment, dans les lettres suivantes, il n'avait pas trouvé le moindre élément qui puisse le mettre sur la voie. Il n'avait pu que suivre sans beaucoup d'intérêt la lente installation dans sa nouvelle vie d'une femme qui avait vite oublié les accents un peu pathétiques de ses premières lettres. On percevait très bien, au fil du temps, et jusque dans la forme de l'écriture, la sûreté de soi qui reprenait le dessus.

Sans qu'elle s'y attarde beaucoup, elle ne faisait guère mystère de la réussite de Philippe dans ses nouvelles activités, qui semblaient essentiellement tenir à un commerce pour le moins rémunérateur, faute d'être toujours très licite, avec les troupes d'occupation en Allemagne.

La femme perdue, traquée, exilée, des premières lettres ne tardait pas à reprendre un ton presque condescendant à l'égard de la lointaine cousine laissée en France. A un tel point que Pierre s'était longtemps demandé pourquoi elles continuaient avec tant d'assiduité à correspondre.

Jusqu'à ce que quelques détails, des allusions, lui fassent se souvenir qu'il ne détenait que la moitié de ces échanges. A l'évidence, Antoinette répondait très régulièrement aux lettres de Madeleine Guérande.

Et elle lui donnait des nouvelles du pays. Elle la tenait au courant de ce qu'il advenait de leurs biens. La réussite des Guérande en Allemagne n'avait pas fait oublier à Madeleine leurs vastes possessions de Messangy.

Pour ce que tu me dis de nos bois, écrivait-elle ainsi un jour, *Philippe est bien trop pris par ses affaires actuelles pour pouvoir s'en occuper. Il faudra pourtant bien que nous nous en souciions un jour ou l'autre et que l'on remette un peu d'ordre à tout ça.*

Que disait Antoinette ? Et quels désordres sous-entendait Madeleine Guérande ? Pierre aurait été curieux de le savoir. Rien, pourtant, ne le mettait sur la voie.

Dans le flot un peu monotone de ces missives, plus souvent soucieuses de retracer avec une pointe d'orgueil le cheminement de la famille Guérande vers une très belle aisance, sinon la fortune, que de se tenir informées des heurs et malheurs du pays qu'ils avaient fui, une lettre avait tout de même retenu l'attention de Pierre. Lorsque Madeleine Guérande l'avait écrite, ils étaient installés à Francfort depuis peu. Si le temps de l'insécurité semblait révolu, celui de l'opulence n'était pas encore là. L'amertume était encore à fleur de peau.

Ce que tu m'apprends, écrivait Madeleine Guérande, *n'est évidemment pas de nature à me surprendre. Cela ne peut que me conforter dans ce que j'ai toujours pensé, au sujet de cette lamentable affaire. Naturellement, tu imagines la peine qui a été la nôtre en apprenant cela. C'est révoltant, c'est ignoble. Mais, en l'état actuel des choses, que pouvons-nous y faire ? Heureusement qu'il nous reste votre amitié, à toi et à*

Joseph. Tu ne mesures pas à quel point cela est un réconfort pour nous.

Il avait fallu un certain temps à Pierre pour mesurer l'importance de ces mots-là. A la première lecture de la lettre, il avait commencé par froncer les sourcils et par tempêter, une fois de plus, sur ces phrases sous forme d'ellipses qui ne lui indiquaient rien sur les causes de la colère et de la douleur de Madeleine Guérande.

Puis, en y réfléchissant un peu, il s'était souvenu des propos de monsieur Armand lui expliquant que c'était Philippe Guérande lui-même qui l'avait mis en garde contre Joseph Billaud. Or, contrairement à ce qu'il avait dit, non seulement Philippe Guérande semblait être resté dans les meilleurs termes avec les Billaud, mais il était évident, à en croire ce qu'écrivait son épouse, qu'il n'était absolument pas dans un état d'esprit, à l'égard de l'épicier et de son fils, qui puisse l'inciter à leur faire de telles confidences.

Tout à coup, Pierre, sidéré, se rendit compte qu'il tenait enfin une vraie contradiction. Jusque-là, tout ce qu'on avait pu lui raconter n'était jamais que des variantes plus ou moins interprétées d'une même histoire. C'était ces approximations qui lui avaient tant compliqué la vie pour rétablir le fil de l'histoire. Alors que, cette fois, il était patent que, pour une raison qui lui échappait encore, monsieur Armand avait délibérément menti.

Cette découverte le contraria. Certes, il n'aurait pas donné le bon Dieu sans confession à monsieur Armand. Et il était plus d'une facette du personnage qui lui paraissait plutôt trouble. Il s'était pourtant attaché à ce bonhomme toujours souriant, sautillant et plein de prévenances. Que ses petits-enfants, d'ailleurs, ressentent pour lui une affection débordante, même si les lapins et les poules en étaient les causes réelles, n'était pas pour rien dans la bienveillance, sinon la sympathie, qu'il lui portait.

Monsieur Armand avait donc menti. Et cela l'obligeait à reconsidérer bien des aspects de toute cette affaire. Quelle confiance pouvait-il maintenant accorder à tout ce que le vieux lui avait raconté ? Et puis, après tout, les terribles préventions que Madeleine Guérande semblait nourrir à son égard avaient peut-être plus de fondement qu'il ne leur en avait d'abord accordé.

Tout et tout le monde, même Tonin, jusque-là, l'avait poussé à rendre les Guérande et, ensuite, les Lardret responsables du cambriolage comme de la mort de Modem ou de l'incendie de la cabane à outils. Et tout à coup, à la découverte de ce seul mensonge, Pierre comprenait qu'il y avait là une unanimité un peu trop belle pour ne pas être suspecte.

Une fois de plus, il realisait qu'il ne mettait le doigt sur un fait précis, indiscutable, que pour mieux se perdre dans le lacis des suppositions. Et cela l'exaspérait au-delà de tout.

Le soleil, en entamant sa lente descente vers l'occident, avait fait reculer l'ombre. Ce fut ce qui réveilla Pierre. Ebloui, encore à mi-chemin du sommeil, il lui fallut un long moment pour comprendre ce qui l'environnait et ce qu'il faisait là. Il eut alors un sourire amusé. Non, le lac n'était pas là. Pas plus d'ailleurs que l'herbe fauchée qu'il allait falloir faner.

Il se redressa en s'appuyant sur ses coudes et laissa son regard se perdre dans le foisonnement sauvage du port de Mouille-Longue et des bois qui l'entouraient. Une idée saugrenue lui passa par l'esprit.

« Il faudra que je décide Jeanne, se dit-il. Un soir, on viendra camper ici. Au petit matin, ça doit être superbe. »

Il y avait fort peu de probabilités pour que son épouse adhère à un tel plan. Il le savait très bien, mais il se satisfaisait déjà de l'avoir émis, comme ça, gratuitement.

Il jeta un coup d'œil rapide au soleil.

« Il faut que j'y aille », dit-il tout haut en se levant d'un bond.

Il réajusta son sac sur son dos, ramassa son bâton, contempla une dernière fois le cadre paisible et sauvage de Mouille-Longue, et s'engagea dans la descente.

C'était plus fort que lui. Il ne parvenait plus à s'intéresser à ce qui l'entourait. Il marchait vite, tête basse, les yeux rivés à trois pas devant lui, déjà impatient de retrouver son bureau.

Parce que, enfin, si on posait comme hypothèse que les Guérande et, à leur suite, les Lardret n'étaient pas aussi noirs qu'on avait bien voulu les lui dépeindre, si monsieur Armand avait cru bon de devoir mentir, cela signifiait que rien n'était résolu en ce qui concernait ce qui l'intéressait, à savoir le cambriolage, la mort de Modem et l'incendie de la cabane à outils.

Il frappait sèchement de son bâton sur les pierres. C'était exaspérant, à la fin, ça tournait à l'obsession. Et cette promesse qu'il avait faite à Jeanne de ne plus se mêler de tout ça... Comment faire, maintenant que tout était remis en question, que les frêles certitudes qu'il avait cru acquérir s'effondraient toutes, les unes après les autres ?

« Et puis zut, grogna-t-il. Au point où j'en suis, il faudra bien que je trouve. »

Oui, mais comment sans se parjurer aux yeux de Jeanne ?

Il allait à grandes enjambées rageuses. Il traversa la piste presque sans la voir. Et il s'engouffra à nouveau sous le couvert épais en dégringolant le talus de déblais au mépris de toute prudence. Il tournait le dos au soleil couchant. Les ombres s'allongeaient démesurément devant lui, hachurant le sous-bois de longues bandes parallèles de lumière un peu dorée.

Lorsqu'il atteignit la corne des prés, les jeunes bêtes n'y étaient plus. Elles avaient dû redescendre vers des espaces plus larges et plus longtemps caressés par les rayons obliques du soleil couchant.

Au demeurant, Pierre n'y prêta même pas attention. Il était bien trop absorbé par ses pensées. Et chacun de ses pas énergiques ponctuait la conviction qui s'ancrait en lui. L'idée que le cambriolage ait pu être commandité par les Guérande, depuis l'Allemagne, ne tenait pas debout. En elle-même, elle était complètement aberrante. Et il se reprochait d'avoir pu se laisser prendre à une telle ânerie.

D'ailleurs, s'il en fallait une, les lettres de

Madeleine Guérande étaient une preuve de plus qu'ils n'avaient aucune raison de se lancer dans une si rocambolesque entreprise. Jusqu'au bout, elle avait correspondu avec Antoinette. Et il y avait beau temps que l'affaire de la Libération et le souci de leurs biens de Messangy ne transparaissaient plus le moins du monde dans ses propos, lorsque la vieille dame, qu'elle était probablement devenue, annonçait à Antoinette avec une joie touchante les fiançailles de sa fille Thérèse avec un officier de l'armée française.

Ce mariage devenait la grande affaire de toute une série de lettres. Puis il s'agissait de l'installation du jeune couple, des espoirs de maternité, d'ailleurs toujours déçus. Tout indiquait que Madeleine Guérande avait transféré tout ce qui lui restait de capacité à s'émerveiller et à s'enthousiasmer sur le mariage de sa fille. Et elle associait sans cesse Philippe à ses propos.

Il y avait, dans le discours qu'elle tenait à Antoinette, une telle chaleur, une telle intimité que Pierre se sentait parfois gêné. Pour un peu, il se serait accusé de voyeurisme !

Et c'était ces gens-là qu'il aurait dû soupçonner d'avoir monté ce sordide cambriolage à l'encontre de la maison d'une parente et amie qui devait être bien proche pour que, sans discontinuer, des années durant, ils la prennent à témoin de leurs joies comme de leurs peines les plus intimes ? Ce n'était évidemment pas crédible.

« Si seulement, fulminait Pierre, je savais les raisons de la haine de Madeleine Guérande à l'égard de monsieur Arsène et de son fils. Si seulement je savais ce qu'elle sous-entendait en affirmant, quelques mois plus tard, que des événements qu'elle ne citait pas ne faisaient que la conforter dans ce qu'elle avait toujours pensé. Que pensait-elle ? Antoinette savait, évidemment, puisque Madeleine Guérande ne trouvait pas nécessaire de donner plus de précisions. Mais, moi, comment je vais savoir ? »

Et il allait, dans le soir tombant, allongeant toujours le pas et maltraitant les cailloux du chemin du bout de son bâton.

Et puis, tout à coup, il s'arrêta net.

« Mais, bon Dieu, la voilà, la solution. »

D'un moulinet bien ajusté, il fit voler une pierre loin devant lui. Il resta encore là quelques instants, immobile, planté dans un pan de lumière dorée, à savourer le goût exquis, après l'amertume de l'expectative, de la décision à prendre enfin révélée. Il eut encore une brève moue dubitative.

« Bien sûr, il y a des risques », murmura-t-il.

Il haussa les épaules et reprit son chemin.

Cette fois, il allait paisiblement, d'un pas égal, bien rythmé par le choc régulier du bâton sur les irrégularités de l'empierrage.

30

La lucarne était encore éclairée. Depuis la fenêtre de son bureau, Pierre avait eu le temps de voir, à travers les jeunes feuillages des arbres du verger, la tache de lumière qui s'était brièvement découpée sur le toit de la maison des Lardret, juste avant qu'une main, vraisemblablement toujours la même, tire un épais rideau dont il arrivait qu'il laisse filtrer, sur son côté, un long rai de clarté un peu jaune.

Ce soir, justement, c'était comme une vraie provocation.

« Qu'est-ce que je risque ? » s'interrogea Pierre pour tenter de se convaincre.

Il savait pourtant très bien à quel point Jeanne, la fine mouche, jouait parfaitement de son intuition bien féminine et d'un don d'observation redoutablement affûté pour mettre à nu les plus perfides machinations.

« Bien sûr, si elle voit le coup... »

Il n'osait pas penser aux conséquences. Et, à vrai dire, la perspective de mécontenter Jeanne l'inquiétait beaucoup.

La tentation n'en était pas moins grande. C'était le seul moyen, il en était convaincu, d'essayer au moins de dissiper les ombres qui planaient avec obstination autour de toute cette affaire.

Il lui semblait qu'il était à l'extrême bord du versant de la vérité. Il lui fallait peser, d'un rien peut-être, du bon côté pour que se révèle enfin le détail des éléments dont Madeleine Guérande lui avait dévoilé l'existence sans les expliciter.

Sauf à tolérer de rester dans un doute qu'il ne supportait plus, il n'avait plus guère le choix. Les investigations directes lui étant désormais interdites par la promesse qu'il avait faite à Jeanne d'y renoncer, et les résultats qu'elles avaient donnés étant, au demeurant, de valeurs très inégales, en définitive, la seule porte de sortie résidait dans ce coup dont il était convaincu que Marc Thévenot l'aiderait loyalement à le monter.

« Zut, se décida-t-il enfin, je tente le tout pour le tout. On verra bien. Ça passe ou ça casse. Et si tel est le cas, j'en serai quitte pour une soupe à la grimace de quelques jours. Personne n'en est jamais mort. »

Il se tourna vers son bureau, rangea soigneusement les quelques lettres qu'il avait sorties pour les relire, referma le boîte à galettes de Pont-Aven et se redressa.

« Demain, je l'appelle », décida-t-il.

Il éteignit et, l'âme enfin en repos, alla se coucher.

Jeanne tendit l'oreille. Le téléphone venait de sonner. Pierre était allé répondre et il venait de brancher l'amplificateur. Ce n'était pas dans ses habitudes. Et, à l'évidence, ce ne pouvait être qu'à son intention.

C'était une voix de femme.

— Nous venons d'apprendre que vous étiez très liés, disait-elle. Il vient nous voir la semaine prochaine. Mon mari et moi, nous nous sommes dit que ce serait bien si vous veniez déjeuner avec lui.

Pierre paraissait complètement éberlué.

— Eh bien, heu… Ce serait avec plaisir. Il faut que j'en parle à ma femme. Ce serait quel jour ?

— Il doit nous confirmer. On a parlé de jeudi. Ça vous irait ?

— Eh bien, heu… Pourquoi pas ? J'en parle à mon épouse et nous vous rappelons.

— C'est ça, rappelez-nous vite. Je brûle d'impatience de vous recevoir. Ce sera un grand plaisir, croyez-moi.

Ils échangèrent les congratulations d'usage et Pierre, très lentement, reposa le combiné.

— Tu n'as pas reconnu ? Bien sûr. Comment pourrais-tu ? Tu ne devines pas ?

Jeanne eut une moue d'ignorance en même temps que ses lèvres se pinçaient. Elle avait horreur de ces jeux de devinettes ridicules. Pierre le savait pourtant bien.

— Madame Lardret, s'empressa-t-il de dire pour désarmer la mauvaise humeur qu'il sentait monter. Thérèse Lardret, née Guérande, elle-même qui, ainsi que tu l'as entendu, nous invite à déjeuner.

— Avec qui ?

Il y avait beaucoup de méfiance, dans cette voix-là. Pierre en trembla.

— Marc Thévenot. Tu te souviens de ce vieux Marc, ce boit-sans-soif ? Quand je l'ai rencontré à Paris, la dernière fois qu'on y est montés, il m'a dit qu'il connaissait bien Lardret. Remarque, ce n'est pas étonnant : ils sont à peu de chose près du même âge, et Marc, avant qu'il ne prenne sa retraite, connaissait la moitié de l'armée française. Cet animal-là, qui s'enquiquine comme un rat mort à Paris, n'a rien trouvé de mieux que de leur téléphoner pour s'inviter. Je parie que c'est lui qui leur a suggéré de nous mettre de la partie.

— Et tu ne trouves pas ça curieux ?

— Quoi donc ?

— Qu'ils nous invitent, pardi. Apres ce qu'ils nous ont fait, la façon dont ils nous ont accueillis...

C'était l'évidence. Et Pierre, par la pensée, se mordait les doigts de ne pas y avoir songé plus tôt.

— C'est vrai, admit-il. Ils ne savaient pas qui nous étions, plaida-t-il tout de même.

— Ils n'avaient qu'à se renseigner. C'est tout de même un peu cavalier, comme comportement. Qu'on change d'avis, moi je veux bien. Mais après avoir agi comme ils l'ont fait, venir nous faire des salamalecs et des courbettes, je trouve que ça ne manque pas de culot.

Allons bon ! Pierre s'imaginait pourtant avoir tout envisagé. Mais il avait tellement remis en cause la responsabilité des Lardret, dans tout ce qui leur était arrivé depuis leur installation, qu'il n'avait pas pensé un seul instant à Jeanne, qui, elle, en était restée à la certitude de leur culpabilité.

— Après tout, tu sais, tenta-t-il, rien ne prouve que ce soit eux qui aient empoisonné Modem et incendié la cabane du jardin.

Elle en fut si interloquée qu'elle en resta quelques instants sans voix.

— Qu'est-ce que tu vas encore chercher là ? s'emporta-t-elle enfin. Même ton ami Tonin en est persuadé. A croire que tu trouves un malin plaisir à tout remettre en cause en permanence. Et puis d'abord, qu'est-ce qui te faire dire ça ?

— Les lettres.

— Quelles lettres ?

— Celles de Madeleine Guérande, celles que j'ai trouvées dans les ruines de la cabane à outils.

— Et alors ?

Il dut lui expliquer. Il alla chercher la boîte à galettes, lui lut les passages les plus significatifs. Il lui démontra le mensonge de monsieur Armand. Elle eut beaucoup de mal à l'admettre. Elle aussi, en fin de compte, s'était prise d'une sorte d'amitié pour le vieux bonhomme.

— Que fait-on ? demanda-t-il enfin.

Elle le dévisagea longuement. Elle pesait le pour et le contre.

— Ça te plairait de revoir Marc ?

— Bien sûr. Mais ce n'est pas une raison, osa-t-il.

— Après tout, si ce sont des gens normaux, leur coup de fil tendrait à prouver qu'ils ne sont pour rien dans tout ça. On verra bien. D'autant plus que, même si ce sont eux qui ont agi comme ça, il leur était difficile de refuser à Marc de nous inviter. Et, dans ce cas-là, ne pas y aller, ce serait faire leur jeu. Tu ne crois pas ?

Pierre était prêt à tout croire pourvu que son plan aboutisse sans que Jeanne se doute que c'était lui qui avait tout manigancé.

Au téléphone, le lendemain de sa randonnée à Mouille-Longue, Marc Thévenot n'avait fait aucune difficulté pour entrer dans son jeu.

— Tu comprends, lui avait expliqué Pierre, Jeanne se sent un peu isolée, ici. Bien sûr, les enfants viennent de temps en temps. Mais, au quotidien, crois-moi, ce n'est pas bien facile d'établir des contacts avec les gens du pays. Les Lardret sont quasiment nos plus proches voisins. Je suis allé à l'école avec Thérèse. Mais je sens bien qu'ils nous tiennent à l'écart, comme ils se tiennent à l'écart de tout le monde, dans le village. Alors, je m'étais dit que s'ils savaient que nous avons un ami commun, ça pourrait être une entrée en matière.

— Une manière de briser la glace, avait renchéri Marc.

— C'est ça, s'était empressé de confirmer Pierre. Si vous voulez, vous venez passer quelques jours ici, avec ton épouse. Il y a de la place, ne t'inquiète pas. Et puis on ira voir le colonel ensemble.

L'idée avait plu à Marc, mais il avait son plan. Il avait rappelé Pierre le soir même.

— Mission accomplie, avait-il tout de suite annoncé. Mais nous ne venons pas chez toi. Tu sais, ma femme, quitter Paris... Et puis, ces affaires-là, ça ne la passionne pas du tout. Alors, je me suis fait inviter par les Lardret. Je leur ai bien dit que c'était par toi que j'avais retrouvé leur trace. J'ai insisté sur nos vieilles relations professionnelles et sur notre amitié. Et je n'ai rien eu à demander. C'est d'elle-même que Thérèse Lardret a émis l'idée de nous inviter tous les trois. Tu penses si j'ai abondé dans son sens. Alors, elle doit t'appeler. Tu n'as plus qu'à attendre. On a parlé de jeudi prochain. Ça te va ?

Faisant valoir que ça se faisait et prétextant que c'était plus correct, Pierre obtint même que ce soit Jeanne qui rappelât Thérèse Lardret. Elle fut courtoise, mais sans exagération. Il disparut dans son bureau avant qu'elle ait raccroché.

Il fallait maintenant attendre. Comme un gosse à trois jours des vacances, jeudi prochain lui semblait une échéance épouvantablement lointaine. Et il s'affolait de devoir occuper tout ce temps, sans pouvoir montrer la moindre impatience.

Il retourna à Mouille-Longue, n'y retrouva pas plus le lac que la première fois. Il s'acharna sur son jardin, qui avait la mauvaise idée, à cette époque-là, de s'occuper seul de faire pousser ce qu'il y avait semé ou planté. Il ne put que s'adonner à une chasse à la mauvaise herbe, toujours fructueuse, mais vite lassante.

Il s'appliqua cependant à éviter d'engager la conversation que monsieur Armand désirait, c'était évident, de l'autre côté de sa haie. Trop de questions lui brûlaient les lèvres, dont il n'était pas sûr de savoir les retenir. Mieux valait s'abstenir.

Hormis la chronique hebdomadaire qu'il envoyait à Antoine, rien ne put le retenir à son bureau, où il tournait en rond et finissait toujours par se saisir de la boîte à galettes pour l'ouvrir devant lui. Dix fois, vingt fois, il refit de tête la révision complète de ce qu'il savait de façon certaine et de ce qui était toujours du domaine des hypothèses. Il alla même jusqu'à tenter de mettre tout ça noir sur blanc, mais il aurait fallu en écrire un roman, et il n'en avait plus le temps, ou schématiser à un tel point que la réalité s'échappait. Il finissait par y renoncer et par repartir vers son jardin ou vers son atelier où, comme par hasard, rien ne lui tombait sous la main qui puisse l'occuper.

Jeanne, bien sûr, quoi qu'il fasse, surveillait du coin d'un œil goguenard cette agitation pour le moins stérile. Elle ne se faisait aucune illusion quant à ses raisons. Pierre en avait vaguement conscience et cela ne faisait qu'ajouter à son exaspération et à son malaise.

— Tu as à faire, ce week-end ? demanda-t-elle tout à fait à brûle-pourpoint.

Il s'étonna. On était vendredi après-midi.

— Non. Je n'ai rien de particulier. Pourquoi ?

Elle cacha un sourire amusé en lui tournant le dos et en faisant celle qui s'affairait devant ses fourneaux.

— Je me disais qu'on pourrait faire un saut à Paris. J'ai plusieurs choses à voir avec Anne. On pourrait manger chez eux demain soir et chez Eric dimanche à midi. On rentrerait dans la soirée. A moins...

— A moins que quoi ?

— Tu voudras peut-être passer voir Antoine avant de rentrer. On pourra rester là-haut lundi, si tu veux. Le jardin peut bien attendre trois jours.

Ils ne rentrèrent que le mardi soir. La coupure avait fait du bien à Pierre. Ses petits-enfants lui avaient changé les idées. Il s'était replongé avec délice dans l'atmosphère survoltée de la rédaction où

Antoine avait manifesté son plaisir de le recevoir. Georges Drimont n'était pas en train de jouer aux dés au bar du café du coin des rues Saint-Fiacre et des Jeûneurs. Il ne s'inquiéta pas auprès d'Ahmed de savoir s'il viendrait ou pas.

— Demain, tu me descends à Autun, décréta Jeanne lorsqu'ils retrouvèrent leur maison de Messangy. Il faut que j'achète des fleurs ou une plante, quelque chose de bien. Et puis, tu apporteras une bonne bouteille.

31

Enfin, on fut jeudi.

Incapable de rester plus longtemps au lit, Pierre se leva à l'aube. Sans bruit, de peur de réveiller Jeanne, il se fit chauffer un café, le but brûlant et sortit.

Il faisait délicieusement frais. Les dernières étoiles pâlissaient dans l'éclatante luminosité d'un ciel si transparent qu'il semblait que plus rien ne séparait la terre des plus grandes profondeurs cosmiques. A l'est, une fine lame d'argent s'affûtait sur les ombres chinoises des hautes futaies coiffant les collines.

Puis l'or s'en mêla. En même temps que grandissait l'embrasement du ciel préludant à la naissance du soleil, il fusa d'abord vers l'infini, brandissant à d'incommensurables altitudes de fins fuseaux d'éblouissantes lumières entre lesquels les dernières étoiles se virent encore durant quelques instants. Puis l'azur les éteignit. Il conquit peu à peu le large du ciel en même temps que, au versant est des collines, s'allumait sur les sombres frondaisons le semis d'or que déversaient à profusion les rayons encore obliques du soleil.

Pierre, à grandes enjambées nerveuses, foulait la rosée dont la multitude des infimes gouttelettes ourlant le moindre brin d'herbe faisait aux prés une délicate livrée d'argent.

Enfin, le soleil parut. Et, avec lui, naquirent les ombres, d'abord démesurées, qui rendaient leur relief aux choses et aux êtres. C'était comme si s'achevait un songe. La nature s'ébrouait et retrouvait les mesures de son labeur quotidien.

Pierre dépassa un troupeau de vaches blanches broutant paisiblement. Il atteignit une haie, la longea jusqu'à la longue barrière de bois qui fermait le pré. Il ne l'ouvrit pas. Il se retourna et s'y adossa.

Presque plate, la vallée, au fond de laquelle la rivière, bordée de vernes et de saules têtards, serpentait paresseusement, était fermée, loin devant lui, par l'épaulement sur lequel s'étageaient les maisons et l'église de Messangy. Vue ainsi, la bourgade semblait être un enchevêtrement désordonné et étonnamment touffu de longs toits gris-bleu. Sous les premiers rayons du soleil, la rosée, qu'ils n'avaient pas encore essuyée, en scintillant doucement leur conférait des reflets de bronze ajoutant encore à l'aspect massif de l'ensemble.

Tout en bas du bourg, légèrement à l'écart, entre les feuillages, Pierre entrevoyait quelques morceaux du toit de leur maison. Jeanne était là, dormant peut-être encore. Dans la verdure un peu arborescente qui la dissimulait aux trois quarts, il aima l'idée d'un nid infiniment précieux blotti au creux d'un écrin protecteur.

Juste en dessous, au milieu de son parc, la maison des Lardret semblait nue. Les lignes de son toit et de ses murs, de si loin, se découpaient avec trop de netteté sur le fond désordonné de la végétation. Elle avait quelque chose de dur. Il n'y avait ni sourire ni tendresse, dans cette maison-là.

Il s'en détourna.

C'était pourtant à la porte de cette grande bâtisse, dont rien, pas même une vigne vierge, une glycine, ne venait rompre la trop grande rigueur, qu'il lui faudrait venir frapper. Il en ressentit tout à coup comme une grande appréhension. Il y avait trop longtemps que toute cette affaire lui occupait l'esprit jusqu'à l'obsession.

Or, tout à l'heure, tout se jouerait. Ou bien il saurait, ou bien il lui faudrait supporter de vivre encore avec l'absurde angoisse de ces questions auxquelles aucune logique ne semblait en mesure d'apporter une réponse suffisamment cohérente pour le satisfaire.

Il se sentit très vulnérable. Et, tout de suite, il s'en voulut. Comment ces quelques malheureux mystères de village avaient-ils pu, en si peu de temps, faire voler en éclats l'équilibre et la grande sûreté de soi qu'aucune enquête, aucun reportage, aussi périlleux soit-il, n'avait pu entamer, au temps où son métier le confrontait quotidiennement ou presque à des situations autrement compliquées ?

« C'est ridicule », se dit-il tout en sachant très bien que rien ne pourrait le faire échapper à cette étrange psychose qui s'était saisie de lui.

« Allons, grogna-t-il, il faut y aller. »

Il prit le chemin du retour. La journée allait être

chaude. Bien que le soleil ait été encore bas sur l'horizon, la rosée s'essuyait déjà. Les prés paraissaient vernis. Entre chacun de ses pas qui faisaient doucement crisser l'herbe foulée, il lui semblait entendre le bruissement infime de toute cette végétation qui poussait, qui laissait éclater sa formidable fureur d'exister et de croître.

« Quel combat ce doit être », pensa-t-il. Il imaginait chaque brin d'herbe, chaque plante, aussi petite soit-elle, luttant férocement contre ses voisines pour conquérir sa place au chaud soleil qui montait. C'était un bouillonnement, un foisonnement de minuscules volontés d'être, dont la gigantesque addition finissait par être perceptible.

Il retraversa tous les prés, croisa d'autres troupeaux de vaches blanches, perçut les puissants effluves de leur sang en travail, songea qu'elles aussi, comme la plus insignifiante des graminées, buvaient à pleines lampées le souffle de vie que la mystérieuse alchimie printanière faisait courir sur les êtres comme sur les choses.

Et il s'étonna de ne pas s'en sentir saisi.

« On tue la joie », se reprocha-t-il.

Il atteignit le chemin juste en dessous du bourg. Il longea le parc des Lardret. La maison semblait encore dormir.

« Marc doit être en route », estima-t-il.

Il dépassa la grille et, pour la première fois, remarqua, sur son pilier de gauche, le bouton d'une sonnette.

« Ce sera là qu'il faudra appuyer, tout à l'heure », se dit-il bêtement.

Jeanne, en robe de chambre et l'œil encore quelque peu endormi, allait et venait dans la grande salle, dressant la table du petit déjeuner avec le même soin méticuleux qu'elle y avait toujours apporté.

— Tu es allé loin, comme ça ?

Il eut un geste vague en direction de la vallée.

— Au fond des prés.

— Ça devait être beau ?

— Superbe.

— Un jour, j'irai avec toi.

— Quand tu veux. Ce serait bien.

A chacun de ses retours, elle lui disait la même chose. Et toujours, lorsqu'il lui proposait de l'accompagner, un travail urgent l'en empêchait.

L'œil pétillant, Marc arriva sur le coup de onze heures. L'escapade, manifestement, le ravissait.

— Tu as fait la route avec ça ? railla Pierre. Tu n'as pas peur.

Il roulait dans une antique Peugeot dont les chromes étincelants trahissaient les trop rares occasions qui lui étaient données, entre deux lustrages pour passer le temps, de sortir du garage.

— Moque-toi ! J'ai tenu le cent vingt d'un bout à l'autre de l'autoroute.

— J'ai toujours dit que tu étais complètement inconscient.

Ils se donnaient de grandes tapes dans le dos. Ils venaient vers Jeanne en se tenant par l'épaule, comme deux collégiens le jour de la rentrée.

— Comment faites-vous ? s'étonna Marc. Vous

ne changez pas, ni l'un ni l'autre. Et on met à la retraite des jeunots comme vous ?

Ils entrèrent.

— Un instant seulement, prévint Marc. Il ne faut pas que j'arrive en retard chez ce vieux farceur de colonel.

— Façon de parler, ne put s'empêcher de relever Jeanne. Je n'arrive pas à comprendre comment vous, boute-en-train comme vous l'êtes, vous avez pu sympathiser avec ce rabat-joie.

Il y eut un très bref silence. Fort heureusement, la complicité entre Marc et Pierre était suffisamment ancienne et solide pour qu'il suffise que leurs regards se croisent.

— C'est toute une histoire. Il faudra que je vous raconte ça un jour. En version allégée, bien sûr. Il y a des choses qu'on ne peut pas raconter aux dames !

Ils éclatèrent de rire.

— Parce que vous avez des souvenirs de ribaudes avec le colonel Lardret ?

— C'est peu dire, gloussa Marc d'un air entendu. Je crois que vous avez un jugement tout à fait partial sur le personnage. Il gagne à être connu, vous verrez. Je suis persuadé que, pas plus tard que ce soir, vous aurez une tout autre opinion de lui.

— On verra, dit Jeanne d'une voix dans laquelle perçait encore une bonne dose d'incrédulité.

— Bon, c'est pas de tout ça, mais il faut que j'y aille, moi, décida Marc. Laissez-moi donc le temps de retrouver cette vieille fripouille de Lardret, et arrivez. Ne me laissez tout de même pas trop longtemps seul avec lui. Sa femme aurait peut-être bien du mal à nous empêcher de reprendre nos vieilles et coupables habitudes !

Il remonta en voiture. Pierre alla jusqu'à la grille et appuya sur le bouton nickelé de la sonnette. Les lourds battants de ferronnerie s'ouvrirent seuls, probablement commandés depuis la maison, qu'on devinait à peine, au-delà d'un virage de l'allée gravillonnée, derrière une haute et épaisse haie de thuyas.

Pierre en resta tout interdit : depuis près d'un an qu'il en était le voisin le plus immédiat, c'était la première fois qu'il voyait s'ouvrir devant lui le domaine très mystérieux du parc des Lardret.

32

Thérèse Lardret accueillit Jeanne et Pierre sur la terrasse de la maison. Dans son dos, par les portes-fenêtres grandes ouvertes, on entendait les rires tonitruants de Marc et du colonel.

Jeanne tendit son azalée, Pierre son puligny-montrachet.

— Il ne fallait pas. C'est trop, s'empressa Thérèse.

Petite, blonde de paille, elle avait la peau trop laiteuse et le regard trop transparent pour que ne s'instaure pas tout de suite la sensation d'un mal-être, d'une perpétuelle insatisfaction qu'un caractère probablement très doux avait, depuis longtemps, appris à taire.

Elle se débarrassa vivement de la plante et de la bonne bouteille sur une table de jardin et revint se jeter au cou de Jeanne qu'elle embrassa comme du bon pain.

— Je suis si contente de pouvoir faire votre connaissance.

Puis, se tournant vers Pierre, elle lui prit les mains et les serra convulsivement dans les siennes.

— Pierrot ! Tu me permets de t'appeler Pierrot ?

Tu me permets de te tutoyer, comme jadis, à l'école, tu te souviens ? Viens. Venez. Il faut qu'on vous explique.

Elle parlait d'une petite voix ténue, un peu fébrile, un peu hachée par l'émotion. Elle entra. Ils la suivirent.

Devant Marc avachi dans un profond fauteuil, Louis Lardret se tenait debout au milieu de la pièce, un verre à la main, hilare. Pierre se posa un bref instant la question de savoir si c'était là le même homme qui l'avait si sèchement rabroué, un matin, devant la supérette.

— Entrez, entrez. Soyez les bienvenus.

Il s'avançait vers eux, faisait le baisemain à Jeanne, les conduisait vers les fauteuils du salon.

— Pas de présentations à faire ? C'est bon. Qu'est-ce que je vous offre ? Marc et moi, nous nous y sommes déjà mis. Mais nous sommes-nous jamais arrêtés ? Thérèse, tu prendras bien quelque chose ? Une telle occasion !

Elle minaudait, concédait un doigt de porto. Et, profitant de ce que le colonel était occupé à servir, n'y tenant déjà plus, elle se tournait vers Jeanne et Pierre.

— Il faut que je vous dise. Il ne faut pas nous en vouloir. On n'a pas été bien aimables avec vous, depuis que vous êtes arrivés. Il faut que vous compreniez. Nous ne savions pas qui vous étiez. Bien sûr, Pierrot, on est allés à l'école ensemble. Mais c'est justement. C'était un parti pris. Avant de revenir ici, Louis et moi, nous en avions décidé ainsi d'un commun accord. Aucun contact avec les gens du pays. Tu comprends, Pierrot, ils nous ont fait tant de mal, ils nous ont trop fait souffrir. Si nous avons choisi de venir nous installer ici, à la retraite de Louis, c'est pour avoir le calme, la tranquillité. Alors, c'était un choix. Rien, strictement rien à voir avec le pays. Comment pouvions-nous savoir ce que tu étais devenu, et vous, madame, combien vous pouviez être différente ? Il a fallu que Marc nous explique. C'est d'ailleurs à toi que nous devons de l'avoir retrouvé. Et vous ne pouvez pas savoir le bonheur qui est le nôtre de vous recevoir avec lui.

Elle avait dû longuement répéter son discours. Elle l'acheva, tout essoufflée, avalant la moitié de ses mots, rose de confusion. Marc et le colonel s'étaient tus. Gêné, Pierre ne savait pas quoi répondre. Ce fut Jeanne qui réagit la première.

— C'est bien naturel. Nous comprenons. Mais, si vous voulez me faire plaisir, pas de madame entre nous. Je suis Jeanne, tout simplement.

Le soulagement parut laisser Thérèse Lardret sans voix. Puis elle éclata d'un petit rire pointu.

— Et moi, c'est Thérèse, s'esclaffa-t-elle.

La glace était définitivement rompue. Tout le monde se mit à parler en même temps. Marc et Louis Lardret prenaient Pierre à témoin de leurs souvenirs communs, Jeanne complimentait Thérèse, qui se récriait, pour le charme de leur maison.

Le salon était une vaste pièce qui prenait largement le jour sur le jardin par trois grandes portes-fenêtres. Il était meublé avec goût, même si, sans le dire, Jeanne s'étonnait du style résolument moderne qui avait été retenu et qui suprenait, dans un tel cadre.

Thérèse vit le coup d'œil circulaire qu'elle porta sur l'ensemble de la pièce.

— Si vous saviez le mal que nous avons eu pour arranger tout ça, s'empressa-t-elle. N'est-ce pas, Louis ?

Il fallut lui répéter la suggestion qui n'avait à l'évidence aucun rapport avec les propos beaucoup plus légers qu'échangeaient les trois hommes.

— C'est bien de ta faute, commenta-t-il tout de même. Si vous saviez ce qu'elle a été difficile. Ça nous a pris deux ans, toute cette installation, là où six mois auraient bien suffi.

— Pour installer un campement militaire, oui, répliqua Thérèse avec une vivacité qu'on n'attendait pas d'elle.

— Enfin, admit tout de même le colonel, on y a mis le temps, mais on y est bien. C'est l'essentiel, non ?

Le sujet devait lui tenir au cœur. Il abandonna Marc et Pierre à leurs évocations d'autres temps et se mêla de la conversation des deux femmes.

— Vous savez, disait Thérèse, c'était à l'abandon depuis la guerre. Et plus ou moins saccagé.

Il eut une moue étonnée.

— Plutôt plus que moins. Tu es modeste.

Elle eut l'air toute désolée de ne pas avoir traduit la pensée précise de son mari.

— Louis a raison, s'empressa-t-elle de rectifier. Il a fallu tout refaire ou presque. Puis il a fallu décorer, meubler. A certains moments, je l'avoue, si Louis n'avait pas été là, j'aurais cédé au découragement. Mais il y tenait tellement.

Pierre avait réussi à se dégager des récits plus ou

moins bachiques de Marc. Il s'était tourné vers le colonel et les deux femmes.

— C'est vrai, j'y tenais, reconnut Louis Lardret. C'est humain, non ? ajouta-t-il en prenant Pierre à témoin.

— Bien sûr. Au fond, toutes proportions gardées, j'ai connu la même chose l'an dernier, quand nous avons repris la maison d'Antoinette et Joseph Billaud.

— A ceci près que, si elle était restée longtemps fermée, elle n'avait pas été saccagée.

Pierre hésita. Fallait-il en parler ou pas ? Après tout.

— Pas à franchement parler, admit-il. Mais enfin... Elle avait tout de même été cambriolée.

— Non ?

En deux mots, il raconta l'histoire. Louis et Thérèse Lardret parurent sincèrement tout en ignorer. Lorsque Pierre en eut fini de son récit, ils échangèrent pourtant un regard entendu qui l'intrigua.

Il n'eut pas le loisir de continuer en direction des questions qui lui brûlaient les lèvres. On passait à table. Et peut-être cela valait-il mieux ainsi. Si les choses devaient se révéler, elles le feraient par bribes, par petits bouts, au fil de la conversation.

La salle à manger était presque aussi vaste que le salon et au moins aussi luxueusement meublée bien que ce soit toujours dans ce même et étonnant style moderne qui surprenait tant Jeanne.

Le temps que tout le monde prenne place, et Marc, que ces considérations à usage local ennuyaient profondément, en profita pour relancer le colonel sur leurs souvenirs communs. Les deux femmes se contentèrent un long moment d'écouter, en riant de sa faconde et des coups d'œil faussement gênés que le colonel coulait vers son épouse.

Puis elles se lassèrent.

— Et votre jardin ? Vous semblez y tenir beaucoup, dit Jeanne en se penchant vers Thérèse.

— Oh oui, que j'y tiens ! Nous y tenons. Louis m'aide beaucoup, vous savez. Nous avons eu assez de mal, quand nous sommes arrivés, à le débroussailler et à le débarrasser de toutes les saletés qui l'encombraient. A croire qu'on en avait fait un dépotoir. N'est-ce pas, Louis ?

Elle ne pouvait pas s'exprimer sans demander l'aval de son mari au bout de trois phrases. Jeanne, intriguée, observait sans bien comprendre les ressorts d'un tel comportement. Le mari, d'ailleurs, ne semblait pas du tout fâché d'entrer dans son jeu. Il devait se lasser des inépuisables évocations de Marc de leurs beuveries communes et passées. Il n'eut pas à faire répéter la question.

— C'était un dépotoir, confirma-t-il. Et ça n'a pas été une mince affaire de tout nettoyer. Raison de plus pour l'apprécier maintenant, tel qu'il est. A vrai dire, nous y passons beaucoup de temps. Mais je crois que vous aussi appréciez votre jardin ?

Tout ça était d'une courtoisie un peu creuse et trop bien léchée qui exaspérait vaguement Pierre. Il eut envie de confirmer en émettant une réserve pour les nuits où brûlait sa cabane à outils. Jeanne dut le pressentir. Elle le devança.

— Pierre surtout. C'est lui qui s'en occupe. Moi,

vous savez, c'est ma maison qui me prend mon temps. N'est-ce pas, Pierre ?

Il ne put s'empêcher de lui adresser un rapide coup d'œil sur le sens duquel elle ne se méprit pas. Elle eut un imperceptible sourire un peu provocateur.

— Et mon bureau, il ne me prend pas du temps, à moi ? préféra revendiquer Pierre.

— Toi aussi !

Thérèse souriait béatement à son mari qui eut un geste fataliste.

— Alors là, mon pauvre Pierre, dit le colonel, vous touchez à une quasi-cause de divorce.

— Oh, Louis ! Est-ce que j'ai jamais dit une monstruosité pareille ?

Elle se tourna vers Jeanne.

— Il y passe ses nuits, lui aussi ?

— Quelques soirées, de temps à autre, pas plus, heureusement.

— Eh bien, imaginez-vous que mon mari passe ses nuits dans son bureau, lui.

— Est-ce que c'est de ma faute si je suis insomniaque ? Depuis que je suis à la retraite, moi qui dormais comme un loir n'importe où et dans n'importe quelle situation, plus moyen de fermer l'œil avant deux ou trois heures du matin. Vous trouvez ça drôle, vous ?

Pierre, que ces préoccupations personnelles intéressaient fort peu, abonda pourtant poliment dans le sens du colonel.

— Non, vraiment, ça ne doit pas être drôle. Je vous plains.

— Penses-tu ! reprit de plus belle Thérèse. Il a

trouvé à s'occuper. N'est-ce pas, Louis, que tu as trouvé à t'occuper ?

Il eut un sourire mi-modeste, mi-satisfait.

— Imaginez-vous que je m'intéresse à l'histoire du haut Moyen Age. Une époque passionnante. Et fort peu connue. Alors, je potasse. Je me procure des tas de bouquins, par les bibliothèques, chez les bouquinistes. Je me suis même abonné à Internet, c'est vous dire. Je surfe sur le Web ! Comme quoi, il n'y a pas d'âge.

— Après le repas, tu devrais montrer ton antre à Marc et à Pierrot. Je suis sûre que ça les amusera.

Cette fois, le sourire fut un peu contraint. L'idée de révéler son jardin secret n'enthousiasmait peut-être pas tout à fait le colonel.

— Je me suis installé un bureau, expliqua-t-il tout de même. Et, pour être tranquille, je l'ai aménagé au grenier, sous les combles. C'est grand, c'est chez moi, je peux y faire ce que je veux. C'est pas bien trouvé, ça ?

Pierre en oubliait de manger. Il acquiesça tout de même de la tête et redouta que le sourire dont il avait voulu souligner le trait du colonel se soit plutôt apparenté à un vilain rictus. Personne pourtant ne sembla l'avoir remarqué.

— Depuis chez vous, le soir, vous n'avez jamais remarqué ? insistait Thérèse. On doit la voir, pourtant, sa lucarne, quand il allume.

— Avec le rideau que tu m'as mis, ça m'étonnerait. Il est tellement épais.

— Si, effectivement, j'avais remarqué, parvint à dire Pierre sur un ton qui se voulait très détaché.

A vrai dire, je n'y avais pas attaché d'importance, mentit-il effrontément.

Jeanne, heureusement, était assez éloignée de lui, à la droite du colonel, pour qu'il n'ait pas à redouter de coups de pied dans les tibias. Il s'appliqua pourtant soigneusement à ne pas rencontrer son regard.

— Toi, le baroudeur, le vieux briscard, te voilà devenu un rat de bibliothèque, intervint Marc fort à propos. Voilà ce que la retraite fait de nous. Et ça te plaît ?

— Bougrement, oui. C'est passionnant.

— Vous devriez faire des articles. Il y a des revues spécialisées que ça pourrait intéresser, parvint à émettre Pierre.

— Pensez-vous ! Marc vous le confirmera : je ne sais pas écrire. Ou alors, ça vous prend tout de suite des allures de rapport. On ne se refait pas totalement, vous savez.

— Même ses lettres, confirma Thérèse. A l'époque où nous étions souvent séparés, c'était du plus grand drôle. J'avais toujours l'impression qu'il venait au rapport. Et c'est toujours comme ça. Qu'est-ce qu'on a pu en rire avec Carmen. N'est-ce pas, Louis ?

Le sujet n'avait pas l'air de le gêner le moins du monde. La vie d'un colonel a-t-elle besoin de s'embarrasser de lyrisme ?

— Si vous saviez ce qu'elles m'en ont fait voir ! Quand elles s'y mettaient à deux, je n'étais plus le maître.

Il blaguait, mais, étonnamment, une sorte de grande tendresse était apparue dans ses mots comme dans son regard. Et, à sa plus grande surprise, Pierre constata que la même lueur très douce brillait au fond des yeux de Thérèse.

— Vous avez connu Carmen ? demanda-t-elle brusquement.

Jeanne s'empressa de prendre le regard interrogateur de celle qui ne sait pas de qui l'on parle, en même temps qu'elle hochait négativement la tête.

— Comment dire ? commença Thérèse avec, dans les yeux, le vague du rêve. Carmen, maintenant, c'est un peu comme notre fille, celle que nous n'avons pas eue. Elle est vénézuélienne. C'est l'attaché militaire de l'ambassade de France à Caracas qui était très lié avec ses parents. Il nous a demandé de nous occuper un peu d'elle quand elle est venue faire ses études en Allemagne, où nous étions encore. Nous l'avons beaucoup reçue. Au point qu'elle a fini par faire un peu partie de la famille. C'est une fille charmante, intelligente, fine, très attachante. Quand nous sommes revenus en France, la laisser là-bas a été une sorte de déchirement. Mais enfin, la France et l'Allemagne, ce n'est pas si éloigné, n'est-ce pas ? Et nos liens ne se sont pas du tout distendus. Bien au contraire. Dès qu'elle avait quelques jours de vacances, elle arrivait à Metz, où Louis a fini sa carrière. Et puis, il s'est trouvé qu'elle a achevé ses études juste quand nous venions nous installer ici. Elle a décrété qu'elle prolongeait son séjour en Europe de quelques mois pour venir nous aider. Je crois que l'idée de vivre avec nous une pareille aventure l'a beaucoup tentée. N'est-ce pas, Louis ?

Il acquiesça d'un simple geste de la tête. Thérèse continua.

— Vraiment, les quatre ou cinq mois qu'elle a passés avec nous ici ont été un véritable enchantement. Nous campions, littéralement. Elle a su transformer en fête ce que, sans elle, nous aurions certainement eu beaucoup de mal à supporter. N'est-ce pas, Louis ?

Le regard que le colonel posait sur son épouse en disait aussi long que ses paroles.

— Je crois pouvoir dire qu'elle nous a réellement rendus heureux, continua Thérèse. Ça a été une période merveilleuse. Et puis, bien sûr, il a fallu qu'elle reparte. Ça ne pouvait pas durer éternellement. Tenez, vous voulez la voir ? On a reçu une lettre hier. On correspond très régulièrement.

Il avait suffi à Thérèse de se retourner pour prendre une enveloppe sur le long meuble bas, dans son dos. Elle en sortit une photographie qu'elle tendit à Jeanne.

— C'est elle, là.

Dans la lumière éclatante d'autres latitudes, une famille posait devant une grande maison de style colonial. Sur la droite du cliché, on ne pouvait pas ne pas remarquer une grande jeune femme très brune à la beauté éclatante.

— Elle nous manque, dit simplement Thérèse en reprenant des mains de Pierre, à qui elle l'avait passé, le petit rectangle de carton.

Louis Lardret confirma silencieusement du menton.

33

On prit le café sur la terrasse. Il fallut sortir les parasols de leur rangement hivernal et les installer. Les hommes s'en chargèrent pendant que Jeanne insistait pour aider Thérèse à débarrasser.

Dans la chaleur un peu lourde de mai, une légère brume s'élevait de la vallée et brouillait légèrement les contours des choses. Ils s'installèrent. Le colonel avait apporté une élégante boîte à cigares en ronce de noyer. Il la leur tendit. Ils en choisirent chacun un et prirent le temps de l'allumer, religieusement, après l'avoir doucement chauffé à la flamme d'une allumette.

Ils avaient tous les trois étendu les jambes et, bien calés dans le dossier de leur fauteuil, ils goûtaient le plaisir de la paisible béatitude que faisaient naître en eux les effets du bon repas dont ils sortaient, qui se conjuguaient à la douceur du temps.

Seul Pierre, pourtant, ne s'y abandonnait pas totalement. Marc eut tôt fait de profiter de l'absence des femmes pour reprendre son inépuisable évocation de leurs souvenirs communs. Le ton était grave. Ils avaient abordé aux rivages piégeux des barricades d'Alger et du putsch des généraux.

— J'ai reçu l'ordre de faire mouvement d'Alger sur Oran, se souvenait le colonel. Que voulais-tu que je fasse ? J'ai marché. J'ai simplement fait faire une halte à l'heure où je savais que de Gaulle devait parler. Comme par hasard, il y a deux ou trois transistors qui sont sortis des paquetages. J'ai laissé faire. Quand la retransmission du discours a été finie, crois-moi, il y a eu du flou dans les rangs ! Et puis il y a une délégation qui est venue me trouver. Les gars du contingent refusaient d'aller plus loin. Ils voulaient faire demi-tour. Je leur ai dit : « Allez. Je vous suis. » Je me suis payé un sacré succès, tu peux me croire. Mais je n'étais pas plus fier pour autant. La suite des événements m'a donné raison.

Pierre s'était installé légèrement à l'écart. Il n'écoutait que d'une oreille distraite. Il lui convenait que Marc et le colonel se suffisent à eux-mêmes pour nourrir la conversation. Il lui fallait comprendre, assimiler.

Et, déjà, il se mortifiait de s'être laissé piéger si facilement. Il fallait donc qu'il soit aveuglé par l'ambiance du pays qu'il retrouvait pour ne pas avoir vu à quel point les histoires qu'on lui racontait étaient loin de toute vraisemblance. Pourquoi, pas un seul instant, n'avait-il pu envisager que la vérité était bien plus simple et évidente que toutes ces hypothèses à dormir debout auxquelles il s'était laissé prendre ?

Il en était, du coup, quasiment revenu à son point de départ. S'il connaissait maintenant la raison bien innocente de cette lampe allumée chaque soir derrière la lucarne du toit des Lardret, lancinante lui revenait à l'esprit l'angoisse de découvrir qui avait cambriolé la maison d'Antoinette, qui avait empoisonné Modem, qui avait incendié sa cabane à outils. Pourquoi ? Dans quel but ? Quels intérêts se cachaient derrière tout cela, plus obscurs que jamais ?

Thérèse, sur un grand plateau, apportait le café. Louis Lardret se levait pour aller chercher quelques digestifs. Jeanne, qui suivait Thérèse, posait sur Pierre un regard si lourd qu'il s'arracha à ses pensées et se tourna vers elle. Elle savait tout, bien sûr. Elle avait tout compris. Et, dans ses yeux, il y avait tout à la fois l'exhortation à la prudence qu'elle lui adressait et son plus tendre soutien. Il en fut réconforté à un tel point qu'il aurait voulu la prendre dans ses bras et la serrer très fort.

Elle vint s'asseoir près de lui. Leurs mains se rencontrèrent et se caressèrent un bref instant. Thérèse Lardret servait le café et distribuait les tasses. Pierre remarqua que, parmi les bouteilles de digestif que le colonel venait de poser sur la table de jardin, près du plateau, il n'y avait pas de goutte de monsieur Armand.

Thérèse vint à son tour s'asseoir entre son mari et Pierre.

— Voilà, dit-elle, voilà pourquoi nous tenons tant à notre tranquillité. Ça n'a pas de prix, un tel cadre et un calme pareil. Vous ne pensez pas ?

Evidemment, ils pensaient. En silence, ils parurent tous, même Marc, se recueillir face au cadre paisible de la vallée somnolente dans son léger voile de vapeur que les ardeurs du soleil levaient de la terre.

— C'est tout de même courageux, en somme, ce que vous avez fait, en venant vous réinstaller ici, laissa tomber Jeanne avec beaucoup de naturel.

Thérèse se tourna lentement vers elle. Elle était souriante, sans la moindre gêne apparente.

— Vous êtes au courant, dit-elle comme on énonce une évidence.

Elle parut s'abandonner quelques instants à sa réflexion. Le colonel s'était légèrement tourné vers elle. Il était très grave.

— Je ne sais pas si c'était courageux, dit enfin Thérèse. Je pense surtout qu'il le fallait. Ce qui s'est passé à la fin de la guerre est une chose. On pourrait en parler longuement. Les propriétés dont nous avons hérité de mes parents sont une autre chose. Et il n'y avait aucune raison pour que nous les laissions à l'abandon plus longtemps. Ce n'est pas plus compliqué que ça.

Le silence se refit, le temps que Pierre comprenne soudain qu'il lui fallait parler. L'instant, peut-être, ne se retrouverait plus.

— J'ai retrouvé les lettres que ta mère écrivait d'Allemagne à Antoinette Billaud, dit-il.

Instantanément, les yeux pâles de Thérèse Lardret se mouillèrent de larmes.

— Ce n'est pas possible, dit-elle d'une voix brouillée par l'émotion. Je pourrai les voir ?

— Bien sûr. Elles sont à ta disposition.

— Elles étaient dans les affaires de ta mère ?

« Non. Elles étaient cachées là où vous n'avez pas su les trouver », aurait-il pu répondre. Il en eut très brièvement la tentation, mais à quoi bon provoquer ? Et d'ailleurs, que lui restait-il de ses certitudes ?

Il lui sembla que le regard de Jeanne était posé sur lui et qu'il l'encourageait.

— Non, dit-il. Je les ai retrouvées vraiment par hasard, dans une boîte à galettes de Pont-Aven cachée sous la dalle de ma cabane à outils dont je ne sais toujours pas, d'ailleurs, qui lui a mis le feu.

A sa plus grande surprise, le colonel et son épouse s'esclaffèrent ensemble.

— Et tu hésites ! s'exclama Thérèse.

Sans transition, à l'émotion avait succédé, dans sa voix, quelque chose qui ressemblait fort à de la hargne. Pierre dut avoir l'air bien étonné et bien perplexe car elle éclata d'un rire nerveux, presque hystérique.

— Et qui veux-tu que ce soit ? reprit-elle. Monsieur Armand, bien sûr, cette espèce de larve.

Jeanne parut aussi étonnée et sceptique que Pierre.

— Pourquoi voulez-vous ? demanda-t-elle candidement.

Ce fut au tour de Thérèse de s'étonner. Il y avait de la fureur dans son regard.

— Mais vous ne savez donc pas qui vous avez pour voisin ? En fait, vous ne savez rien de ce qui s'est passé ici à la Libération. Je ne sais pas ce qu'on vous a raconté. Ce ne peut être, de toute façon, qu'une faible partie de la réalité. On a dû vous dire que mes parents étaient très liés avec le kommandant Altmaier. C'est vrai. Je l'ai moi-même très bien connu. Il est d'ailleurs encore de ce monde. C'est un très vieux monsieur charmant avec qui nous correspondons beaucoup. On a dû vous dire aussi que mon père avait trahi le maquis. C'est faux. Il n'a fait qu'obéir aux ordres de Vulcain, l'homme qui commandait le même maquis et qui l'a utilisé pour tendre un piège à une colonne allemande, au moment de la débâcle.

— Je sais tout ça, glissa Pierre.

— Mais alors, pourquoi nous sommes-nous sauvés, vous êtes-vous demandé ? Parce que monsieur Arsène et son fils Armand, imaginez-vous. Oui, bien sûr, mon père n'avait pas été prudent. Il avait trop commercé avec les Allemands. Mais il n'était pas le seul, vous en conviendrez. Non seulement il n'avait pas franchement collaboré, mais il était de notoriété publique que, à l'inverse, il avait aidé le maquis. Il avait même pris de sérieux risques pour ça. Tant qu'on en restait là, il n'avait rien à craindre de la Libération. Bien au contraire, il pouvait continuer de marcher la tête haute.

» Seulement, monsieur Arsène s'en est mêlé. Et on s'est bien gardé de vous dire, dans le pays, qui était monsieur Arsène et ce qu'est, après lui, son digne fils, monsieur Armand. Vous avez été les heureux bénéficiaires d'une bouteille de goutte, bien sûr ? Alors, vous êtes sur le fichier. Vous y avez eu droit, comme les autres.

— Quel fichier ?

— Ah, parce que vous ne connaissez même pas l'existence du fichier ? Il est vrai que tu as quitté le pays trop tôt pour savoir, Pierrot. Et, bien sûr, on s'est bien gardé de te mettre au courant. Ils en ont tous tellement peur.

— Peur de quoi ? s'étonna à nouveau Pierre.

— De monsieur Arsène d'abord, d'Armand

ensuite. Tout ça, ça remonte à bien avant la guerre. Le monsieur Arsène, qui était un magouilleur, un retors, par-dessus le marché méchant à faire battre des montagnes, a constitué peu à peu un véritable fichier de tous les gens du pays.

» Il était tellement fouineur, il savait tellement bien faire parler les gens, qu'il avait réussi à connaître et à ficher tous les petits secrets, les petites bassesses des uns et des autres. Des riens, pour la plupart de petites affaires sans véritable importance. Mais des choses qu'on ne veut voir à aucun prix étalées sur la place publique. Et la grande force de ce triste bonhomme, c'était de savoir en jouer, de monter d'invraisemblables intrigues avec tous ces petits riens. Je vous dis, il aurait fait battre des montagnes.

» Il savait comme pas un monter les gens les uns contre les autres, jouer de celui-là, enfoncer un autre. Mais ce n'était jamais gratuit. Il savait toujours où il allait. Il a réussi à hériter comme ça de biens considérables. Tenez, cette maison, à côté de chez vous, qu'habite Armand, on n'a jamais compris comment il a réussi à ce qu'elle lui revienne de gens qui n'étaient absolument pas de sa famille.

» Et bien d'autres choses comme ça, des terres, des bois qu'il a rachetés une bouchée de pain parce qu'il avait piégé les vendeurs en les menaçant de révéler je ne sais trop quelle affaire pas trop claire, un marchand de bestiaux qu'on avait réussi à rouler, une coucherie ou je ne sais quoi. Il avait le don de monter en épingle des choses au départ insignifiantes et, en jouant de l'insinuation, de la menace, du chantage, il arrivait toujours à embobiner les gens. Au point qu'il terrorisait littéralement tout le pays.

» Au départ, en fait, il y avait sa goutte. On avait le droit de faire bouillir, à l'époque. Mais il y en avait toujours qui dépassaient. Comme c'était lui le bouilleur, il l'avait belle pour repérer les irrégularités. Il les notait. Et ça servait de monnaie d'échange, un jour ou l'autre.

» Est-ce que tu comprends, maintenant, pourquoi mes parents ont préféré partir ? Arsène leur vouait une véritable haine. Je ne sais pas très bien pourquoi. Parce qu'ils étaient riches et lui envieux ? Peut-être. Toujours est-il qu'ils ont compris le danger qu'il y avait à rester. On en était déjà aux premiers règlements de comptes. Avec cette histoire de fausse trahison et en y ajoutant les rapports de mon père avec la Kommandantur, Arsène, qui était maître en la matière, avait largement de quoi monter une affaire dont mon père, dans l'ambiance de l'époque, n'aurait pas pu se justifier. Ils ont préféré s'éloigner de cette vipère, pour quelque temps pensaient-ils, peut-être quelques mois. Ce fut pour toujours.

» Armand a repris le flambeau, si on peut s'exprimer ainsi. A sa façon. Je suis convaincue que le fichier existe toujours. Il a été à suffisamment bonne école pour ça. Mais ce n'est plus la même chose. Les gens continuent de le redouter surtout parce qu'ils ne savent pas ce qu'il détient. Si ça tombe, ce n'est plus rien du tout. Mais dans le doute…

» Bien sûr, il y a toujours la goutte. C'est de famille. Et, cette fois, c'est totalement dans l'illégalité. Alors Armand note soigneusement ce qu'il donne à chacun. “Si je tombe, dit-il, je ne serai pas le seul.”

» Vous voyez, je suis bien informée.

Elle en paraissait toute fière.

— En effet, dit simplement Pierre que tout cela laissait tout de même assez sceptique.

— Nous n'avons pas besoin d'aller dans le pays pour savoir ce qui s'y passe, reprenait Thérèse dont il était évident qu'elle en avait encore beaucoup à dire. J'en suis partie bien jeune, plus jeune encore que toi, Pierrot. Mais ma mère m'a suffisamment tenue au courant. Elle m'a tout raconté. Je connais tout le monde par ce qu'elle m'en a dit, ce qu'Antoinette lui apprenait et qu'elle me répétait fidèlement. Un peu comme une gazette méticuleuse du pays, dont elle a toujours gardé la nostalgie, jusqu'au bout.

— Et pourquoi monsieur Armand s'en serait-il pris à nous ? persista Pierre qui ne voyait toujours pas où Thérèse voulait en venir.

Elle eut une moue dubitative.

— Ça, dit-elle, il faudra le lui demander. Mais ce que je peux te dire, c'est que, bien involontairement, vous l'avez gêné, en venant vous installer ici. Nous ne savions pas que la maison d'Antoinette avait été cambriolée. Mais, en réalité, Louis comme moi, nous n'avons guère été surpris lorsque tu nous l'as appris, tout à l'heure. Il savait très bien que ma mère était restée très liée avec Antoinette. Elle avait son franc-parler, ta mère, tu dois t'en souvenir. Et elle comme Joseph étaient des gens bien trop droits pour avoir quelque chose de sérieux à redouter des fameuses fiches. Du coup, elle ne s'était pas gênée pour lui dire ce qu'elle pensait de lui. Et lorsqu'elle est morte, il a dû craindre que les héritiers puissent tomber sur des choses compromettantes pour lui. La meilleure preuve en est toutes ces lettres de ma mère qu'elle a préféré cacher, comme tu me l'as dit, sous la fameuse cabane à outils. C'était d'ailleurs ça qu'il recherchait lorsqu'il a cambriolé la maison.

— Tu es bien affirmative.

— Parce que je ne doute pas un seul instant que ce soit lui qui ait fait le coup. Il avait tout de même lourd à se reprocher, non ?

Pierre ne voyait toujours pas. Thérèse dut le lire dans son regard.

— Parce que tu n'es pas au courant ? demanda-t-elle ?

— De quoi ?

— Tu as pourtant lu les lettres de ma mère. Elle doit en parler.

Marc et Louis finissaient leur cigare en silence. Jeanne s'était imperceptiblement rapprochée de Pierre.

— Je ne vois pas, dit-il.

Puis un souvenir lui revint.

— Attends, dit-il. Il y a une lettre dont je n'ai pas très bien compris le sens. Elle fait allusion à quelque chose qui ne vous a pas surpris, qui vous a fait beaucoup de peine. Je me souviens qu'elle en dit que c'est révoltant, que c'est ignoble mais que ça ne fait que la conforter dans ce qu'elle a toujours pensé.

— Elle n'en dit pas plus ?

— Non.

— Ma mère tout craché. Quelques mots bien sentis, et puis on tourne la page. On reste droite et fière, quoi qu'il arrive, quelle que soit l'adversité.

Thérèse paraissait tout à coup très lasse. Elle se passa rapidement la main sur les yeux, prit vivement sa tasse et se tourna vers son mari.

— Remets-moi un café, s'il te plaît.

Elle se souvint juste à temps des convenances.

— Vous en voulez peut-être un autre ? Il est encore chaud.

La cafetière circula. Le silence était lourd, suspendu à leur attente. Elle prit son temps, touillant lentement le breuvage noir, les yeux dans le vague. Il y eut quelques bruits de cuillères, de porcelaines doucement entrechoquées. Puis à nouveau l'attente.

— Je me souviens de ma mère me lisant la lettre d'Antoinette comme si c'était hier, reprit enfin Thérèse. Les larmes coulaient sur ses joues. Mais sa voix n'a pas eu un seul tremblement. J'étais toute petite. J'avais quoi ? Six ans, sept ans peut-être. Ma mère m'a pourtant lu cette lettre. « Il faut que tu saches », disait-elle. Et je lui en suis encore reconnaissante.

Elle eut un grand frisson, comme si elle sortait d'un rêve. Elle les regarda tous, les uns après les autres. Très graves, ils étaient suspendus à ses lèvres.

— Vous voulez savoir ce qu'il y avait dans cette lettre ? demanda-t-elle enfin. Il y avait le récit du saccage de notre maison, celle-ci, où vous vous trouvez en ce moment. On avait tout cassé, on avait tout emporté. Il n'y avait plus rien, plus rien de nos meubles, de nos bibelots, de nos objets les plus quotidiens, de mes jouets, de nos souvenirs. Tout était parti.

Elle eut à nouveau un regard circulaire pour ses quatre auditeurs qui la considéraient gravement, la gorge serrée. Il y avait une profonde détresse dans ses yeux.

— Et nous savions très bien où tout cela était,

dit-elle encore d'une voix tout à coup raffermie et pleine de colère.

Personne n'osa poser la question que chacun avait sur les lèvres, mais Pierre roulait des yeux effarés. Il commençait à comprendre. Elle se tourna vers lui.

— Tu as vu nos meubles, dit-elle.

Ce n'était pas une question. Il confirma lentement de la tête.

— Voilà, conclut-elle simplement.

34

Il avait suffi que le soleil entame sa lente descente sur l'horizon pour que la chaleur se fasse moins lourde et que retombent les voiles de brume qui estompaient les contours du paysage.

Il apparaissait maintenant dans une grande netteté. L'air, encore tiède, avait quelque chose de dur, de métallique. Devant eux, depuis la terrasse, la vallée semblait rouler sur ses flancs, jusqu'au lointain goulet qui la fermait, les flots arborescents de la végétation sur laquelle une brise imperceptible faisait courir les longs frissons de vagues immobiles.

Ils se taisaient. Seul Marc, à qui l'essentiel de tout cela échappait, laissait son regard aller de l'un à l'autre, tâchant de saisir le sens de l'expression de chacun. Thérèse et Louis, Pierre et Jeanne fixaient sans les voir les mêmes lointains et laissaient s'entrechoquer en eux les mêmes violents remous de leurs pensées.

Ce fut Pierre qui rompit le premier leur longue méditation.

— Mais enfin, tout de même, explosa-t-il tout à

coup, vous n'avez rien essayé, rien tenté pour récupérer ce qui vous appartient, après tout ?

Thérèse se contenta d'un geste fataliste.

— Et que veux-tu que nous fassions ? Te rends-tu compte, cinquante ans après, ce qu'il faudrait remuer de glauque, de pénible ? Et pour quel résultat ? Quelles preuves avons-nous ? Bien sûr, il ne se trouvera personne pour nous apporter un témoignage. Ils ont bien trop peur. Pourquoi crois-tu qu'il continue d'entretenir la légende de ses fiches ? Il sait bien ce qu'il fait, va. Et c'est pour ça que tu l'as inquiété en t'intéressant à tout ça d'un peu trop près à son goût. Parce que, toi, tu échappais à son système. Pourquoi aurais-tu eu peur de lui puisque tu ne connaissais même pas l'existence de tout ça ? Il lui fallait donc, par un moyen ou un autre, réinstaurer la peur. D'où l'empoisonnement de votre chat. D'où l'incendie de votre cabane à outils.

— Et la lettre anonyme.

— Parce qu'il y a eu lettre anonyme ? Nous ne le savions pas. Ça correspond tellement bien au personnage.

Il y avait pourtant, dans tout cela, quelque chose que Pierre continuait à ne pas pouvoir concevoir.

— C'est effarant, dit-il. De nos jours, les gens se laissent encore prendre à de telles manœuvres ?

Ce fut Louis qui, cette fois, voulut intervenir. Il eut, de la main, un geste d'apaisement.

— Attendez, dit-il. Il y a peut-être tout de même quelques raisons à ça. Votre bois de chauffage, c'est bien Raymond Deroche qui vous l'a fourni ?

Pierre confirma sans voir le rapport.

— C'est même monsieur Armand qui m'a recommandé de passer par lui.

— Tiens donc ! En voilà un porté sur sa fiche pour quelques stères de plus.

Sûr de son effet, il laissa se prolonger un silence interrogateur. Puis il précisa :

— Quelques stères des forêts Guérande, bien sûr.

— Comment ça ?

— Depuis la Libération, ce doit être des milliers de stères qui sont sortis comme ça des forêts de Thérèse. On se servait, voilà tout. Quand le chat n'est pas là... Remarquez, en dehors du fait qu'ils les ont littéralement saccagées, ces pauvres forêts, ça ne changeait pas grand-chose puisque mon beau-père n'était pas là pour s'en occuper. Sauf pour monsieur Armand. Qui notait. Il notait, monsieur Armand, avec une scrupuleuse précision. Il n'y mettait pourtant pas bien souvent les pieds, en forêt, monsieur Armand. De peur, peut-être, d'y prendre un mauvais coup. Et pourtant, je ne sais pas comment il s'y prenait, mais je suis convaincu qu'il n'y manque pas beaucoup de stères, au compte qu'il a tenu de ce que les gens du pays pillaient de cette façon. Et ce n'était évidemment pas pour en tenir informé mon beau-père, vous vous en doutez. Ça ajouté au reste, comment voulez-vous qu'ils n'aient pas la trouille...

— Mais il faut réagir, vous battre. Vous ne pouvez pas laisser passer.

Enfin convaincu, Pierre était outré.

— Comment ? s'emportait-il. Si je comprends bien, en somme, l'histoire de la Libération n'a été montée que pour mieux piller votre bien ?

— Tu comprends bien, confirma Thérèse. Oh,

remarque, tu sais très bien que le cas n'est pas unique. On a même vu pire, ou qui a mal tourné, comme tu voudras.

— Et vous ne réagissez pas ?

Il ne parvenait pas à concevoir qu'on puisse rester passif face à une telle injustice.

— Il faut vous battre. Enfin, je ne sais pas, il doit bien y avoir un moyen.

— Lequel ? Les meubles ? Qui prouvera qu'ils sont bien à nous ? Le bois ? Il est parti en fumée. Alors quoi ?

Pierre, soudain, sembla songeur. Les deux mains jointes devant la bouche, il parut se perdre dans un océan de réflexions. Jeanne posa une main discrète sur son genou. Louis et Thérèse, intrigués, le considéraient gravement. Tout à coup, il se leva.

— Je reviens, dit-il.

Stupéfaits, ils le virent traverser la terrasse et aller se camper devant une des portes-fenêtres du salon. Il resta là quelques instants, leur tournant le dos, les mains sur les hanches. Puis il revint à grands pas vers eux.

— Moi, je peux, dit-il.

— Tu peux quoi ? s'inquiéta Jeanne.

— Je peux témoigner.

Ils s'esclaffèrent.

— Tu n'y penses pas, se récria Thérèse.

— Témoigner de quoi ? s'étonna le colonel.

— De la place que chacun des meubles que j'ai vus entassés chez monsieur Armand occupait dans le salon ou la salle à manger des Guérande, lorsque j'y venais, tout gamin, avec Antoinette Billaud, et que nous jouions ensemble, Thérèse. Tu te souviens ?

— Ce n'est pas sérieux. Ça ne tiendra pas.

— Et pourquoi donc ? Je les avais bien remarqués, ces meubles, chez monsieur Armand. Ils m'avaient intrigué. Notez, il y a de quoi. Dans cette bicoque, tant de si beaux meubles entassés, ça surprend. Mais je n'avais pas fait le rapprochement. C'est parce qu'on en parle. C'est comme ça que reviennent les souvenirs. Je suis allé voir. Je serais capable de remettre chacun de ces meubles à la place exacte qu'il occupait à l'époque.

Ils se turent. Pouvaient-ils s'attendre à une telle proposition ? Elle n'avait pas l'air, à vrai dire, d'enthousiasmer Jeanne. Le colonel ne cachait guère son scepticisme. Et Thérèse paraissait bien embarrassée. Seul Marc posait sur Pierre un regard attendri par l'admiration.

— Non, finit par prononcer doucement Thérèse. On ne peut pas. On ne peut pas te demander ça. Et puis, imagines-tu la tourmente qu'on déclencherait dans le pays ? On aurait tout le monde à dos. Ce serait invivable, pour vous comme pour nous. Non, décidément, il ne faut pas faire ça.

Jeanne serra un tout petit peu plus le genou de Pierre. Il avait l'air déçu.

— Mais enfin, vous ne pouvez pas rester comme ça, tenta-t-il encore.

Thérèse hocha doucement la tête.

— Il y a si longtemps que nous sommes comme ça, dit-elle. On s'y fait, tu sais. Je comprends que ça te paraisse invraisemblable. Tu découvres, toi. Nous, nous y sommes habitués, un peu résignés aussi.

Elle se tut. Au loin, dans le doux berceau des prés au milieu desquels scintillait le cours de la rivière, on entendait une bête appeler. C'était un peu mélancolique, presque triste.

— Et puis, reprit Thérèse, nos meubles, bien sûr, mes souvenirs, le bois... Que vaut tout ça au regard de notre tranquillité, de la paix ?

Pierre dut admettre. Jeanne administra une légère tape sur son genou. Il se tourna vers elle. Que son sourire était lumineux !

Au loin, la bête n'appelait plus. Les ombres s'allongeaient sur la vallée. Un milan tournait lentement dans le ciel, très très haut.

— Voilà, conclut à nouveau Thérese. C'est aussi bien comme ça.

35

Les fraises étaient mûres. Dans la fraîcheur du petit matin qui ne s'était pas encore essuyé de toute sa rosée, Pierre, poussant devant lui une grande passoire, allait à croupetons entre les rangs. Il soulevait délicatement les larges feuilles sous lesquelles se cachaient de beaux fruits grumeleux.

La passoire se remplissait à bonne allure. Sa récolte en atteignait presque le bord lorsque Jeanne parut sur le perron de la maison.

— Ça marche ? demanda-t-elle.

Il s'empressa de mordre dans la plus grosse fraise qu'il puisse trouver et il lui répondit en bafouillant. Elle éclata de rire, descendit les marches, traversa la pelouse et vint s'appuyer à la porte du potager.

— Ça va ? demanda-t-elle encore.

Le ton n'était plus le même. Il leva les yeux. Leurs regards s'accrochèrent. Il n'était évidemment plus question des fraises. Il se remit pourtant à sa cueillette.

— Ça va, dit-il. Un peu frustré, mais enfin…

— Arrête donc de jouer au justicier, dit-elle avec beaucoup de douceur. Tu te tracasses pour rien. Ils ne veulent pas, c'est leur choix. Et, dans une certaine mesure, je les comprends. Je suis d'accord avec eux.

Il se retint de bondir. Ce n'était pas le moment. Paisiblement, il continuait à cueillir ses fraises.

— Et on va devoir continuer de vivre avec un oiseau pareil pour voisin, sans rien lui dire, sans rien faire pour qu'il cesse de nuire ?

— Tu vois, il faut tout de suite que tu endosses l'habit du redresseur de torts. Bien sûr qu'on va continuer à vivre avec pour voisin un triste sire. Simplement, maintenant, on est avertis. On sait à quoi s'en tenir. On se méfiera.

— Charmant.

— Et quoi faire d'autre ? On ne va tout de même pas s'user le tempérament pour ça ? Détournons-nous. Il y a suffisamment de belles choses à voir ou à faire autour de nous pour qu'on puisse ignorer les laides. Et puis, on s'est fait des amis. Ça compte, non ? Les gens dont on se méfiait le plus jusque-là. Tu vois !

Il n'était manifestement pas convaincu.

— J'avais rêvé de casser quelques dents au cambrioleur de la maison d'Antoinette et à l'assassin de Modem… Enfin, puisque tu le prends comme ça, dit-il en se relevant.

La passoire était pleine.

— Tu as un autre récipient ? Je n'ai pas fini. Il y en a encore beaucoup.

Elle ne bougeait pas.

— Oh ! fit-il en lui tendant la passoire.

Elle l'ignora.

— Tu sais ce qu'on devrait faire ? demanda-t-elle.

— Dis toujours.

— On devrait aller voir ton ami Tonin. Lui, il saura te dire. Il aura les mots qu'il faut.

Il éclata de rire.

— Ah, il t'a plu, le Tonin. Il t'a tapé dans l'œil, le vieux.

Comme elle ne se décidait pas à le délester de sa passoire de fraises, il sortit de sa plate-bande en veillant soigneusement à ne pas écraser les coulants qui s'échappaient vigoureusement de chaque plant.

— Maintenant ? dit-il.

— Quand tu veux.

Il hésita. Debout devant elle, il la considérait gravement.

— Donne-moi donc un autre récipient, décida-t-il enfin. Les fraises sont mûres.

Tonin faisait son jardin.

— Le jour où je ne serai plus capable de repiquer mes poireaux et de biner mes patates, répétait-il à qui voulait l'entendre, il n'y aura plus qu'à me mettre chez les vieux, à Autun !

On n'en était pas là. Pour l'heure, Tonin arrosait avec une belle énergie.

Le matin était encore frais, mais il y avait dans l'air une transparence qui ne trompait pas. Rien ou presque ne s'opposerait, de toute la journée, à ce que le plein des rayons du soleil vienne frapper la terre. Gorgée de vie, elle se craquelait. La force obstinée des plantes et de leurs fruits en pleine croissance la repoussait, l'écartait, la faisait éclater comme une couverture trop épaisse.

Vite, il allait falloir arroser avant qu'il ne fasse trop

chaud. Vite, il allait falloir sortir l'arrosoir dégoulinant de fraîches gouttelettes du grand fût, empli, sous les gouttières, par les pluies de printemps. Et, voyage après voyage, oublier l'âge, qui faisait ployer le dos, pour apporter la vie d'un jour au pied des plantes goulues.

Tonin en était à son quatrième voyage. Il en restait encore bien autant à faire. Il s'affairait, peinant, malgré tout, sous le poids de l'arrosoir. Obstiné, il ne sentait rien d'autre que la chaleur qui commençait de lui rôtir le dos, sous la chemise, et qui, en s'affalant sur le sol, allait en chasser le reste de la fraîcheur de la nuit. Dans quelques minutes, il serait trop tard pour arroser. La fine pellicule d'eau déposée sur les plantes agirait alors comme une loupe et les rayons du soleil grilleraient plus sûrement les plants qu'un coup de grêle.

Il s'activait. Il transpirait à grosses gouttes et ronchonnait sans cesse, en allant et venant entre le grand fût et ses plates-bandes, au long des maigres allées soigneusement gravillonnées de son jardin.

« De où il sort, celui-là ? » grogna-t-il en entendant le bruit d'un moteur qui descendait vers le hameau.

Sans cesser de se presser, il énumérait : « C'est pas le boulanger, c'est pas son jour. C'est pas celui de l'épicier non plus. Le facteur, pas avant onze heures, et le boucher, cet après-midi. Alors, qui que ça peut bien être ? Qu'est-ce qu'il a à venir jusqu'au Cra, celui-là ? »

Encore deux voyages. Il faisait de plus en plus chaud. Juste, ce serait juste. Au mépris complet de ses vieilles douleurs, il plongea prestement l'arrosoir dans le grand fût. Il l'entendit racler le fond.

« Faudra faire couler », pensa-t-il en retirant le lourd récipient qui lui tirait bien un peu sur le bras et réveillait ses rhumatismes. « Faut ce qu'il faut », pensa-t-il en halant tout de même de toutes ses forces malgré la grimace de douleur que lui arrachaient ses efforts. Il avait complètement oublié l'intrus et son moteur bruyant.

Déjà, plus voûté encore qu'à l'ordinaire, laissant dans son sillage de fines traces d'eau que le soleil s'empressait de boire sur les gravillons déjà gorgés de chaleur, il filait vers les laitues ou les carottes qui attendaient avec avidité leur ration quotidienne.

— Alors, Tonin, ça marche, le jardin ?

Il sursauta si fort qu'il provoqua, à la surface de son arrosoir, un mini raz de marée qui déborda violemment et lui retomba sur le pantalon.

— Qu'est-ce que c'est ? brailla-t-il en effectuant un rapide demi-tour.

Au coin de la maison, derrière le grillage à poules, pointait le nez de Pierrot. Derrière lui, on devinait une silhouette qui devait bien être celle de sa femme.

— Ah ben, gamin, y a pas à dire, tu choisis ton moment, toi. J'en reviens pas : tu me laisseras finir. Entre donc. Entrez, que je vois que t'as amené ta dame. A la bonne heure. C'est comme ça qu'il faut faire. Mais vous attendrez bien. J'en ai plus pour longtemps. Faut que ça se fasse, par un soleil pareil. Sinon, ce soir, c'est tout grillé, sûr. Viens donc par ici. Et marchez bien dans les allées.

Sans plus attendre, et tout en pérorant, il était reparti vers ses laitues.

— Ce serait-y que vous vous promenez ? demanda-t-il sans perdre de vue le rang qu'il suivait en faisant naître un minuscule arc-en-ciel entre la pomme de son arrosoir et les jeunes feuilles vert tendre.

Pierre avait repéré deux seaux, près du fût. Il les remplit et les apporta à Tonin.

— Tenez. Ce sera ça de moins à courir.

— C'est pas de refus. C'est que je peine, maintenant. C'est plus comme dans le temps. Tiens, apporte encore un ou deux seaux comme ça. Je vais vite en mettre un peu sur ma ciboulette, mon cerfeuil et mon persil. Ça ne leur fera pas de mal. Entrez donc, Jeanne. Restez pas là au soleil que vous allez prendre du mal. On en a pour cinq minutes.

Ils arrosèrent ensemble la ciboulette, le cerfeuil et le persil. Alors seulement Tonin consentit à se redresser. Il était rouge comme un coq. Son arrosoir vide à bout de bras, il souffla énergiquement et releva sa casquette sur son front.

— C'est que c'est plus de mon âge, des acrobaties comme ça, dit-il, hilare. C'est bon pour des gamins comme toi, plus pour moi.

— Pourquoi vous n'utilisez pas un tuyau d'arrosage ? C'est tout de même moins dur. Et ça va plus vite.

L'œil tout à coup s'était fait noir.

— Un tuyau d'arrosage ! T'es bien un Parisien, toi. T'as déjà vu faire du bon travail avec des outils pareils ?

— Ce serait tout de même moins fatigant.

— T'occupe pas du Tonin. Je dis comme ça, mais, marche, c'est pas demain la veille que j'arrêterai d'arroser mon jardin avec un arrosoir, comme ça doit se faire.

Il n'y avait pas à en revenir. Pierre jugea inutile d'insister.

— Range donc ça là, continua Tonin, et venez vous mettre au frais. On y sera mieux pour causer.

La pénombre de la salle était effectivement d'une délicieuse fraîcheur.

— Qu'est-ce que je vous sers ? Jeanne, un café ?

Elle se récria.

— Par une chaleur pareille ! Un verre d'eau, ça ira bien.

Il y avait de la réprobation dans l'œil qu'il posa sur elle.

— De l'eau ? C'est-y que vous êtes venus pour me faire affront ?

Ils éclatèrent de rire.

— Sérieux, insista-t-il. Est-ce qu'on sert de l'eau ? Alors, tenez, j'ai là un petit vin de noix. C'est pas méchant. Et puis, ça passe bien. Je vous en mets un petit verre ?

Elle dut accepter. Pierre n'eut même pas à se donner cette peine. Le verre arriva d'office devant lui et, dans la foulée, le coup de rouge qui allait avec. Ils trinquèrent. Prudent, il n'en but qu'une infime gorgée. Tonin fit celui qui ne voyait pas.

— Alors, comme ça, on profite du soleil ? On se promène ?

— On avait dit qu'on viendrait, crut bon d'expliquer Pierre. Alors, voilà.

— Et c'est bien comme ça.

Il y eut un bref silence, de ceux qui, peu à peu, parasitent les conversations qui languissent ou qui tournent trop autour du pot.

— On est venus en voiture, s'empressa de meubler

Pierre. Mais Jeanne repartira seule. Moi, je rentre à pied, pour le plaisir.

Tonin approuva.

— C'est bien, ça. Mais connais-tu le chemin, au moins ?

— J'ai dû le faire une fois ou deux, quand j'étais gamin. Et puis, j'ai ma carte.

— Du diable si j'avais besoin de carte ! s'esclaffa Tonin en haussant les épaules. Quand j'étais gamin, moi, c'était deux fois par jour, que je le faisais, ce chemin-là, matin et soir, pour aller à l'école, avec les copains. Ah, c'est pas pour dire, mais j'en ai, des souvenirs, dans ce chemin-là, et des beaux. Peut-être bien les plus beaux.

Il en avait l'œil tout à coup rêveur, le Tonin.

— Mais dis voir, ajoutait-il pourtant aussitôt, je te parle là d'un temps… Pauvre ami… Peut-être bien que je suis encore le dernier. A l'époque, c'était à l'école ; aujourd'hui c'est d'être toujours vivant. Ah, c'est pas ce qu'on croit…

Ils rirent un peu, pour la forme, vaguement contraints. Puis, à nouveau le silence. La bouteille, que saisissait Tonin, dont le goulot s'attardait au-dessus de la main de Pierre résolument plaquée sur son verre, et qui s'en venait se consoler en emplissant le sien.

— Et tes voisins ? demandait enfin Tonin.

Il fallait bien qu'on y vienne.

— Des gens charmants, intervenait Jeanne.

Nouveau silence, occupé, cette fois, de l'œil mi-méfiant, mi-inquisiteur que promenait Tonin de l'un à l'autre.

— Ah bon ? fit-il prudemment.

— Eh oui, jubila Pierre. On les a découverts il y a quelques jours, avec un ami commun. On se faisait beaucoup d'idées. C'est vrai, qu'ils sont tout à fait charmants.

Il marqua un temps d'arrêt en soutenant le regard presque inquiet de Tonin.

— On ne peut pas en dire autant de notre autre voisin, ajouta-t-il.

— Bah, l'Armand... fit Tonin avec un geste fataliste de la main. Il est ce qu'il est.

— Et c'est une belle crapule, l'Armand, insista Pierre. Ne dites pas le contraire. Vous le pensez comme nous. Seulement, seulement...

Il laissa sa phrase en suspens. Le silence revint, gêné. Puis, imperceptiblement, un sourire naquit dans les yeux et au coin des lèvres de Tonin. Il vint très progressivement, hésitant d'abord, puis s'affermissant d'instant en instant. Il sembla peu à peu qu'il irradiait sa vieille face, qu'il courait au long du réseau étonnamment dense et fin de ses rides. Au point qu'il fallut bien que vienne le rire. Un rire tonitruant, éclatant, contagieux, auquel cédèrent vite Jeanne et Pierre. La vieille maison en réveillait ses plus lointains échos, ceux qu'elle croyait bien, pourtant, avoir endormis à jamais. Ce brave Tonin en pleurait. Deux grosses larmes creusaient leur sillon un peu gris sur ses joues tannées.

Il eut toutes les peines du monde à reprendre un peu de sérieux, juste ce qu'il fallait pour placer trois mots :

— Alors, vous savez ?

C'était en même temps un aveu. Ils en furent bien un peu interloqués.

— Oui, on sait, dit Pierre fermement. Mais ça n'aura pas été sans mal, vous ne pensez pas ?

Le vieux Tonin avait piqué du nez vers son verre qu'il tenait à deux mains, comme s'il le réchauffait.

— Bof… fit-il comme un nouvel aveu, celui de son silence coupable.

— Il y a une chose que je ne comprends pas, insista Pierre. Vous aussi, vous saviez. Vous saviez pour la goutte, bien sûr ; vous saviez pour le bois ; vous saviez pour la maison pillée à la Libération ; vous saviez pourquoi les Guérande étaient partis ; vous saviez tout. Et par conséquent vous aviez compris pour le cambriolage de la maison d'Antoinette ; pour toutes les crasses qu'on nous a faites. Pourquoi vous ne nous avez rien dit ? Pourquoi vous avez insisté pour nous perdre sur une fausse piste ? Vous, Tonin, qui êtes notre ami, non ?

Le rire était oublié. Il était redevenu grave, très grave, le Tonin. Lentement, pendant que Pierre parlait, il avait relevé le nez. Son regard avait croisé celui de Jeanne, puis s'était très calmement posé sur celui de Pierre. Il ne trahissait ni gêne ni regret, rien que le poids bien ajusté de ses certitudes.

Il n'en hocha pas moins la tête comme si les mots étaient durs à trouver.

— Comment te dire ? commença-t-il. Bien sûr que je suis votre ami. Et j'en suis fier. C'est peut-être bien pour ça, justement.

Déjà, les mots s'épuisaient. Le silence pesa de nouveau.

— Pour ça quoi ? s'impatienta Pierre.

Tonin eut de la tête un geste un peu exaspéré.

— Qu'est-ce que tu veux que je te dise ? Il y a

l'amitié, et puis il y a nos affaires, à nous, ceux du pays. Tu crois que l'amitié suffit pour dire comme ça, toi ? Sûr que non. Si tu crois ça, c'est que tu n'as pas encore compris. Alors, l'amitié, que veux-tu qu'elle fasse, l'amitié ? Il y a plus fort que l'amitié. Il y a ce que l'on sait et qu'on ne doit pas dire. Je n'ai pas dit. Je ne pouvais pas dire. Mais, pour l'amitié, je ne pouvais pas rester comme ça, à vous laisser dans les questions. Alors, l'amitié, ça a été comme... comme... tiens, comme une couverture, l'amitié. Une couverture qu'on jette sur une réalité pas bien belle pour ne plus la voir. J'ai arrangé ça comme j'ai pu. Qu'est-ce que tu veux ? On fait avec ce qu'on a.

Ils en étaient sidérés. Ils n'en revenaient pas.

— A ce point-là ? s'étonna enfin Pierre.

— Sûr, grogna Tonin.

— Mais enfin, il vous fait si peur que ça, le monsieur Armand ?

— Penses-tu ! Celui-là...

— Alors ?

— Qu'est-ce que tu crois ? Ses fiches, sa goutte, son compte du bois pris sur les coupes Guérande, ses petites et ses grandes magouilles, ce qu'on en a à faire... Enfin, je parle pour moi. A mon âge, qu'est-ce que je peux craindre ?

— Mais les autres. Et vous êtes solidaire des autres.

Tonin eut un grand geste des deux mains, comme s'il embrassait une multitude.

— Les autres ! dit-il. Bien sûr, les autres, et puis moi avec. C'est pas de lui, je te dis, qu'on a peur.

— De qui, alors ?

— De nous.

Il laissa ses paroles profiter de leur effet. Puis il attendit que l'horloge, dans l'ombre, au fond de la salle, en ait fini avec ses onze coups qui prenaient leur temps pour hacher le silence.

— Sûr, reprit-il de la voix grave et lente qu'on prend quand il s'agit de l'essentiel. C'est de nous qu'on a peur. De qui d'autre ? De monsieur Armand ? Pourquoi veux-tu ? De son père, l'Arsène, je ne dis pas. Il avait compris, lui. Il savait où était la peur. Il a semé la graine. L'autre, l'Armand, il n'a jamais fait que gesticuler, pour croire qu'il faisait peur. Mais, penses-tu.

Pierre sentait qu'ils étaient au bord de l'essentiel, mais il ne parvenait toujours pas à comprendre. Il eut un coup d'œil rapide vers Jeanne. Leurs regards se croisèrent. Et ils échangèrent la même tension et le même intense désir de savoir.

— Et pourquoi cette peur de vous ? tenta Pierre.

Tonin haussa les épaules.

— Est-ce que je sais, moi ? Depuis le temps qu'on est là à s'observer, à se surveiller. Depuis le temps qu'on sait tout de l'un à l'autre, qu'on n'a plus de secrets. Est-ce qu'on peut vivre sans secrets ? Peut-être bien qu'il a fallu qu'on s'en réinvente, juste pour savoir qu'on vivait encore. Peut-être bien que c'est ça, la graine qu'il a semée, l'Arsène, la graine du secret. Tu ne sais pas ce que c'est, toi, la graine du secret. Ah, c'est quelque chose que cette graine-là. Une fameuse engeance, vrai. Tu ne sais pas ce que c'est, toi, que d'avoir quelque chose à cacher quand tu sais que tout se sait. Parce que tout se sait, par ici. C'est comme ça. Il n'y a pas à en revenir. Et ce n'est rien, tant que tu n'as pas plus à cacher que ton voisin.

Il sait ? La belle affaire ! T'en sais autant et peut-être même plus sur lui. Alors, le silence. Il se tait, tu te tais. Et tout le monde est content. Mais imagine qu'il t'arrive un gros secret, un bien plus gros, bien plus grave, bien plus médisant que ceux de tes voisins. Et tu sais qu'ils vont savoir, nécessairement. Tu la vois, maintenant, l'angoisse ?

» Et c'est ça qu'il a semé, l'Arsène. Une graine à faire des gros secrets. Des secrets gros, toujours plus gros, toujours plus affolants. Et il l'a soignée, sa graine, marche. Tiens, comme moi tout à l'heure, avec mes arrosoirs. Son art, à l'Arsène, c'était ça, de semer sa graine à gros secrets juste où il fallait et quand il fallait. Et sa fleur, à la graine à l'Arsène, c'était la méfiance et la trouille. Pour ça, oui, on peut le dire, qu'il a semé et qu'il a récolté la méfiance et la trouille. A un tel point qu'il pouvait faire tous ses mauvais coups sans crainte. Sa force à lui, c'était de savoir et de ne pas craindre. On les connaissait bien, tous ses coups tordus. A peine s'il s'en cachait. Mais le temps qu'on se regarde en chiens de faïence et qu'on s'inquiète de savoir ce qui pourrait bien nous retomber sur le nez si on s'en mêlait, il était déjà passé à autre chose. Et nous, au fond, ça nous donnait bonne conscience. Le temps efface tout.

» Le pire, c'est que ça continue encore de nos jours. Méfiance et trouille, que je te dis. C'est plus coriace que le chiendent, ces graines-là, quand ça trouve la bonne terre et que ça a été semé comme qui dirait en bonne lune, bien fumé et tout. L'Armand, ça lui donne l'impression d'être comme son père. Mais qu'il soit là ou pas, ça n'y fait rien. Moi je le dis, c'est la méfiance et la trouille semées par l'Arsène qui poussent toujours aussi dru, pour sûr, oui.

— Alors, s'il n'y est plus pour rien, qu'est-ce que ça faisait de nous dire tout de suite que c'était monsieur Armand qui avait fait tous ces coups-là ?

— T'y comprendras donc jamais rien ? Comment il faudra que je te l'explique ? L'Armand, l'Armand… Toujours l'Armand. Il est du pays, lui, mon petit gars. C'est tout. Il n'y a pas à en revenir. Alors, que ce soit Armand ou un autre, on se méfie, voilà tout. On ne dit pas. Des fois que… Alors que le Lardret… Pour ce qu'on a à en faire, du Lardret. Pourquoi on se méfierait de lui, enfermé qu'il est dans sa grande maison ? Et puis, qu'est-ce que ça peut bien lui faire, à lui ? Riche comme il est..

36

Malgré la chaleur, Pierre allait bon pas. Comme ils en avaient convenu, Jeanne était rentrée en voiture et lui s'en revenait par le chemin sur la pierraille duquel Tonin et quelques générations de galopins de son espèce avaient usé leurs sabots et leurs galoches à force d'allers et retours quotidiens entre la ferme familiale et l'école de la République.

A vrai dire, Pierre n'était pas insensible à cette évocation. Il lui semblait effleurer un aspect ignoré et pourtant essentiel d'une vie qui, pour être passée, n'en continuait pas moins de prolonger ses effets avec obstination sur le petit monde clos de sa campagne.

Tonin et les autres n'auraient pas été tout à fait tels qu'ils étaient si n'avaient pas existé ces chemins qu'ils parcouraient en bandes, apprenant rudement à se frotter les uns aux autres, livrés, entre eux, non point à l'école du maître, mais à celle de la société qu'il leur faudrait vivre et façonner, plus tard.

« Entre eux... », se répéta Pierre en essayant d'imaginer ce que pouvait être ce monde totalement fermé sur lui-même, d'où l'étranger était presque totalement exclu. Au plus était-il l'exception, celle suffisamment rare pour ne rien pouvoir remettre en cause et, par conséquent, rester tolérable.

Alors, parce qu'on vivait entre soi et qu'on n'imaginait même pas qu'il puisse en être autrement, il n'était pas plus de secret qu'il n'était de barrière autour des cours et des jardins.

« La communauté », se dit Pierre en souriant au souvenir de celles qu'il avait vues renaître, au début des années soixante-dix, et qui prétendaient renouer avec ces vieilles règles de vie. « Bien sûr qu'elles ont fait long feu. Comment pouvait-il en être autrement ? Est-ce qu'ils savaient, tous ces "babas cool" de l'époque, ce que c'était que d'avoir fait ensemble, gamins, quatre ou cinq kilomètres par les chemins, matin et soir, qu'il vente ou qu'il neige, des années durant, pour aller à l'école ? »

L'idée lui plut. Nez au vent, à l'ombre d'un sous-bois qui gardait encore un peu de fraîcheur, il marcha un long moment en la ruminant. Puis son chemin déboucha dans les prés. Les haies qui le longeaient avaient été taillées au printemps. Le soleil y donnait en plein sans que la moindre brise ne vienne atténuer son effet. Pierre baissa la tête et accéléra le pas.

Oui mais que restait-il de ces communautés-là ? Quelques rocs vieillissants tels que le Tonin, qui avaient vu l'un après l'autre leurs complices de jadis emportés par la guerre, le concours des postes, le mariage ou, plus récemment, par l'érosion de l'âge. Et ils restaient sinon seuls, du moins pas bien nombreux face à l'intrusion de l'étranger. Leur monde avait éclaté comme la bogue d'une châtaigne trop mûre. Et ils n'avaient plus, pour défendre ce qu'ils avaient été, que le repli sur eux-mêmes, sur leurs vieilles certitudes tout à coup étriquées, vidées de leur sens et tournées au vinaigre comme un fond de barrique à l'abandon.

« Et c'est à ça que tu t'es fait prendre », bougonna Pierre en atteignant enfin l'ombre apaisante d'un bouquet d'arbres. Il n'avait pas vu, pas senti, en face de lui le réseau étonnamment dense, déformé par le temps, rétréci par cette douteuse macération dans l'amertume des valeurs perdues, des jalousies, des vieilles rancœurs que l'on se transmet de génération en génération. Et c'est tout ce qui reste en fin de compte, comme une sorte de bien précieux, de patrimoine commun auquel on se raccroche, faute de mieux, en s'opposant avec hargne à l'étranger qui voudrait en réclamer sinon sa part, du moins la compréhension.

« Oui, mais le résultat de tout ça, pensait Pierre en continuant d'aller bon pas sous le soleil, sans parler du cambriolage de la maison d'Antoinette, de ce pauvre Modem et de ma cabane à outils, pour lesquels il n'y a plus rien à faire, ce sont les meubles de Thérèse chez monsieur Armand et cette espèce de fouine qu'on va laisser continuer à jouer les malfaisants. »

Parce que l'enchaînement normal des événements forts s'est tari, on reste là, à ressasser inlassablement les derniers qui soient survenus. Comme l'image sur laquelle se serait arrêté un film, tout est figé dans la position tout à coup statique et grotesque de ce qui est normalement conçu pour le mouvement. Et comme rien ne se passe, comme s'éternise et finit même par se normaliser l'accidentel, les références se perdent ou s'estropient sur l'anormal.

L'image vint à l'esprit de Pierre de ce film d'amateur qu'avait fait Eric et qu'il avait pris plaisir, lorsqu'il le leur avait projeté, durant les dernières vacances, à arrêter à l'instant précis où son petit-fils, sautant comme un cabri pour tenter d'atteindre un fruit, sur la branche basse d'un arbre, était comme totalement désarticulé, bras et jambes lancés ou repliés dans d'invraisemblables positions. Le gamin, furieux, avait obstinément refusé de se reconnaître dans cette posture qui n'avait en fait existé que durant une infime fraction de seconde.

En somme, Messangy en était toujours à l'image du film qu'avait retenue la pellicule arrêtée aux jours tragiques de la Libération. Seule restait la référence à ces heures dramatiques et fort peu conformes au quotidien du pays. Depuis, plus rien ne s'y était passé qu'une lente mort. Et plus rien ne pouvait être qui ne se réfère pas à l'anormalité de ce dernier moment de vie.

Monsieur Armand n'existait que par le mystère religieusement entretenu qui planait sur son rôle à ce moment-là. Le reste, la goutte, le décompte des quantités de bois sorties des forêts Guérande, les fiches, n'était qu'accessoire.

Les hommes ont besoin de panthéons. Les habitants de Messangy, ayant, comme tant d'autres, perdu le leur dans le lent naufrage de leur pays, se raccrochaient désespérément, et sans même en avoir une conscience bien nette, à celui qu'ils s'étaient fait des ombres, glorieuses ou malfaisantes, continuant, un demi-siècle plus tard, à errer dans l'imaginaire né de ces quelques journées dramatiques. Et monsieur Armand était d'autant plus intouchable qu'il était une des seules de ces ombres à habiter encore le monde des vivants.

Pierre, bien sûr, en était un peu horrifié. Il ne pouvait pas se résoudre à l'inaction, pourtant explicitement demandée par Thérèse et son mari. Sa droiture et sa conception de l'honnêteté ne parvenaient pas à l'admettre. Et il savait qu'il lui serait d'autant plus difficile de les faire prévaloir que s'était tissée autour de monsieur Armand cette étrange toile faite de peurs irraisonnées et de cette sorte de respect un peu suspect que l'on porte facilement à ce que l'on redoute.

Lui, pourtant, ne se laisserait jamais prendre à ces pièges faciles. Il en avait la certitude. Il ne lui en faudrait pas moins vivre avec la conscience précise de toutes ces glauques réalités et avec, en lui, le vague sentiment d'être coupable d'inaction.

Les mains au fond des poches, tête basse et le front soucieux, il remontait la vallée qu'il venait de rejoindre. Entre les épaisses frondaisons, quelques toits, quelques pans de murs lui auraient déjà révélé le village, loin devant lui, s'il avait levé le nez. Contrairement à son habitude, il restait pourtant totalement indifférent au paysage.

Il y avait là une suggestion bien trop forte pour que rien d'autre ne puisse occuper son esprit que cette douloureuse incapacité dans laquelle il se trouvait d'agir selon sa conscience.

« Jadis, se disait-il, j'aurais pris mon stylo. C'était le

geste libérateur. J'aurais écrit mon reportage. Au moins, je serais redevenu responsable de mes mots et du poids que je leur donnais pour décrire la vérité. »

Il s'arrêta net au milieu du chemin. Sous le soleil éclatant, les prés paraissaient presque blancs. Couchés à l'ombre des châtaigniers bordant le chemin, des troupeaux de vaches ruminaient paisiblement.

« Et si je faisais comme jadis ? »

Il resta planté là un long moment, en plein soleil. L'idée, lentement, faisait son chemin.

« Mais bien sûr, c'est la solution. Il ne sera pas dit que je suis resté les bras ballants. »

Et, enfin résolu, il repartit à grands pas vers le village qui émergeait lentement des flots de verdure l'environnant.

Lorsque Pierre éteignit sa lampe de bureau, la grande comtoise de la salle avait déjà répété depuis longtemps les douze coups de minuit. Il était satisfait et apaisé. Choisir et ordonner les mots, les aligner sur le papier avait eu l'effet libérateur qu'il en attendait. Il y avait évidemment fort peu de chances que ceux-là soient jamais publiés. Ils n'étaient pas faits pour ça. De raconter, de démonter méticuleusement le mécanisme des comportements, de camper la personnalité des protagonistes, pour que se posent de soi-même les questions essentielles, l'avait libéré.

Restait à savoir ce qu'il en ferait. Curieusement, ce soir-là, la préoccupation ne lui venait pas à l'esprit. Il avait son plan, encore vague, un peu fumeux, mais l'essentiel avait été de rédiger. Le reste viendrait bien en son heure.

Il écarta le rideau. Comme s'il s'agissait d'un signal convenu, Louis Lardret n'avait pas totalement tiré le sien. La lumière de son bureau dans les combles traçait une épaisse ligne étincelante sur l'ombre du toit.

Pierre sourit. Il imaginait le colonel plongé dans le déchiffrage laborieux des documents anciens qu'il avait aperçus sur sa table de travail lorsque, avant que Marc reprenne la route de Paris, il leur avait fait visiter son antre. La pièce était vaste, simplement aménagée, les poutres de la charpente, laissées apparentes, y découpant d'étranges volumes qu'occupait un sympathique désordre.

Tout cela était tellement loin de ce que Pierre, des mois durant, s'était laissé aller à imaginer là-haut ! Il s'en sentait un peu coupable. C'était comme une dette qu'il avait à racheter.

L'idée lui convint. Il sut qu'il irait au bout de ce qu'il venait d'entreprendre.

37

Dans la grande salle aux volets encore clos, il faisait presque froid. Pierre, très droit sur sa chaise, les bras croisés, attendait en laissant courir son regard sur l'étonnant décor.

Monsieur Armand n'avait pas jugé bon d'allumer le vilain tube au néon. Une seule et pâle ampoule, au centre de la pièce, sous un abat-jour d'opaline poussiéreux, jetait aussi loin qu'elle le pouvait une pauvre lumière un peu jaune qui se diluait, à sa périphérie, dans une ombre triste. Pas suffisante, cependant, pour que Pierre ne puisse pas identifier chacun des meubles entassés tout au long des murs.

Il avait suffi du récit de Thérèse et qu'il revoie la maison des Guérande pour que ses souvenirs refassent surface, étonnamment précis. Cette grande armoire paysanne en merisier, très simple et aux larges pieds en forme de champignons, se dressait contre le mur du fond du salon. Cette vitrine Louis XV, certainement de très grande valeur, était à gauche, dans l'entrée. Il revoyait même la très belle collection de porcelaines qui y était exposée. Cette commode Empire était sous la fenêtre de la salle à manger. Et la superbe table en noyer, devant laquelle il se trouvait assis, était celle de la même salle à manger.

Ainsi, pendant que monsieur Armand, des lunettes à monture d'acier perchées au bout de son nez de rapace, s'appliquait à la lecture, en face de lui, Pierre occupait son attente à reconstituer le décor où il lui était si souvent arrivé, lorsqu'il était gamin, de suivre Antoinette et de passer des après-midi entiers à jouer avec Thérèse sur les tapis, entre tous ces meubles.

Où étaient-ils, ces tapis ? Où étaient les tableaux qui ornaient les murs, les bibelots des vitrines, la collection de porcelaines, le contenu des armoires, des commodes, les souvenirs, les jouets de Thérèse, les objets de tous les jours, tout ce qui fait l'intimité et la chaleur d'un foyer ?

Pierre leva les yeux vers les poutres noircies du plafond à la française. Il imaginait, au-dessus de sa tête, dans le capharnaüm d'un grenier poussiéreux, l'empilement triste et gris de toutes ces choses à qui on avait ôté la vie. L'idée lui vint d'une sorte de viol et il en eut une grimace de dégoût.

Monsieur Armand avait enfin fini sa lecture. Il reposa doucement sur la table le document que lui avait apporté Pierre, ôta ses lunettes, les replia, les reposa dans un antique étui, dont il fit claquer le couvercle, avant de se résoudre à lever les yeux sur son visiteur.

Ils restèrent un long moment à s'observer. Il y

avait, dans le regard de monsieur Armand, comme une inquiétante lueur de défi.

— Alors ? finit-il par demander.

Pierre hocha la tête. Le reportage circonstancié qu'il avait fait de toute cette affaire, bien qu'il ne citât évidemment aucun nom, ne lui semblait pourtant pas prêter le flanc à quelque interrogation que ce soit.

— Alors ? reprit-il. Eh bien, monsieur Armand, je pense que c'est à vous de voir.

A la lueur un peu mauvaise qui brillait dans l'œil du vieux bonhomme s'ajouta l'expression d'une étonnante satisfaction.

— C'est tout vu, dit-il.

Il se leva et alla fouiner dans les tiroirs d'un secrétaire auquel Pierre, jusque-là, n'avait pas prêté attention et dont il se souvint qu'il se trouvait, jadis, dans l'entrée de la maison Guérande, en face de la vitrine.

Monsieur Armand fouilla longuement. Tout en bougonnant, il semblait remuer une quantité énorme de papiers et de dossiers. Il tournait le dos à Pierre.

— Alors, tu as tout compris ? dit-il enfin de façon plus audible. Tout… ou presque.

Il se redressa et revint vers la table. Il tenait à la main deux chemises cartonnées. Il en tendit une à Pierre.

— Tiens. Regarde.

Elle contenait une dizaine de feuilles d'un papier jauni, un peu cassant. C'était des factures émises par Emile Partuisot, dont le cachet, en lettres mauves, en haut et à gauche de la première feuille, précisait qu'il était brocanteur-antiquaire au Creusot. Elles étaient toutes datées du 19 novembre 1944 et concernaient toutes des meubles et des objets d'ameublement dont Pierre n'eut pas besoin de détailler les listes, d'ailleurs fort peu précises, pour comprendre ce qu'elles prétendaient énumérer. Il les feuilleta pourtant longuement, perplexe. C'était évidemment cousu de fil blanc. Monsieur Armand, pourtant, n'avait pas contesté la teneur de son reportage. Où voulait-il donc en venir ?

— Ce monsieur Partuisot, demanda-t-il tout de même, bien sûr, il est mort ?

Monsieur Armand prit un air contrit.

— Le temps, mon pauvre Pierrot. Le temps passe, que veux-tu.

Puis, instantanément, son sourire se fit cynique.

— Mais vois-tu, Pierrot, avec toute ta science, tu as cru tout comprendre. Tu me racontes tout, là, comme si c'était dans un journal. C'est bien. Mais tu ne sais rien, en fait. T'es bien comme les Parisiens, toi. Il suffit qu'on te dise que c'est blanc pour que tu t'imagines que c'est toi qui l'as inventé, que c'est blanc. Et moi, je te dis que tu ne sais rien. Ou, si tu préfères, que tu n'en sais pas beaucoup.

Il se tenait un peu vautré sur la table, les bras tendus devant lui, tenant à deux mains le second dossier qu'il avait rapporté du tiroir du secrétaire. Ses yeux n'étaient plus que deux fentes très minces derrière lesquelles brillait une flamme étonnante dont Pierre ne parvenait pas à déterminer ce qu'elle contenait de plaisir ou de méchanceté.

— Ça t'étonne, hein, ce que je te dis là ? Pas vrai, que ça t'étonne ? Mais, tu vois, parce que je ne suis pas plus méchant qu'un autre et parce que, au point où on en est, ça ne sert plus à rien de garder tout ça pour moi, je m'en vais te le dire, moi, ce que tu ne sais pas, dans cette affaire-là.

Il se redressa, parut se perdre quelques instants dans l'évocation de vieux souvenirs. Puis son regard revint se poser sur celui de Pierre, brièvement, à la sauvette, comme toujours, avant de fuir à nouveau.

— Ce que tu ne sais pas, dit-il, c'est comment et pourquoi tout ça a commencé. Oh, ça ne date pas d'hier. Il faut remonter loin, très loin, avant la Grande Guerre, c'est dire ! Les biens Guérande, c'était à des Billaud, en ce temps-là. Des cousins, ou quelque chose comme ça, aux Billaud d'à côté, ceux qui t'ont reçu, le Joseph et l'Antoinette.

» Ces Billaud-là, ceux de la grande maison, des forêts et de tout le reste, sûr qu'ils avaient une sacrée fortune. Comment ils l'avaient gagnée ? Va savoir. On disait que c'était dans les affaires, les usines du Creusot ou des machins comme ça. Mais ça n'a pas d'importance. Tout ce que j'en sais, c'est qu'ils étaient riches, fabuleusement riches, et qu'ils n'avaient qu'une fille. Madeleine, qu'elle s'appelait. Ça te dit quelque chose ? Et la Madeleine, eh ben, c'était elle qui devait hériter. Un sacré parti !

» Tu te doutes qu'il y avait du monde sur les rangs. Tous les gars du pays qui lui tournaient autour. Et voilà-t'y-pas qu'elle choisit. Et elle choisit qui ? Je te le donne en mille : mon père, l'Arsène. Vieux, il était heureux, l'Arsène. D'autant plus qu'elle était plutôt gironde, à ce qu'il en disait, la Madeleine Billaud. Moi, quand je l'ai connue, elle n'était déjà plus de première jeunesse. Mais vrai qu'elle n'était pas mal.

» Qu'est-ce qu'il fait, l'Arsène ? Fiançailles, tout de

suite. C'est plus sûr. Ah oui, mais, pauvre ami, c'était en juin 1914. Deux mois plus tard, fiançailles ou pas, il était comme les autres à se faire marmiter dans les tranchées, l'Arsène. Et il y est resté jusqu'à la fin. Remarque, il a eu de la veine : il en est revenu. Et entier, ses deux bras, ses deux jambes et tout le reste. Il y en a beaucoup qui auraient bien voulu pouvoir en dire autant.

» Il m'a raconté. Il est rentré pour Noël 18. Tu penses s'il était heureux. Dans le train, il se disait : "Demain je suis à la mairie pour les papiers. Le temps des bans et tout le bataclan, dans deux mois au pire, on est mariés. Et à moi la belle fille et la galette !" Un prince qui revenait de l'enfer, qu'il se croyait, l'Arsène.

» Pauvre ami. Qu'est-ce qu'il apprend en arrivant ? Que la Madeleine Billaud, fiançailles ou pas, elle ne l'avait pas attendu. Elle était mariée depuis deux mois avec un arriviste, un planqué de la ville, le Philippe Guérande. Tu parles d'un coup que ça lui a fait, à l'Arsène.

» Il n'a trop rien dit. Qu'est-ce que tu voulais qu'il dise ? C'était tout à l'intérieur que ça se passait. Sûr que ça ne lui a pas trop arrangé le tempérament. Il n'était déjà pas trop commode comme ça. Mais là, sûr, ça l'a rendu franchement méchant.

» Il a épousé ma mère quelques années après. Il a repris l'épicerie de son père. Et là, petit gars, il a commencé à régler ses comptes. Il avait juré de se venger. Des Guérande, bien sûr, en tout premier. Et, pour ceux-là, il attendait son heure, certain qu'elle viendrait. Mais il n'avait plus confiance en personne, plus d'amitié, plus rien. C'était comme si tous ses sentiments étaient morts dans cette affaire-là. Et il n'avait plus qu'une idée : régenter le monde, leur faire payer à tous ses quatre années de malheur dans les tranchées et la façon dont ils l'avaient remercié. Pour lui, il n'y avait pas de différence : tout le monde était responsable de ces saloperies-là.

» Vieux gars, on peut le dire qu'il leur a fait payer. Ça, oui, on peut le dire. En quelques années, il a tellement réussi à en savoir, sur les uns et sur les autres, qu'il les tenait tous dans le creux de sa main. Pour sûr qu'il n'avait pas trop d'amis. Autant dire qu'il n'en avait pas du tout. Mais, mon père, ça ne lui faisait rien de ne pas avoir d'amis du tout. Il était comme ça. Son plaisir à lui, c'était de tenir les gens, de les voir ramper devant lui, de peur, de cupidité, de jalousie. Il n'était jamais plus heureux que quand il en tenait un par le bout du nez. Et ça lui arrivait souvent. Même avec nous, ma mère et moi, il était comme ça. Il notait tout, il ne nous passait rien, tout devait se payer.

» Remarque bien, les gens du pays, ils n'avaient pas à se plaindre. Parce que, en fait de magouilleurs, entre eux, ils ne se défendaient pas trop mal. Et crois-moi bien qu'ils n'étaient pas les derniers à venir vers le monsieur Arsène quand il y avait à cancaner sur le dos d'un voisin ou à monter une vieille vengeance, quand il y avait un héritage à récupérer ou à rectifier. Il laissait faire, monsieur Arsène. Il laissait dire. Il le montait, le coup. Et bien rare qu'il ne réussisse pas. Bien sûr, il prenait son petit bénéfice au passage. Plus tout ce qu'il récupérait en douce.

» Tout ça, pourtant, tu vois, pendant des années, ça ne lui a pas donné ce qu'il attendait : les

Guérande. Alors là, petit, c'était sa grande affaire, à mon père, les Guérande. Sûr qu'il la voulait, sa vengeance. Mais il la voulait grande, totale. Et l'occasion était d'autant plus dure à trouver qu'ils se méfiaient, les autres, tu t'en doutes. Ils en avaient les moyens. C'étaient des gens de la haute. Ils ne se mêlaient pas des affaires du pays, voilà tout. Jamais, bien sûr, ils ne mettaient les pieds à l'épicerie. Et ce qui se passait chez eux, personne ne le savait.

» Il y aurait bien eu le Joseph et l'Antoinette. Mais, ceux-là, tu le sais, monsieur Arsène s'en méfiait. Il n'y en avait pas beaucoup, dans le pays, sur lesquels il avait si peu de choses, sur ses fameuses fiches. Eux le savaient bien. Ils lui tenaient tête. Ils ne le craignaient pas et se gardaient bien d'entrer dans ses magouilles. Et ça, ça le mettait en furie, monsieur Arsène.

» Et puis, la guerre est arrivée. Comme il était malin comme un singe, il a vu venir le coup. Tout le monde s'attendait à ce qu'il se mette à jouer de la dénonciation. En ces temps-là, un personnage comme lui, c'était ce qu'on redoutait le plus. Et lui, bien sûr, il a fait le contraire. Oh, c'est pas qu'il avait renoncé à tenir ses fiches. Bien au contraire. Et il en avait, des choses à noter. Parce qu'il savait tout, monsieur Arsène. Et parce qu'il ne s'était mis ni d'un côté ni de l'autre, il pouvait continuer à tout monnayer, tranquillement, marché noir et collaboration comme Résistance. Comme il en savait autant sur les uns que sur les autres, personne n'osait le toucher, de peur du déballage. Tu vois ce que je veux dire ?

Monsieur Armand racontait sur un ton volubile en gesticulant et en se trémoussant sans cesse sur sa chaise. Son regard fuyant allait de droite à gauche, croisant par instants celui de Pierre, mais sans jamais s'y arrêter. Sans s'interrompre, il était allé ouvrir les volets. Avec la lumière, la douce chaleur d'un matin d'été avait semblé rendre la vie à la grande pièce poussiéreuse. Il vint se rasseoir.

— A dire vrai, continua-t-il, il aurait pu faire tomber vingt fois Philippe Guérande. J'avais une petite vingtaine d'années, à l'époque. Il me faisait travailler comme une bête, mais, en échange, il me tenait encore assez bien informé de ses affaires. Il disait qu'il me formait. Surtout, il m'utilisait à chaque fois que possible et, fidèle à ses façons de faire, il me faisait suffisamment le complice de toutes ses magouilles pour ne rien avoir à craindre de moi.

Monsieur Armand marqua un temps d'arrêt et, exceptionnellement, son regard vint se fixer quelques instants sur celui de Pierre.

— Ça t'étonne ? dit-il. On voit bien que tu ne l'as pas connu. Ou plutôt que t'étais trop jeune pour comprendre. C'était ça, mon père, monsieur Arsène. Je le savais bien. Et d'ailleurs, en bon fils, je n'ai jamais hésité à lui donner un coup de main quand il le fallait.

Son regard avait à nouveau fui vers la fenêtre, puis vers le plafond, l'autre fenêtre, la porte, et ainsi de suite.

— Bref, continua-t-il, Philippe Guérande, il avait mille raisons de le faire tomber. Et pourtant, je crois qu'il n'en a même jamais eu la tentation. Pas par ce moyen-là. Et puis, ce n'était pas là la vengeance qu'il voulait.

» Par contre, en juillet 44, quand je suis rentré

d'Autun et que je lui ai raconté ce que j'avais vu à la Kommandantur, son œil s'est tout de suite allumé. Je n'en ai jamais eu la preuve. Il ne me l'a évidemment jamais dit, mais je suis persuadé qu'il était au courant du piège qu'était en train de monter Vulcain. Il a compris que ça avait marché, que Philippe Guérande avait joué le rôle imposé par le chef du maquis.

» Et là, sur l'instant, il a su que son heure était venue. Bien sûr que je ne suis jamais monté en forêt pour raconter ça à Vulcain. Bien sûr qu'il ne m'a jamais dit que Philippe Guérande ne perdait rien pour attendre. Tout ça, c'est mon père, monsieur Arsène, qui me l'a soufflé et qui m'a dit d'aller le raconter en pleine nuit aux Guérande.

» Il était fort, tout de même. Ça a marché exactement comme il l'avait prévu. Ils ont eu peur et ils ont filé. Il a encore attendu quelques jours. Il a attendu de savoir ce qu'ils étaient devenus. Et c'est ta mère, l'Antoinette, qui lui a bien involontairement fourni le renseignement en racontant à quelqu'un, dans le magasin, qu'elle avait reçu une lettre de Madeleine Guérande depuis Francfort. A vrai dire, ça m'a étonné d'elle. Je la croyais plus prudente. Mais est-ce qu'on peut toujours se méfier de tout le monde ? Surtout elle qui savait très bien que les Guérande n'étaient pas coupables et qui ne s'est pas gênée pour le dire et le répéter.

» Mon père s'en fichait. Tout ce qui lui importait de savoir, c'est qu'ils n'étaient pas près de revenir. Alors, il a monté son coup. En une nuit, déménager une telle maison ! On n'était pas seuls, tu t'en doutes. Il y avait même tout ce qu'il fallait de monde avec nous. Mais pas un seul n'a parlé. Et tu sais pourquoi ? Parce que pas un seul n'avait osé refuser ce service-là à monsieur Arsène et que pas un seul n'avait intérêt à ce qu'on se demande le pourquoi de sa présence dans une pareille galère.

» Marche, ça faisait quelques années qu'il les soignait, les fiches de tous ces gaillards-là !

38

Monsieur Armand prit appui des deux mains sur le bord de la table, se redressa de toute sa petite taille contre le dossier de sa chaise, et s'étira.

— Veux-tu un café ? demanda-t-il, soudain très civil.

Pierre hésita. Il n'était pas venu là en visite de courtoisie, mais puisque tout cela prenait une tournure si étonnante, pourquoi refuser ?

— Si vous voulez, dit-il.

De tout le temps qu'il s'activa autour de sa cafetière, qu'il sortit les tasses, les cuillères et le sucre, monsieur Armand resta silencieux. Pierre remarqua tout de même qu'il avait pris la précaution d'emporter le dossier qu'il ne lui avait pas encore montré et de le poser hors de sa portée.

« Vieux roublard », se dit-il en se demandant si, cette fois au moins, monsieur Armand lui disait la vérité. « Et pourquoi ce ne le serait pas ? » dut-il admettre. Après tout, rien ne l'obligeait à se lancer dans ce long récit. Restait pourtant à savoir pourquoi il le faisait si délibérément. Et Pierre subodora que l'important restait à venir.

— Encore une belle journée, dit monsieur Armand en servant le café. Si ça continue comme ça, on va manquer d'eau.

— Elle a bien le temps de revenir. Le sous-sol est encore humide.

— Oh, c'est pas ce qu'on croit. C'est plus vite sec qu'il n'y paraît. Et avec ce qu'elle coûte, maintenant, leur eau, c'est pas le moment de s'amuser à arroser.

— On va faire comme dans le temps. On va la tirer au puits. Vous avez bien un puits ?

Une lueur noire passa dans l'œil de monsieur Armand.

— On l'a bouché, dit-il.

Une sueur froide fit frissonner Pierre. Fallait-il en déduire que tout n'était pas au grenier ?

Ils burent leur café à petites lampées, en silence.

Une grande horloge comtoise coincée entre deux hauts meubles sonna neuf coups.

« Celle-là, se souvint Pierre, elle était dans la cuisine, entre la cheminée et un grand buffet Henri IV. »

— Qu'est-ce que je disais ? demandait monsieur Armand en reposant sa tasse.

« Il a oublié la goutte », remarqua Pierre.

— Ah oui, j'y suis. Le déménagement. Tu étais là, toi, à l'époque, chez l'Antoinette. Tu n'as rien entendu, bien sûr. Un enfant, quand ça dort... On l'a pourtant fait en une nuit, ce déménagement-là. Tout ! On n'a rien laissé. Remarque, on n'avait pas à aller trop loin. On a tout stocké ici. A l'époque, on vivait encore là-haut, à l'épicerie, avec mon père.

» Ma mère, elle est morte pendant la guerre. De ne pas avoir été bien soignée, à ce qu'on a dit. Tuberculose ou quelque chose comme ça. J'ai jamais bien su. Maintenant, quand j'y pense, je crois surtout que ça l'a usée avant l'âge, tout ça, toutes ces affaires-là, et surtout mon père, qu'elle sentait bien moins occupé d'elle que de ses fiches et de sa vengeance. La pauvre femme, elle n'aura pas eu une vie trop heureuse, c'est sûr.

Mais pourquoi donc monsieur Armand se laissait-il aller à toutes ces confidences ? Où voulait-il en venir ? Pierre, qui n'avait pas bougé de sa chaise, commençait à regimber. L'autre, avec ses récits larmoyants, n'était-il pas en train de le mener en bateau ? On était loin, bien loin, de ce qui l'avait amené là, au petit matin, à une heure assez matinale pour que Jeanne ne soit pas témoin de son expédition. Maintenant, elle devait s'inquiéter et se demander où il avait pu passer.

L'impatience qui montait en lui dut ne pas échapper à monsieur Armand. Pour une fois, son regard s'arrêta sur le sien. La grande tristesse qu'y avait fait naître l'évocation de sa mère avait déjà fait place à une petite flamme ironique.

— Tu te demandes bien pourquoi je te raconte tout ça, hein ? Après tout, tu te dis que j'aurais mieux fait de commencer par là au lieu de te mener la guerre comme je l'ai fait. Ce que c'est bête, tout de même. T'as raison. Si je t'avais tout dit tout de suite... Mais est-ce que je le pouvais ? Hein ? Dis-le-moi. Est-ce que je pouvais comme ça te dire “je te préviens, les meubles aux Guérande, ils sont chez moi ; le cambriolage de l'Antoinette, c'est moi qui ai fait le coup ; et puis tout le reste" ? Ça aurait eu l'air de quoi ? Comment t'aurais pris ça ? Et puis, l'habitude. Il ne faut pas l'oublier, l'habitude. Toute ma vie, en somme, j'aurai vécu dans cette affaire-là. Tu crois que ça se change comme ça, toi, toute une vie ? Seulement, maintenant, tu sais. Et puis, je suis vieux, tout seul. Alors…

— Alors, le cambriolage, c'est donc vous ?

— Puisque je te le dis.

— Pourquoi ?

Monsieur Armand haussa les épaules.

— Quelle importance ? De toute façon, je n'ai rien trouvé.

— Mais vous avez tout retourné. Comment êtes-vous entré ?

Monsieur Armand, que ne semblait ni surprendre ni gêner cet interrogatoire, se leva, alla fouiller dans un tiroir et en rapporta une clef qu'il tenait de deux doigts, dressée devant lui.

— Tiens, je te la rends, dit-il en la tendant à Pierre. C'est celle du grenier. Inutile de changer la serrure. Je n'en ai pas de double. Et puis, maintenant, qu'est-ce que j'irais y faire ?

Pierre prit la clef et la posa à côté de lui. Il se sentait totalement désarmé par le cynisme froid du vieux bonhomme. La grande colère justicière qu'il s'était promise, le jour où il retrouverait le cambrioleur de la maison d'Antoinette et l'assassin de Modem, ne lui paraissait absolument plus de mise. Il ne parvenait même pas encore à juger.

— Le chat empoisonné, c'est vous aussi ? demanda-t-il très posément.

— Qui veux-tu ? dit simplement monsieur Armand.

— Et l'incendie de la cabane à outils ?

— Pourquoi tu demandes ? Tu sais bien.

— Les lettres que vous cherchiez, quand vous avez cambriolé la maison d'Antoinette, elles étaient sous la cabane.

— Tu les as lues ?

— Bien sûr.

— C'est comme ça que t'as su ?

— En partie, oui.

Monsieur Armand hocha doucement la tête. Pour la première fois, il semblait accablé, comme vaincu. Cela, pourtant, ne dura pas. Il eut tôt fait de se reprendre, de se redresser et d'accrocher brièvement sur Pierre un regard presque triomphant.

— Ça ne fait rien, dit-il. Maintenant, ça n'a plus d'importance. Ah, si j'avais été plus jeune, alors, là, je ne dis pas. Tu peux me croire, je me serais battu. Et sûrement que tu n'aurais pas eu le dernier mot. Mais, quoi ? je ne suis plus qu'un vieux bonhomme. Je n'en ai plus pour bien longtemps. Alors, aujourd'hui ou demain, quelle importance…

Il laissa planer quelques instants sur la pièce un étrange regard presque attendri. Puis il reprit son récit.

— Tu vois, dit-il, après le coup du déménagement, mon père, ça n'a plus été le même. Oh, pour sûr qu'il n'a rien lâché de ses fiches et de toutes les magouilles qu'il montait. Sûr que les gens du pays ont eu toutes les raisons de continuer à le craindre comme la peste et à le détester.

» Ce que je veux dire, c'est que, entre nous, je le

voyais bien qu'il n'était plus le même. Moins inquiet, plus sûr de lui. C'était… Comment je vais dire ? C'était comme s'il avait enfin pu faire l'ouvrage de sa vie. Tu vois ce que je veux dire ? Pendant des années, il l'avait voulu plus que tout. Et jamais l'occasion s'était présentée. Et puis, là, tout d'un coup, c'était fait. Vrai, je crois bien qu'il en était heureux.

» Et il a été heureux comme ça jusqu'à la fin de sa vie. Il est mort en 1967. Seulement, quand il a senti que ça commençait à ne plus aller, il m'a pris à part et il m'a fait jurer de continuer sa vengeance. Je l'entends encore comme si c'était d'hier. "Ce serait trop facile, qu'il disait. Ils doivent payer jusqu'au bout. Et le bout, c'est quand il n'y en aura plus un de nous au monde pour réclamer son dû." J'ai juré. Voilà tout. Tu comprends maintenant ?

» Tant que personne ne savait ou n'osait parler, ce qui revient au même, il y avait ce serment-là. Et je me serais fait tuer plutôt que de le trahir. Seulement, voilà, maintenant tu sais, tu as compris. Et puis, je suis vieux. Moi aussi, c'est mon tour. Je le sais bien que je n'en ai plus pour bien longtemps. Après moi, personne. Alors…

Il se tut, considéra longuement le dossier qu'il avait rapporté en venant se rasseoir et qu'il tenait devant lui, à deux mains. Il semblait encore hésiter. Pierre attendait, immobile.

— Tiens, lis, se résolut-il enfin à dire.

Et il lui tendit la chemise cartonnée.

Pierre écarta sa tasse, s'assura que rien, sur la toile cirée, ne puisse tacher le dossier, le posa bien à plat devant lui et l'ouvrit.

C'était son testament.

— Marche, dit encore monsieur Armand. Tu peux lire. C'est un double. Le vrai, il est chez le notaire, enregistré bien comme il faut, avec les tampons, les signatures, tout. Ça m'a coûté assez cher.

Pierre parcourut rapidement le document. Il trouva vite les quelques paragraphes qui l'intéressaient. Il prit le temps de lire plus en détail. Monsieur Armand, très raide sur sa chaise, fixait intensément son testament, l'œil grave, un peu triste, mais avec, dans le regard, quelque chose qui ressemblait fort à la paisible satisfaction que l'on tire du devoir accompli.

Lorsque Pierre sortit enfin de sa lecture, il roulait des yeux ronds, stupéfaits.

— Eh ben quoi ? fit monsieur Armand. C'est pas bien comme ça ? Le jour où je disparaîtrai, la vengeance de mon père sera accomplie. Et le serment que je lui ai fait sur son lit de mort aura été respecté jusqu'au bout. Alors...

Il léguait tous les meubles et tout ce que contenait le grenier à Thérèse Lardret, née Guérande.

— Et puis, tiens, ajouta-t-il tout à coup avec une lueur malicieuse dans le regard, parce que je t'aime bien et que tu as été assez malin pour comprendre, je te laisserai l'alambic et le fichier. Mais attention : il ne faudra pas le dire !

Anost, le 31 janvier 1999

DANS LA MÊME COLLECTION

Jean Anglade
Un parrain de cendre
Le Jardin de Mercure
Y a pas d'bon Dieu
La Soupe à la fourchette
Un lit d'aubépine
La Bête et le Bon Dieu (essai)
La Maîtresse au piquet
Le Saintier
Le Grillon vert
La Fille aux orages
Sylvie Anne
Mélie de Sept-Vents
Le Secret des chênes
Jean-Jacques Antier
Autant en apporte la mer
La Croisade des Innocents
Le Rendez-Vous de Marie-Galante
Marie-Paul Armand
La Poussière des corons
La Courée
tome I *La Courée*
tome II *Louise*
tome III *Benoît*
La Maîtresse d'école
La Cense aux alouettes
Nouvelles du Nord
L'Enfance perdue
Edouard Axelrad
Au fil du fleuve
Erwan Bergot
Les Marches vers la gloire
Sud lointain
tome I *Le Courrier de Saigon*
tome II *La Rivière des parfums*
tome III *Le Maître de Bao-Tan*
Rendez-vous à Vera-Cruz
Mourir au Laos
Annie Bruel
La Colline des contrebandiers
Le Mas des oliviers
Les Géants de pierre
Marie-Marseille
Michel Caffier
Le Hameau des mirabelliers
La Péniche Saint-Nicolas
Jean-Pierre Chabrol
La Banquise
Didier Cornaille
Les Labours d'hiver
Les Terres abandonnées
La Croix de Fourche
Etrangers à la terre
L'Héritage de Ludovic Grollier
Georges Coulonges
Les Terres gelées
La Fête des écoles
La Madelon de l'an 40
L'Enfant sous les étoiles
Les Flammes de la Liberté
Ma communale avait raison
Les blés deviennent paille
Yves Courrière
Les Aubarède
Anne Courtillé
Les Dames de Clermont
Florine
Dieu le veult
Les Messieurs de Clermont
L'Arbre des dames
Alain Denis
Sans les honneurs de la guerre
Alain Dubos
Les Seigneurs de la haute lande
La Palombe noire
La Sève et la Cendre
Alain Gandy
Adieu capitaine

Quand la Légion écrivait sa légende
Un sombre été à Chaluzac
L'Enigme de Ravejouls
Les Frères Delgayroux
Michel Hérubel
La Maison Gelder
La Falaise bleue
Denis Humbert
La Malvialle
Un si joli village
La Rouvraie
La Dent du loup
L'Arbre à poules
Les Demi-Frères
Michel Jeury
Au cabaret des oiseaux
Louis-Jacques Liandier
Les Gens de Bois-sur-Lyre
Jean Markale
Notre-Dame de la Nuit
Dominique Marny
A l'ombre des amandiers
Du côté de Pondichéry
Henry Noullet
Sur la piste de Samrang
La Falourde
La Destalounade
Bonencontre
Michel Peyramaure
Les Tambours sauvages
Pacifique Sud
Louisiana
Frédéric Pons
Les Troupeaux du diable
Claude Riffaud
Mékong Palace
La Crique de l'or
Rêve de Siam
Jean Rosset
Vir'vent
Les Derniers Porteurs de terre
Annie Sanerot-Degroote
La Kermesse du diable
Le Cœur en Flandre
L'Oubliée de Salperwick
Jean Siccardi
Le Bois des Malines
Jean-Claude Sordelli
La Dernière Saison
Jean-Michel Thibaux
La Bastide blanche
Le Secret de Magali
La Fille de la garrigue
Le Roman de Cléopâtre
La Colère du mistral
L'Homme qui habillait les mariées
Violaine Vanoyeke
Les Schuller
Le Serment des 4 rivières
Brigitte Varel
Un village pourtant si tranquille
Les Yeux de Manon
Emma
Colette Vlérick
La Fille du goémonier
Le Brodeur de Pont-l'Abbé

Cet ouvrage a été imprimé par la
SOCIÉTÉ NOUVELLE FIRMIN-DIDOT
Mesnil-sur-l'Estrée
pour le compte des Presses de la Cité
12, avenue d'Italie, 75013 Paris
en janvier 2000

Imprimé en France
Dépôt légal : janvier 2000
N° d'édition : 6790 - N° d'impression : 49750